夏七夕工作室　花火工作室

小闪耀

顾白白 著

百花洲文艺出版社
BAIHUAZHOU LITERATURE AND ART PRESS

图书在版编目（CIP）数据

小闪耀 / 顾白白著 . -- 南昌 : 百花洲文艺出版社，2022.7

ISBN 978-7-5500-4753-2

Ⅰ . ①小… Ⅱ . ①顾… Ⅲ . ①长篇小说一中国一当代 Ⅳ . ① I247.5

中国版本图书馆 CIP 数据核字（2022）第 113321 号

小闪耀

XIAO SHANYAO

顾白白 著

出 版 人	章华荣
出版统筹	曾英姿
责任编辑	蔡央扬
特约编辑	龚 雯
封面设计	小茜设计 Miniqian Designstudio
出版发行	百花洲文艺出版社
社　　址	南昌市红谷滩区世贸路 898 号博能中心 A 座 20 楼
邮　　编	330038
经　　销	全国新华书店
印　　刷	长沙金鹰印务有限公司
开　　本	880mm×1230mm　1/32　印张 10
版　　次	2022 年 10 月第 1 版第 1 次印刷
字　　数	241 千字
书　　号	ISBN 978-7-5500-4753-2
定　　价	45.00 元

赣版权登字 05-2022-121

网　址　http://www.bhzwy.com

图书若有印装错误，影响阅读，可向承印厂联系调换。

目录

Contents

“你是我永远的小公主，
闪闪发光，照耀我心。”

*“你是我永远的小公主，
闪闪发光，照耀我心。”*

楔 子

★ ☆ ★

Xiao Shanyao

虞闪闪十六岁时，迎来了她人生里最好的事情——搬回陵城。

就在虞闪闪哼着歌在卧室里欢天喜地地收拾行李时，一墙之隔的虞家两位家长却愁容满面。虞海生站在巨大的落地窗前，夹着烟的手微微颤抖，他俯视着黄浦江面，纵横交错的立交桥，鳞次栉比的摩天大楼，内心如同黄浦江江水般暗潮汹涌。

高婕接着电话从外面走进来，看见这样的虞海生微微叹了口气，过了一会儿才轻轻开口："海生，车来了。"

虞海生夹烟的手微微一顿，没有回头："你带着闪闪先下去，我一会儿就来。"

虞闪闪挽着高婕的手出来时，虞海生还站在窗前抽烟。

虞闪闪走了过去，轻轻拉了拉虞海生的衣角。

"爸爸，我们一起走啦。"

虞海生回过头，看见女儿甜甜的笑脸，好似一股清甜的春风拂过，他心里的阴霾一下子被冲淡了许多，他掐掉烟，笑着摸摸虞闪闪的头："好。"

家里生意出了点儿状况，几个月前父母决定卖掉这里的房子回到老家生活。相比于父母的不舍，虞闪闪倒觉得没什么，反倒过来宽慰父母，沪城的房子卖了不少钱，回到陵城也能过得很好。

虞闪闪自小就这样，打六岁起就跟着父母走南闯北，到哪儿都能很快适应，连水土不服都没有。

有人说虞闪闪是神经大条，她妈却说，这叫心态好，难得。

这天是虞家司机的最后一班岗，开车送雇主一家去陵城。

沪城距离陵城两千多公里，虞闪闪是个易晕车的体质，不管多远的路，只要一上车，她必定会昏沉入睡直到下车。可破天荒的是，这一次回陵城的路上她一直保持着精神，看着道路指示牌上显示的剩余公里数。

橘色的天光弥漫，远处红彤彤的太阳即将落下，虞闪闪趴在车窗上，看着“陵城欢迎你”的巨幅广告牌出现在眼前，情不自禁地弯起了嘴角。

高婕一路看在眼里，此刻终于忍不住问道：“闪闪，回陵城这么开心啊？”

虞闪闪重重地点了点头：“嗯。”

没有人懂得她有多急切。

自六岁那年随父母离开陵城，她每天都想着回到陵城，因为这里有宋林栩。

她的心之所向，她的少女时代。

第 一 章
穿越人海奔向你

★ ☆ ★

Xiao Shanyao

陵城是标准的南方小城，即使已是春末夏初，清晨的温度依旧有些凉。

虞闪闪坐在空荡荡的教室里，心里懊悔，离开陵城太久，她都忘了这里早晚温差极大，早上出门时，她只穿了件针织衫，冷风从针织衫儿的网状缝隙里灌入，她忍不住打了个哆嗦。

虞闪闪看了眼黑板上方的时钟，朝手心哈了几口气，低下头继续解题。转入一中要进行一场简单的测试，按照成绩分班，这天是星期天，学校不开课，偌大的教室里只有她和一位负责监考的老师。

“老师，我写好了。”

正用手机看新闻的老师猛然听见一道甜美软糯的声音，抬头就看见穿着白色蓬蓬裙的女生乖乖地捧着试卷站在讲台前，一双大眼湿漉漉的，配上她甜甜的长相，可爱得有些过分。

老师接过试卷，看了看手机上的时间，一百分钟的答题时间，没提前也没超时，正正好。

她将试卷收下，笑着对一脸紧张的小姑娘说：“你先回去吧，明天再来报到就行了。”

虞闪闪心里松了口气，还好不是当场出成绩，她乖巧地点点头：“好，谢谢老师，老师拜拜。”

出了教学楼，虞闪闪边走边给高婕打了个电话：“妈，我考完了。”

“闪闪啊，你在学校门口等下妈妈，妈妈先去接你郭阿姨，中午咱们两家人一起吃个饭。”

虞闪闪心中“咯噔”一下：“是郭月阿姨吗？”

高婕笑：“不然呢，你还有哪个郭阿姨。”

挂了电话，虞闪闪抿着唇微微笑了起来。

郭月阿姨，是宋林栩的母亲，那他也会来的吧？

一想到宋林栩，虞闪闪连脚步都轻快起来。

离教学楼不远的体育馆里，躲在窗边准备偷偷打开外卖的少年突然看见了什么，“扑哧”一下笑出了声。

正擦拭花剑的少年下意识地看了一眼，出声提醒：“别在这里吃。”

“对不起，耀哥，我太饿，一下子忘了。”少年挠挠头，尴尬地收回外卖，转移话题道，“耀哥，你看那儿有个傻瓜。”

顺着半开的窗看出去，隐约能看见一个小小的白色身影，在交错的香樟树影中蹦蹦跳跳地前行，就像个……兔子。

不知怎么，肖耀的脑海中突然出现了一个小小的人儿，她一向过于活泼，遇到什么开心的事就会和兔子一样蹦蹦跳跳地走路。

一想到她，肖耀就弯起了嘴角。

“是不是很搞笑？也不知道是哪个班的活宝，我要不要过去会会？”

“别闹。”

肖耀站了起来，将头盔戴好，手持花剑舞了个漂亮的剑花：“来，练剑。”

少年口中的“活宝”此刻已经移动到了校门口，她心情极好，捧着杯热奶茶，站在马路边小口小口地喝着，乖乖等人。

没一会儿，虞闪闪就看见她家的车慢慢地驶过来。

高婕从半开的车窗里对她招招手：“闪闪，上车。”

虞闪闪走过去，拉开车门，后座上的年轻妇人对虞闪闪笑道：“闪闪，还记得我吗？”

只有她一个人。

虞闪闪雀跃的心一下子就下落了一半，但还是笑着打招呼：“郭阿姨好。”

到了吃饭的地方，虞闪闪才确认，这天的聚餐，宋林栩不会来。或许是察觉到了她的失望，郭月拉着她的手一脸慈爱地对她说：“你林栩哥哥下个月要参加奥数比赛，这段时间周末也要去老师那儿补习，不过我同他说好了，明天让他带你去报到。”

怕虞闪闪多年没见宋林栩会认不出他，郭月还拿出手机同她分享宋林栩的照片，被拍的人或许并不乐意，每一张都透露着不耐烦，但还是在面对镜头时露出僵硬的笑来。

虞闪闪忍不住笑了，这样别扭的宋林栩，和小时候还真是一模一样。

“你就别给闪闪看了，就你那朋友圈，她一天要拿我手机翻几次，你家林栩长什么样，她比你还清楚。”

“妈！”

当场被亲妈揭了老底，虞闪闪又羞又恼地喊了声。

可不管怎样，十年后的第一次见面，对虞闪闪来说，是她十六年来最重要的事。

那一夜，虞闪闪怀着激动的心情，辗转难眠，第二天，没什么意外地睡过了头。

虞闪闪简单洗漱了下，套上高婕为她选好的衣服就往外跑，高婕在厨房听见动静，探头喊了声：“闪闪，吃了早餐再走啊。”

“来不及了，妈。”

女儿焦急的声音被大门隔绝，高婕愣了两秒，笑着摇了摇头。

郭月阿姨说，宋林栩会提前半个小时在学校门口等虞闪闪。

虞闪闪打了个车，正是上学高峰期，车开不进去，停在了学校对面的路边。

一下车，虞闪闪就看见正推着自行车要往学校大门里走的宋林栩。

此时正是红灯，虞闪闪只能对着宋林栩的背影干着急，绿灯一亮，她就如离弦的箭一样冲了过去，在心跳声和喇叭声中，她“砰”的一下撞到了人。

“啊——”

虞闪闪速度太快，注意力都在宋林栩身上，根本没看清这人是什么时候出现的。

那人靠在半人高的花坛边，抱着胳膊，似乎是被撞蒙了，低垂着头，虞闪闪看不见他的表情，只觉得视野中男孩的下巴白得过分。

虞闪闪喘着气问：“对不起啊，同学，你没事吧？”

那人摇了摇头：“我没事。”

对方的声音清澈干净，仿佛带着某种魔力，一下子就让虞闪闪安下心来。

虞闪闪往宋林栩的方向看了眼，抱歉道：“同学，我现在有点儿急事，放学时你在这里等下我，我给你赔罪。”

话音未落，虞闪闪就火急火燎地朝着宋林栩的方向奔去了。

被撞的男生微张着嘴，望着她离开的方向，已到嘴边的话生生没了说出口的机会。

“耀哥？”有路过的同学认出了他，聚了过来。

“耀哥，你没事吧？怎么出了一头的汗？”

“那是谁啊？撞了人就跑，太没素质了吧？！”

“没穿校服，好像不是我们学校的。”

议论纷纷中，捂着胳膊的男生嗓音轻柔地开口：“有谁能帮我叫下校医吗？”

春日的尾巴，阳光透过错落的枝叶洒落下来，不知从哪儿吹来的一阵风，吹开男生略显宽大的校服，修长白皙的右臂好似没什么知觉地耷拉在那里。

在场的所有人都忍不住倒抽了口气。

此时，好不容易追上宋林栩的虞闪闪并不知道自己闯下多大的祸事，她站在宋林栩身后，好不容易调整好呼吸，轻轻喊了声：“林栩哥哥。”

推着自行车，目不斜视的男生停下脚步，扭头看着身后一步距离的粉红色的身影，脑子里闪过了两个大字——招摇。

宋林栩心里蓦地蹿上一股莫名的烦躁，就像小时候，每次看见她时那样。

宋林栩眉头不自觉地皱了起来：“虞闪闪？”

虞闪闪自然也感觉到宋林栩突然表现出来的不耐烦，抱歉道：“对不起啊，我迟到了。”

宋林栩抬手看了一眼腕上的表，没有多说什么：“走吧。”

学校大道上，穿着一中校服的学生三五成群，看见虞闪闪和宋林栩时，视线总会跟随他们好一会儿。

虞闪闪有自知之明，知道那不是看她。

宋林栩打小长得就好，走到哪都是焦点，如今十六岁的他，身材修长，五官也长开了，得天独厚的条件，要比同龄人出挑。

果然，有胆大的女生跑过来打招呼：“宋林栩，这么早啊。”目光却是落在虞闪闪身上。

“嗯，”宋林栩不咸不淡地答，“有转校生，我领她去报到。”

女孩恍然大悟地笑道：“我说呢，怎么没穿我们学校校服。”

又毫不客气地上下打量了一眼虞闪闪，发出一声不怎么友好的笑声，“穿成这样，是来读书还是选美的啊？”

虞闪闪的脸一下子就烧了起来，垂在两旁的手无措地扯了扯裙摆，她知道自己的打扮是有点儿特别啦，她小时候家里条件不好，一件衣服能穿几年，哪里破了边，缝一缝就继续穿。家里有钱了后，她妈的人生乐趣之一就是给她买衣服打扮她。她从前在沪城读的是私立学校，在那里读书的孩子家境非富即贵，穿的都是名牌或高级定制，她这样的打扮并不算特别。

可回到淳朴的小城，在统一穿校服的学校里，就显得格格不入了。

“梁琪，你今天不是值日？”宋林栩突然开口，淡淡地瞥了女生一眼。

叫梁琪的女生脸上的笑一下子就挂不住了，悻悻道：“是啊，我正要去呢，不耽误宋大帅哥做好事。”

临走时她还用眼角瞥了虞闪闪一眼。

虞闪闪假装没看到，她以往在学校也见过女孩子们争风吃醋的样子，知道梁琪对她的敌意是为了什么。

“谢谢你替我解围。”身后传来一声甜美的道谢。

宋林栩肩膀一僵，回头瞪了虞闪闪一眼，语气不快道：“还不快走。”

说着，他便加快了步伐，朝前走去。

虞闪闪抿着唇笑了笑，没再说什么，跟了上去。

其实虞闪闪从小就知道，宋林栩有些不喜欢她，他从小就成天板着一张脸装大人，却只有在面对她时，会流露出一些孩子该有的情绪。

比如，毫不掩饰的讨厌。

虽然虞闪闪不知道，宋林栩为什么讨厌她。

宋林栩对她总是凶巴巴的，可每当她被人欺负了，他也不会在那儿看着她被欺负。

虞闪闪一直都知道，酷酷的宋林栩有一颗柔软温暖的心，虽然这份温暖鲜少给予她，可令她心动的，也正是这一点。

宋林栩领着虞闪闪交完了资料，领好课本，便将她带到了教师办公室，径直走到了一位戴着厚厚眼镜的老师面前。

“我姓黄，以后就是你的班主任。”面目和善的中年男人自我介绍道。

虞闪闪站得笔直，乖巧地叫了声：“黄老师好。”

“黄老师，没什么事，我先去上课了。”站在一旁的宋林栩出声道。

班主任笑容可掬：“去吧，今天麻烦你了。”

宋林栩是年级第一，老师们都喜欢他，经常会交代他一些学习以外的事情锻炼他的社会能力。

“我应该做的。”宋林栩礼貌地颔了颔首。

其实虞闪闪也想跟宋林栩道一句谢，可是他走得太快，看都没看虞闪闪一眼。

算了，反正过几天还要去郭阿姨家，到时候再谢。虞闪闪只能这样安慰自己。

一中是按成绩分班的，虞闪闪没有什么学习的天赋，知道自己肯定不会被分到宋林栩所在的高一（一）班。

果然，班主任领着她到了挂着高一（五）班牌子的教室里。

“这位是我们的新同学，大家欢迎一下。”

教室里配合地响起一阵掌声。

“来，你介绍一下自己。”

虞闪闪拿着粉笔在黑板上写下自己的名字，紧张地看着台下数十张陌生的脸，在心里给自己打气。

“大家好，我叫虞闪闪，虞美人的虞，闪闪惹人爱的闪闪……”

“原来是你？！”

虞闪闪还没说完，就被一道声音突兀地打断。

那是一个把头发全都往上梳起的男生，但相比他的发型，更引人注目的是他那张在五官中占据了较大比例的嘴，尤其是此刻他露出一副震惊无比的样子，嘴显得更大，几乎占据了半张脸。

有人哄笑：“要不要脸啊，高明朗，长得好看的你都认得？”

教室里顿时嘘声一片，虞闪闪刚一进教室门就让所有人眼前一亮，她穿着粉色上衣和粉白色的百褶裙，白皙粉嫩的圆脸，一双又大又圆的眼睛湿漉漉的，看起来就特别惹人爱。

“胡说！”高明朗回头骂了一声，又转过头指着虞闪闪愤愤道，“就是你！撞折了我耀哥的胳膊！还跑了！”

啥？

虞闪闪瞪大了眼。

教导处的办公室里。

虞闪闪没想到自己撞了个人居然惊动了教导主任，她的班主任还给虞海生打了电话，但是并没有人接。

虞闪闪想到刚才高明朗的话，脸都白了，小时候不小心踩死了一只小鸡崽，又怕又愧疚，哭了好几天，还做了很久的噩梦。这次，她竟然伤了人？

现在回想，她当时的注意力都在宋林栩身上，根本没看见对面是从哪儿蹿出了个人，直接就撞了上去。再抬头就看见那人直接跌在人行道旁的花坛上，抱着胳膊……

虞闪闪犹豫了半天，还是问了出来：“老师，他胳膊伤得严重吗？”

兴许是虞闪闪的态度诚恳，一副快要哭出来的样子让人看了也心生不忍，本来一脸严肃的教导主任放软了语气：“右手手臂骨折。”

教导主任想了想，又摇着头叹气道：“别人也就算了，偏偏是他。”

“当当当——”

清脆的敲门声突然响起。

“进来。”

门应声而开，虞闪闪看见一个手臂打着石膏的男生出现在门后，他很高很瘦，一中白色的校服穿在身上略显宽大，过于清秀的五官让他整个人看起来无比柔和。

虞闪闪觉得，自己好像在哪儿见过这张脸。

“肖耀？陈教练不是来接你去省城了？”

“嗯，教练在外面等我，我来处理点事情。”肖耀的声音温柔，如同他带给人的感觉，轻轻柔柔。

刚才还一脸严肃的教导主任顷刻就换了张和蔼可亲的脸，迫不及待地迎上去就是一顿嘘寒问暖：“怎么样，你胳膊还疼吗？”

肖耀还没说话，就被教导主任亲热地挽住了完好的另外一只胳膊，被带到了办公室仅剩的一把椅子上。

虞闪闪眨了眨自己还泛着泪光的眼，也不知道是不是自己眼花了，刚才她似乎看见那个叫肖耀的男生在坐下来的那刻抬起眼轻轻对她笑了一下。

“老师，我有事和您说。”

教导主任一愣，随即恍然大悟，看了一眼旁边站着的虞闪闪：“你不用担心，这件事一定会给你个交代。”

虞闪闪羞愧地低下了头。

微红的眼角，耷拉着的肩膀，让虞闪闪看起来可怜弱小又无助，这副熟悉的样子让肖耀心里一下子就变得软软的。

“老师，您可能误会了，是我自己想要赶时间，撞到了人，还不小心左脚绊右脚，正巧摔在了花坛上……”

肖耀的声音一出，不仅是虞闪闪，在场其他几个人也纷纷僵住了。

一片寂静里，唯有少年干净清澈的声音。

“我来找您，就是为了说清这件事。”

教导主任的面色有些尴尬：“是……是这样子吗……”

“还有，”肖耀将手里一直攥着的东西放在了桌上，“虽然公告栏是给我们自由说话的地方，但这样不符合真相的传言以后还是不要出现在公告栏里比较好，影响团结，您觉得呢？”

虞闪闪看了一眼，差点笑出声，那是张手绘的海报，正上方写着硕大的四个红字“全校缉凶”。

下面是一幅潦草的简笔人像画，虽然虞闪闪觉得上面那个绿豆眼、蒜头鼻、血盆大口的人和她简直毫无关系，但她同时也知道，那画的就是她。

“撞折了肖耀胳膊的那女生是高一（五）班的转校生。”这样的消息很快就传遍了整个学校，课间，闻讯而来的一群人乌泱泱地挤在高一（五）班教室门口围观。

“就是她吗？”

“就是她！”

“她怎么还有脸坐在这里呢？”

“就是，看她还不穿校服呢，搞特殊啊？”

“等等，我没看错吧，她身上那件外套是香奈儿最新款！我刚在时尚杂志上见过！”

“家里有矿吧？难怪伤了肖耀还一点儿事都没有。”

虞闪闪埋着头，在习题册上奋笔疾书，假装什么都听不见。

教室里的其他人也和虞闪闪一样，聊天的聊天，睡觉的睡觉，吃零食的吃零食，压根没往门口看一眼。

“干吗呢？干吗呢？”忽地一个大过所有声音的嗓门破空响起，外头闹哄哄的人被吓了一跳，一下子都噤声了。

虞闪闪也抬起头，大嘴男孩高明朗站在人群中，两条浓浓的眉毛几乎皱到了一块，一脸的凶神恶煞。

“都挡别人班门口干吗呢？好狗不挡道，有没有听过？挡别人家的门的狗那得叫恶犬了。”

这骂人的意思太明显了，有几个人立刻不满道：“喂！你骂谁呢？”

高明朗笑了：“骂的就是你们这些跑到别班门口指手画脚的长舌怪！”

几个男生火冒三丈：“你再骂一句试试？！”

“长舌怪！”高明朗不甘示弱地挺胸上前。

“你再说一遍！”那几个人说着就要冲上去。

虞闪闪猛地站起来想要上去拉架，这时候，一只手搭在了她的肩膀上。

是她的同桌，一个长头发的女生，对她摇了摇头。

虞闪闪这才发现，原本班上都在做自己的事的男生们此刻都站了起来，撸起袖子往教室门口走去，指着虞闪闪的那几个人一看势头不对，啐了一声就走了。

刺头一走，剩下看热闹的也都作鸟兽散。

高明朗对着他们的背影比了个嚣张的动作，咧着嘴笑得特别欠揍，几个男生也跟着他一起笑闹。

虞闪闪还有些蒙，有点想不明白，明明一个小时前高明朗还对她特别生气，怎么现在却为了她出头。

还有班上的其他人……

“我们班的特色就是团结，我们的原则是可以自己说说，但是绝不能让自己人被别人欺负了。”

同桌女生对虞闪闪解释。

虞闪闪似懂非懂地点点头，嘴巴微张，她眼睛本来就大，此刻睁得圆圆的，含着蒙蒙的光，就像漫画里的人物一样，特别萌。

“你真可爱啊，和你的名字一样，闪闪可爱，”同桌笑着对虞闪闪伸出手，“我叫赵伊人。”

虞闪闪腼腆地握住她的手，羞涩道：“谢谢。”

上课铃声响了，聚集在教室门口的人纷纷回到座位上。

高明朗坐在虞闪闪的右前方。

一整堂历史课，虞闪闪都没什么心思听，视线老是飘到高明朗的后脑勺上。

下课时，赵伊人去帮老师收作业了，虞闪闪坐在座位上，看着习题册发呆。

“喂。”有人在虞闪闪面前坐下，伸手盖在了她的习题册上。

虞闪闪差点没收住笔画，沉默了几秒后，她硬着头皮抬起头，高明朗一脸微笑地看着她。

“看了我一节课，你想干吗？”

这人说话也不带拐弯。

虞闪闪红了脸，沉默了一会儿，小声问：“你……你为什么要帮我呀？”

“就这事？”

高明朗一副“我还以为什么大事”的表情。

他瞥着虞闪闪道：“我帮你，是受人所托。”

不知道为什么，虞闪闪的眼前莫名出现了那个温柔干净的男生，脱口而出：“是肖耀？”

“嗯，”高明朗点点头，“他被他的教练抓去省城治胳膊了，临走时特意和我说了事情经过，但他没时间跟所有人解释，就让我多看着你些。”

虞闪闪一下子愣住了。虽然肖耀声音轻柔，一开口好像就能让人不自觉地信他说的话，可实情是什么样的，她这个始作俑者再清楚不过了，明明就是她撞的呀，他为什么会把责任都揽到他自己身上，并且一再帮她呢？

心里想着，虞闪闪嘴里也下意识地问了出来：“为什么？”

“什么为什么？我耀哥人帅心善，从不会冤枉人，也从不会让别人因为自己受到影响。”

虞闪闪点点头，就她对肖耀的两面之缘的印象来看，他确实符合高明朗说的“人帅心善”，她此刻内心满是感激。

“谢谢你们啦。”

高明朗满意地点点头，谦虚道：“我就不用了，等耀哥回来，你真得好好谢谢他。”

虞闪闪小心翼翼地问：“不过，高同学，我能冒昧地问一句吗？肖耀到底是什么来头？”

为什么所有人好像都很在意他，就连老师们都对他特别客气。

高明朗一副看见外星人的夸张表情：“啊！你居然不知道我耀哥？！”

虞闪闪连忙解释：“我离开陵城都十年了，才回来没几天呢。”

高明朗脸上的表情这才松动了点，看着虞闪闪道：“你等着。”

他回到自己座位上，从书包里掏出个带着锁扣的笔记本捧过来。虞闪闪觉得自己的形容一点儿不夸张，高明朗双手托着笔记本，小心翼翼地放在了她面前。

然后他打开笔记本，指着扉页上的海报对虞闪闪说：“看看、看看，我耀哥，可是未来要进国家队、为国争光的男人。”

虞闪闪低头看去。

海报上，左侧的小字写着省击剑队队员，正中央，穿着击剑服的肖耀一只手抱头盔，一只手执剑，只是淡淡地注视着镜头，没有多余的背景，只用光与影，打造出少年充满野心的攻击性。

明明现实里看起来那样温柔的一个人，穿上击剑服，就完全不一样了。

虞闪闪突然在心里“啊”的一声叫起来，想起来在哪儿看过肖耀了！

就在昨天，高速路边写着“陵城欢迎你”的广告牌上，一脸笑容可掬的肖耀摆出欢迎的姿势也被印在上面——作为陵城的城市代言人。

陵城之光。

一中之光。

难怪了……

放学时经过花坛，虞闪闪还特意看了一眼，肖耀果然没来。

高明朗说虽然肖耀注定要错过三天后的比赛，可一个多月后似乎是有更重要的集训，胳膊必须在那之前好起来。

万一好不了……

虞闪闪愁眉苦脸地想，那她真是千古罪人了。

第二天一早，宋林栩推着自行车走出小区，刚准备跨上车，就看见站在对面歪脖子老槐树下的虞闪闪，她一看见他，就对他招了招手，看来是特意在等他。

“我妈妈让我拿给你的，昨天谢谢你啦。”

虞闪闪举了举手上一个精致的袋子，怕宋林栩拒绝，直接放到了他自行车前的篮子里。

宋林栩皱着眉看着虞闪闪。

校服是量身定制的，要过几天才能拿到，所以，虞闪闪这天还是穿自己的私服。

依然是精致又与其他同学格格不入的粉色格子小裙子，这也就算了，可她骑着的那辆粉色拉风山地车，又是什么鬼？

宋林栩还是没忍住说她："虞闪闪，你能不能别这么招摇？"

"啊？"

虞闪闪当时还没能领悟到宋林栩的意思，等到了学校，看到同学们投来的震惊眼神和窃窃私语，她才后知后觉地意识到一个事实。

没有哪个父母会像她爸那样，觉得自己女儿坐公交去上学太挤太累，索性就给她买车代步。其实她爸原本是想给她买车的，在 4S 店里给她发了几张汽车的照片让她挑，她善意地提醒了句她还没有驾照这个事实，才让她爸打消这个念头，去了对面的山地车行，斥巨资买下了这款造型招摇，全校独一份的山地车。

而学校里其他人上下学，除了步行、坐公交车，最多的也就是骑普通的自行车了。

所以，虞闪闪现在何止是招摇。

"我没看错吧，那不是 GF 推出的新款山地车？好家伙，我只在网上看见过图片。"

"你没看错，那就是。"

"乖乖哎，太帅了。"

虞闪闪硬着头皮在无数道如炬的目光中快步推着车往停车棚走，可没走几步，就被人拦了。

高明朗一脸严肃地挡在她前面，眉头紧皱。

"虞闪闪，你怎么可以这样……"

高明朗顿了顿，往下一蹲，双手死死抱住车头，笑得特别"狗腿"："女神，车借我骑两圈好不好？"

“呃……你拿吧。”

“哇哦！太酷了！虞闪闪，你知道吗？我跟我爸求好久了，他死都不愿给我买，你也太幸福了！你爸还缺儿子吗？”

虞闪闪坐在操场边，攥着书包带子，无奈地看着高明朗骑着一辆招摇的粉车鬼哭狼嚎。虞闪闪左右看了眼，虽然已经放学很久了，但学校里依然有零星几个由于各种原因晚下学的学生，陆陆续续被高明朗兴奋的声音引得看过来。

虞闪闪实在不想再吸人眼球了，站起来对高明朗招了招手：“高明朗。”

高明朗一个漂移停在虞闪闪面前：“怎么了，女神？”

“我要回家了，”虞闪闪扯了扯书包带，“你骑完了就帮我把车骑回我家，停在小区的停车棚里就行了。”

高明朗眼珠子转了转，比出两根指头：“两天。”

“随便了。”

反正她以后不会再骑了。

虞闪闪看那群好奇的人就要围过来，摆了摆手，急急忙忙地跑了，身后是高明朗震天的欢呼声。

虞闪闪出了校门，正要去过马路，不经意地往出事的花坛那儿瞄了一眼，蓦地，就刹住了脚步。

穿着白衬衫黑裤子的肖耀就靠坐在花坛上，右手还打着石膏，似乎是察觉到什么，微微侧过头，看着虞闪闪的方向，愣了一下后，便站了起来，一笑，连风都温柔了。

肖耀朝虞闪闪走过来，直到在她面前停下，虞闪闪这才发觉，他长得实在很高，她要仰起头，才能和他对视。

“你……我……你……”

虞闪闪对于肖耀此刻出现在这里实在太过吃惊，手指在两人间转了几个来回，也没能说出句完整的话来。

“你是想问我，不是去了省城？怎么会在这里？”

肖耀很贴心地替虞闪闪问了出来。

虞闪闪木然地点了点头。

“我们不是约好了在这里见？怕你在这里等我，所以弄好了就先回来了。”

肖耀示意了下自己打着石膏的手臂。

虞闪闪花了好半天才将肖耀的话消化完毕，昨天在教导处的时候，肖耀说完那番话就走了，她根本没来得及跟他说一句抱歉。

她确实欠他一个正式的道歉。

虞闪闪往后退了一小步，弯下身子郑重地说出一声：“肖耀，对不起……”

“没关系。”肖耀接口，看着女孩的后脑勺忍不住笑了起来，“所以，你打算怎么赔罪？”

“啊？”

虞闪闪抬起头，看见肖耀脸上如春风般和煦的笑，一瞬间就有些愣神。一旁停着的私家车音响开得老大，正放着邓丽君的《甜蜜蜜》。

在哪里，在哪里见过你，

你的笑容这样熟悉，

我一时想不起……

她大约是着了什么魔，竟然觉得在哪里见过这样的笑。

肖耀就这样静静地看着她笑，虞闪闪的心也慢慢慌乱起来。

“那你……想我怎么赔？”

最后，不过是街边小店的一盒油炸物，老板娘和陵城许多人一样，对肖耀特别热情，还多送了他们许多。

两人一只手一根炸年糕，坐在店内简陋的塑料小板凳上。虞闪闪咬了一大口，外脆里糯的年糕混着酱香在嘴里爆炸开来：“这个真的好好吃哦，和我以前吃过的一家路边摊味道一样。”

小时候家里条件一般，虞闪闪每次都要攒好久的零花钱，去路边摊买一根解馋。

肖耀笑了笑：“阿姨也是做了很多年才开了这家店。”

虞闪闪沉浸在美食之中，根本没注意肖耀说了什么。

虽然说是她请他，但最后大多数进了她的肚子。

虞闪闪意识到这一点后，不好意思地揉揉鼻子：“下次再请你吃别的。”

肖耀递过去一包纸巾：“好。”

付了钱，虞闪闪转头看见肖耀正躬身替她拿丢在座位上的书包，她连忙跑过去接过来，脸红道：“我自己拿好了，你怪不方便的。”

虞闪闪指了指肖耀的右手，又有些心虚地收回手指。

“我听他们说了，你都出了一头的汗，脸也白了，对不起，一定很痛吧。”

想想也是，那可是混凝土做的花坛，她也是拼尽全力去追宋林栩的。

“那不是疼的，”肖耀的声音低了下去，细听之下，还有些颤抖，“是吓的……你下次不要这么莽撞地过马路了。”

“啊？”

虞闪闪没有听清，抬起头向他眨巴着困惑的眼，一脸迷茫。

她的睫毛很长，小扇子一样，忽闪忽闪，好似真扇起了一阵风，温柔地拂过面颊。

痒痒的。

肖耀听见了自己的心跳声，好在多年的训练让他能够在汹涌的情绪里依然保持清醒，他别过头，轻轻柔柔地重复了一遍：“我是说，下次过马路时，多看着车。”

当肖耀看见虞闪闪不要命地冲过马路时有多害怕，他甚至不确定那一刻看见的虞闪闪是不是自己时常会出现的那个幻觉。这么多年过去，他只知道无论在梦中还是现实，无论是真实还是虚幻的她，他的步伐，都会不自觉地穿越人海，走向她。

每一刻。

每个她。

第 二 章
锦鲤女神的诞生

★ ☆ ★

Xiao Shanyao

也不知道是不是肖耀的话起了作用，回家路上，虞闪闪每一步都很仔细，每一个路口，她都会停下来看看过往车辆。走到小区门口时，她看见虞海生开着车正从小区里出来。

“爸！”虞闪闪开心地招了招手，但虞海生像是没有听见，路过她疾驰而去。

回到家，高婕正将做好的菜摆上桌。

洗好手坐到桌子旁，虞闪闪问：“妈，我刚看见爸爸开车出去了，不等他一起吃吗？”

高婕盛饭的手微微一顿：“你爸有饭局，咱自己吃。”

“哦。”虞闪闪应了一声，目光却落在高婕手中那碗越盛越高的米饭上。

晚上，虞闪闪正在做习题册，听见了虞海生回来的声音。

她探头出去打了个招呼，正要关门时，虞海生突然叫了她一声：“闪闪。”

“怎么了，爸？”

“你……”虞海生面露难色，犹豫了下才继续说下去，“你的车明天借爸爸骑一下。”

“啊，车被我同学借去骑了……”

虞海生摆摆手：“那算了，你快去写作业吧，写完记得早点儿睡觉，乖。”

虞闪闪坐在台灯下，眼睛看着题册上的化学方程式，心里却在想着别的，她觉得爸爸妈妈这几天都有些奇怪，但愿不是什么不好的事吧。

第二天早上出门时，虞闪闪又遇见了宋林栩。

“早啊！”

虞闪闪弯着眼睛打了个招呼，可看宋林栩的表情却不怎么高兴的样子，虞闪闪知道，他怕是又当她特意在小区门口堵他的。

虞闪闪有些失落，“她本将心向明月，奈何明月厌烦她”，她不是看不出宋林栩对她的闪躲。所以打完招呼，她乖乖地往不远处的公交站走去，坐在长凳上等车。

宋林栩骑着自行车路过公交站，突然停了下来，目光微微扫过来，停在了虞闪闪身上，她看上去就像一个可怜的小鹌鹑。

“你的车呢？”宋林栩问。

虞闪闪似乎没料到宋林栩会再跟她搭话，她本来失望的脸瞬间生动了，有些受宠若惊，唰的一下站了起来，眯着眼笑道：“借给同学骑了。”跟报告自己助人为乐的事迹似的。

宋林栩皱了眉头：“虞闪闪，你能不能做点儿靠谱的事？”

“我？我怎么了？”虞闪闪有些迷茫。

“你那车是能随便借人的？别人要是骑你的车出了事，你负责不？”

“宋林栩，你也太杞人忧天了吧，“虞闪闪天真地笑道，“哪有那么倒霉的事？”

“不过，”虞闪闪话锋一转开心笑道，“我知道你是关心我，谢谢你噢。”

“谁关心你？想多了。”宋林栩瞪了没心没肺的虞闪闪一眼，干脆地丢出这么一句话，而且仿佛怕再多说一句虞闪闪就会更加误解他一样，凶巴巴地蹬着自行车溜了。

虞闪闪第一天坐公交车就碰上了市政修路，公交临时改道，等到学校门口时，已经是七点零五分。虞闪闪一路气喘吁吁地冲进教室，刚坐定，语文老师就抱着教案走了进来。

“今天早自习我们继续背《沁园春·雪》。”

“第三十二页。”赵伊人热心地提醒虞闪闪。

“谢谢。”虞闪闪一边把书包放好，一边感激地道了声谢，将课本翻好。

“下面哪位同学先来带大家朗读熟悉一下全文？”老师抬头随意地看了一眼，“没人举手的话，那我点名了哦。”

“高明朗。”

虞闪闪抬起头，视线里，高明朗的座位是空的。

老师也发现了：“高明朗又没到吗？”

课堂上响起一阵哄笑。

赵伊人笑着小声对虞闪闪说：“高明朗是我们班的迟到大户，一周五天他三天都迟到，剩下两天是在迟到的路上。”

虞闪闪也轻轻笑了起来。

“那换一位同学，我看我们班新转来了一位同学……虞闪闪是吧？”

虞闪闪突然被点到名，愣了一下站起身。

刚转过来就被课堂点名，她有些紧张。虽然这篇课文她学过，而且因为喜欢，她早就背得滚瓜烂熟。

“不知道你原先学校的进度到哪儿了，带大家朗读一下可以吗？”老师体贴地问道。

“嗯，没问题的老师。”虞闪闪吸了口气，认真地点了点头。

“北国风光，千里冰封，万里雪飘……”

虞闪闪声音悦耳，咬字清晰，本身是一个甜美可爱的女孩，但念这首诗却丝毫没有她平时的那种软糯气，反而抑扬顿挫，格外磅礴大气。

虞闪闪的朗读功力连老师都有些意外。

一篇课文读完，底下有男孩子夸道："老师，要是有虞闪闪这样优美的带读，我也不至于现在背不好一篇课文。"

大家哄然大笑，老师笑着瞪了说话的男生一眼："别把你背不下课文的锅推给带读的同学啊。"

不过她还是转头看着虞闪闪赞许道："以后闪闪带读吧。"

虞闪闪不是什么"学霸"，甚至还有点儿"学渣"体质，但她也深知自己的优点，她从小就喜欢朗读，而且因为她心思细腻，很能共情，所以在朗读上非常有天分。

在之前学校时，虞闪闪经常是学校派去市里参加朗读比赛的学生代表，而且有什么大型活动，一定是她做主持人。

没想到刚到这里这个优点就被发现了，虞闪闪看着老师信任的目光，开心地点了点头。

课间休息的时候，赵伊人找虞闪闪说话："闪闪、闪闪，我暑假常去沪城旅游，我真的好喜欢沪城的感觉啊，又有文化底蕴又有气质，我以后打算报志愿全部填沪城的大学，你为什么反而从那里回来陵城了？"

"因为家里的缘故啊，我也挺喜欢沪城的。"虞闪闪说，"不过我也喜欢陵城，因为我小时候是住在陵城的，这里有我的美好回忆。"

"哟！美好回忆？是不是有青梅竹马？！"赵伊人八卦嗅觉非常灵敏。

虞闪闪笑了，有些不好意思，但还是点了点头。

"快告诉我啦！"赵伊人追问。

虞闪闪想到那个人，有些想皱鼻子，宋林栩讨厌她的神情可真的太明显了。她也不知道为什么，好像她和宋林栩对年少的记忆是分割开来的。她觉得那时候很美好，她还记得，小时候宋林栩就对天文产生了极大的兴趣，所以她爱屋及乌，也爱跟他在纺织厂后面的山丘上看星星。后来她去过很多城市，还在沪城停留了好多年，却没有一个城市，能比得上那个全是荒草和石子的小山丘，也没有一个城市的星空，能让她如此怀念。

可在宋林栩的记忆里，或许她一直是一个讨人厌的跟班吧。

“我的喜欢对他来说是一种困扰，所以我得对他的名字保密。”虞闪闪摇了摇头，没有说出宋林栩的名字。

“为什么啊？”赵伊人好奇地问道。在赵伊人眼里，虞闪闪这样脸肉嘟嘟，长相可爱，声音甜美的女孩子会有谁不喜欢呢，这简直就是人间可爱的小仙女啊。

“不知道。”虞闪闪强颜欢笑，换了个话题，“其实，我觉得陵城更好，这里现在晚上也能看到星星。”

“这倒也是，”赵伊人也赞同，“沪城的高楼大厦太多了，虽然我喜欢那里的好吃的、好玩的，但还是最喜欢家乡的灯火跟天空。”

还有星空下仰望的少年。虞闪闪在心里默默加了一句。

她们正聊得起劲儿，班主任突然出现了。

“虞闪闪，你跟我来一下。”

虞闪闪心里“咯噔”一声。

路上，虞闪闪忍不住问：“老师，我不是又惹出什么事了吧？”

班主任看虞闪闪一眼，欲言又止，最终什么都没说，只是重重地叹了口气。

与高一（五）班所在的2号教学楼相对而立的，是高一（一）班所在的1号教学楼，两名学生正一人抱着一沓卷子走在楼道里。走在最前头的少年不经意地一抬眼，看见对面楼的楼道间，一前一后走着的两人。

他眉头一皱，速度慢慢缓了下来，几秒之后，他突然转身将手里的卷子放在同伴手上。

“宋林栩！你去哪儿？”

同伴叫他。

少年一边往楼梯口跑一边回头喊：“我突然肚子痛，帮我跟老师说一声。”

“厕所，”同伴指了指右边，声音低了下去，“在那边啊……”

一走进教师办公楼，就听见闹哄哄的吵闹声。

“我不管！我儿子是在上学路上出事的，学校不负责谁负责？他现在还在医院躺着呢，还有我，我的误工费，还有我家的精神损失费，这些你们都得负责！”

走近了，虞闪闪看见一个穿着白汗衫、花裤衩，留西瓜头的中年男人很凶地在拍桌子，几个老师站在他面前，一脸无奈。

看见虞闪闪他们来了，那个很凶的中年男人就瞪着眼道：“就是你吧！高明朗骑回去的山地车是不是你的？”

虞闪闪虽然有些莫名其妙，而且男子看起来凶神恶煞，但她还是镇定而礼貌地回道：“是的，叔叔，高明朗骑的车是我的。”

班主任扶住虞闪闪的肩膀，轻轻拍了拍：“虞闪闪，你实话实说就好，老师问你，你的车，是高明朗自己拿去骑的还是你自愿借给他的？”

“喂！你这话什么意思？我家高明朗还能抢她的？我家高明朗打小心地善良，平时还经常扶老奶奶过马路。”

在场看戏的老师闻言，有的差点儿笑出声，学校通报违反纪律学生的滚动屏上，“高明朗”这三个字简直是常驻嘉宾。

这边激烈地争执着，谁都没发现穿着篮球服的宋林栩轻轻叩了叩门，向着里面看戏的老师说：“老师，我来拿点打印纸。”

宋林栩目不斜视地走到堆放打印纸的角落，蹲了下来。眼里，是女孩虽然有些忐忑，但还是天真的脸。

高明朗的父亲，宋林栩知道他，陵城挺有名的一号人物，一大把年纪还没个正经工作，整日游手好闲、逛街过市，以无赖泼皮而闻名。

班主任不想再纠缠下去，转头又问了一遍虞闪闪："是你自愿借给他的吗？"

虞闪闪肯定地点头："是。"

班主任叹了叹气："叫你爸爸来吧。"又怕孩子有心理负担，补充道，"高明朗骑车碰到了别的车，还有些赔偿问题，得你爸爸来商议。"

虞闪闪走到走廊上，给虞海生打了个电话。

没想到早上宋林栩说的话成了真，虞闪闪有些愧疚，虽然不知道具体情况，但她知道又给爸爸惹事了，刚在办公室还挺镇定，但听到爸爸的声音就有了些哭腔："对不起，爸爸，我好像又闯祸了。"

虞海生得知事情原因后，好声好气地哄着自己的娇娇女："这件事不是你的错，闪闪你别怕，爸爸刚好在你们学校附近，这就过来。"

虞闪闪挂了电话，一转头就看见了宋林栩，他抱着一包打印纸，仗着个子高，看人时总有种睥睨的感觉。

虞闪闪眼睛里还含着点儿泪。

"我说什么来着？"宋林栩哼了声，"你有什么想说的吗？"

虞闪闪撇了撇嘴，有些委屈："你这嘴怕不是开过光吧？"

宋林栩一脸木然，他本来以为经历过这个事，虞闪闪会有"我再也不乱借给别人东西"的认知，没想到她的重点放在了他的话上，这么一说反倒还有点儿像他乌鸦嘴。

宋林栩本来想帮她的，可被她这一噎，他又生气了。

“该！”

宋林栩恶狠狠地凶了她一声，就走了。

虞闪闪不知道宋林栩怎么又生气了，不过他一向是这样，说生气就生气。

虞闪闪觉得宋林栩有点儿像一个网上的河豚表情包，时不时就会气鼓鼓。

她委屈巴巴的，连一句安慰都没得到，还又得到了一句骂。

虞海生十多分钟后就赶来了。

一进办公室，他看了一眼虞闪闪，就径直走到班主任面前，态度温和道：“真是不好意思啊，黄老师，给您添麻烦了。”

跟暴躁粗俗的高大壮一比，儒雅有礼的虞海生是很容易让人心生好感的。

高大壮去上了个厕所回来，就听见办公室里相谈甚欢，一下子气不打一处来，冲进去就骂骂咧咧的。

“我说姓黄的你啥意思呢，看不起我？对我那副态度，转头就这样……”

看清办公室里坐着的人，高大壮一愣，似乎不敢相信自己的眼睛。

“海生？”

听到声音，虞海生也认真看向了他。

高大壮“哈”了一声，声音兴奋起来：“是你吧，虞海生？”

虞海生脸上的笑，一下子僵住了。

市医院里，高明朗刚打完石膏躺在床上悠闲地吹冷气呢，病房的门忽然被一把拉了开来。

高明朗抬眼就看见了肖耀，肖耀面无表情地看着他，眼里似乎还有一些焦躁。

“耀哥？”

高明朗连忙起身，起到一半，就“哎哟”一声又坐回了床上。

肖耀大步走过去，用没打石膏的手扶住高明朗的腰，将他稳稳托住。

高明朗的脸瞬间就红了，肖耀看起来比他瘦弱多了，但不愧是运动员，力气是真的大，一只手就可以撑住他。

“耀哥，你不是后天才回来吗？”

“有点儿事，昨天就回来了，”肖耀扶在高明朗腰上的手没有放下，看着他的眼道，“你能走吗？”

高明朗：“啊？”

他刚才摔回去那一下看起来是像能走的样子？

沉默了一会儿，高明朗认真道：“耀哥……如果你有要求，我其实也可以用爬的……”

肖耀怔了一下，似乎也意识到自己的话有多愚蠢，他将高明朗放下，转身走了出去，不一会儿，他推着一辆轮椅来了。

高明朗被肖耀扶到轮椅上时还有些蒙：“耀哥，我们这是要去哪儿？”

肖耀低头看了高明朗一眼：“你爸去学校找虞闪闪麻烦了。”

“啥？”高明朗差点儿跳起来，一脸无语，“我爸真的是……”

他扭头看见肖耀的表情，顿时哽住了。

高明朗吞了吞口水，气势一下子弱了下去：“耀哥，你别生气，我和我爸不一样，我拎得清。”

肖耀没有说话，推着高明朗大步走了出去。

虽然肖耀待人温和，但是吧，有的时候，高明朗是真的很怕肖耀……

他见过肖耀的另一面，并且，绝不想再看见那样的肖耀。

学校那边，高大壮已经单方面和虞海生达成和解，边钩着虞海生的肩膀往教师办公楼外边走，边对班主任说道："黄老师，你不知道吧，十年前咱陵城出了个双色球特等奖，就是我这位海生老弟。"

话一出，班主任看向虞海生。

十年前的事，在陵城人的记忆里早就模糊了，但经高大壮一提醒，他记起来了。当年，似乎真的有这样一件事，一家福彩站出了特等奖，奖金高达一个亿，当时店老板自制的横幅挂了一个月，他们知道这件事，但还真不知道中奖人是谁。

这时候，高大壮突然看着虞闪闪笑了起来。

下课铃声也在这时忽然响了起来。

虞闪闪吓了一跳，高大壮的笑让人心里有一种说不出的怪异，她忽然觉得头皮发麻。

"而且啊，我还知道，中奖的那串号，是我们闪闪随便涂的几个数，对吧，闪闪？哎，我怎么就没你这样的女儿呢。"

此言一出，班主任看虞闪闪的目光都多了点儿别的意味。

虞闪闪眨了眨眼，怎么突然就说到这个了？她正不知道怎么回答得体时，突然听见有人喊了声。

"黄老师。"

"肖耀？高明朗？你俩怎么来了？"

不远处，肖耀推着高明朗朝他们走来。

肖耀右手还打着石膏，只靠单手推轮椅，校服的袖子被他撸到手肘上，露出一截纤瘦却精壮的小臂。正是下课时间，校道上已有三三两两的学生，肖耀的存在感实在太强，仿佛自带聚光灯，许多人都因为他看向这边。

高明朗看见高大壮都快疯了，张口就喊："爸！你干吗跑这儿来闹？你不嫌丢人啊？我借了人家东西还给人弄坏了，你不来道歉就算了，还跟这儿添什么乱啊？！"

高明朗的声音中气十足，浑厚有力，虞闪闪总算放下心来，还好人没什么大碍，不然她得愧疚死了。

破天荒地，高大壮被儿子当众呛声，也没生气，笑嘻嘻道："都是误会。对了，儿子，你赶紧来沾一沾这位小福宝的福气！"

高大壮伸手就要去拉虞闪闪，虞闪闪显然不喜欢这个动作，往后退了退。

虞闪闪是个乖巧的女孩子，长得又可爱，嘴巴又甜，平时很会讨长辈喜欢，但她不知道为什么，就是不喜欢高大壮，想离他远一点儿。

高大壮脸上的笑立马就有些挂不住了。

虞海生连忙解释："闪闪不喜欢和人有身体接触。"

"你小时候可不嫌我，哪来那么多讲究！"

高大壮不以为然地撇了撇嘴，再一次朝虞闪闪伸出了手。

虞闪闪求救般地看向虞海生，而虞海生也不知道在想什么，竟然没有动作。

"虞闪闪。"

突然间，肖耀往前一步，不偏不倚地挡在高大壮面前，他面对着虞闪闪，如同一座山，将高大壮挡得严严实实。

他看着虞闪闪，面上轻轻浅浅地笑，似乎没有意识到自己刚好挡住了高大壮。

只有高明朗看见肖耀垂在身侧的手死死攥紧，小臂上青筋凸起，像在克制着什么。

虞闪闪也看着他，眼里的惊恐还未消散，但心里不知道怎么回事，竟就这样平静了下来。

肖耀目不斜视地看着她："我找了你半天，你昨天说的那道题，我知道怎么解了。"

"老师，虞闪闪这边还有事吗？我们可以先走了吧？"

班主任简直求之不得，他快被高大壮这个厚颜无耻的人烦死了。

"快去吧！"

第二堂课后是大课间，学校广播已响起课间操的声音，操场上学生们都在做课间操。肖耀和虞闪闪没去，他们往教学楼的方向去了，一前一后走在林荫小道上。

虞闪闪盯着肖耀绷得笔直的背影，犹豫了半天，还是开口叫他："肖耀。"

肖耀好像没听见，继续往前走。

"肖耀。"

虞闪闪又叫了声。

"嗯？"

肖耀这下子听见了，他停下来，转过头看她，脸上的阴沉尚未来得及散去，但好在专心想问题的虞闪闪并未发觉。

"我们昨天好像没有讨论过什么题吧？"

虞闪闪有些困惑，甚至怀疑起自己的记忆力来。

她微微歪着头，细长的眉毛弯弯皱起，看上去真的是在很费力地想什么。

肖耀方才还烦躁的心一下子就平静了，他弯了弯嘴角，点点头："嗯，我们没有讨论题。"

"那……"

"虞闪闪，"肖耀叹了口气，"不要怀疑，我就是在帮你，他是长辈，你爸不好帮你，你又一而再，再而三地拒绝。"

虞闪闪"啊"了一声捂住嘴，像被发现了什么不得了的事情："你怎么知道……"

“我看见你说了。”肖耀指了指眼睛，“这里。”

虞闪闪瞪圆了眼睛。呜呜，她表现得这么明显吗？她这样会不会让爸爸难做？

“你不喜欢的，就拒绝，你是独立的个体，有你自己的感受，”肖耀好像知道她在想什么一样，出声宽慰道，“就算那个人是你的父母至亲，他们也没办法切身感受到你的感受，不用太在意别人。”

肖耀似乎怕自己说得太绕了，她不明白，又贴心地问：“我这么说，你能明白吗？”

虞闪闪好像有点儿明白，又有点儿不明白，但有一点儿她是明白了，肖耀刚才是特地找了个借口替她解围的。

“不管怎样，谢谢你哦。”她认真道。

当时虞闪闪的确很烦，所以当肖耀突然挡在她面前时，她瞬间松了一口气。

“可是，”虞闪闪想到了什么，又摆出一副很困惑的表情看着肖耀，“为什么是你给我解题，而不是我给你解呢？”

“呃……”

肖耀愣了一下，终于没忍住笑了出来，他看了眼虞闪闪认真的表情，什么都没说，转过头去继续往前走：“我下次知道了。”

虞闪闪还是和以前一样，对自己盲目自信，真的是……太可爱了。

肖耀差点儿忍不住去揉她的小脑瓜子了。

直到后来，虞闪闪想到这一幕简直羞愧万分，她当时到底哪来的自信，会对跳级的学霸肖耀说出这番话？

那天后，高大壮的事情似乎告一段落，他也再没来过学校。但虞海生这段时间几乎不在家吃饭，回来得也很晚，父女两人每天照面的时间不过几分钟。虞闪闪觉得她最近和虞海生的关系有些疏离，她心里其实还是有些介意爸爸当时没有护她到底的。

入校一个星期后，虞闪闪终于拿到了校服。

陵城一中的校服不算难看，男生是白衬衫黑裤子，女生是白衬衫加黑色裙裤，简单的配色，却最不会出错。

穿校服上学的第一天，高婕还有些失落，她拿着一条淡黄色的长裙，眼巴巴地看着虞闪闪对着穿衣镜整理自己的衣衫。

“闪闪，要不还是穿妈妈给你准备的吧，你看妈妈今天给你挑的裙子，长袖的，也过膝了，完全符合学校规定！”

虞闪闪将衬衫衣摆塞进裙裤里，想了想，好像同学都没有塞进裙裤里，便又拿了出来，仔细扯了扯衣摆的褶皱：“妈，你就别添乱啦，学校规定要穿校服，你都不知道我第一天去时，还被人说了，超丢脸的。”

“好吧……”高婕瞬间失落了。

高婕当了好多年的家庭主妇，从前就想，以后要生个女孩，好好打扮她，让她每一天都漂漂亮亮的。后来真的生了个小女孩，可最初那几年，家里条件实在太差，别说打扮了，连衣服都是捡亲戚家孩子穿小的不要的。

后来有钱了，高婕的愧疚和心疼全转化成对女儿的溺爱，十年来每天最重要的事就是打扮女儿，可现在突然女儿就不穿她准备的衣服了，十年没工作过的高婕居然有种失业的感觉。

虞闪闪从镜子里看见高婕失落的表情，她一下子就了然于心了，她转身小跑过去，一头扎进了高婕怀里，小脑袋在妈妈怀里蹭了蹭。

“你买的每一件衣服我都很喜欢，但是我在学校读书就得遵守学校规定嘛，不能我一个人搞特殊，对不对呀？妈妈你别难过了，你一难过我就难过，我最喜欢妈妈了，裙子我很喜欢，我周末穿给你看呀。”

虞闪闪长得甜美，撒起娇来更甜了，她每次一撒娇，高婕的心都要化了一样，不禁宠溺地揉了揉女儿的头：“知道啦，快去上学吧。”

这天高明朗也回来上学了。

他的腿还没好，拄了根拐杖，一进教室门，就引得大家哄堂大笑。

但高明朗破天荒地没有理他们，直接走到了虞闪闪面前，张口就问。

“虞闪闪！我爸说的是不是真的？你六岁时随便选的几个号码真的中了双色球一个亿的奖金？”

“扑哧——”

有的同学正在喝水，一口喷了出来，被他喷了一脸水的同学却没啥反应，因为这名“受害同学”正张大嘴看着虞闪闪。本来闹哄哄的教室里一下子就安静了，所有人表情一致地盯着虞闪闪。

虞闪闪本来正和赵伊人说话，被突然出现的高明朗这么突然一问，脑子还没转过来，微微张着嘴，本能地点了点头：“是啊……”

高明朗一拍桌子，表情无比兴奋：“我的小姑奶奶啊，您也太厉害了吧？！”

教室里也炸了锅。

“一个亿？我都没想象过这么多钱长什么样子。”

“注意时间，是十年前的一个亿！”

“难怪她身上都是大牌，我还以为又是一个富二代呢……”

“别人有钱靠父母，她靠自己的运气，我真的服了！”

高明朗看虞闪闪的眼睛变得亮晶晶的，充满了崇拜之情：“这完全就是被幸运女神眷顾的锦鲤啊，锦鲤本鲤！虞闪闪，女神，我可以沾一下你的幸运之气吗？！哎哟！谁打我！”

高明朗捂着头大叫。

赵伊人拿着本书又对他脑门上砸了一下:“高明朗,你要点脸,好不好?收回你的手,你少占闪闪便宜!”

虞闪闪心想,还是有个正常人的。

没想到下一秒,赵伊人转身一把握住虞闪闪的手,一脸虔诚地将额头贴了上去:“锦鲤、锦鲤,保佑我期中考进前十啊。”

虞闪闪:“呃……”

托高明朗的福,“虞闪闪六岁时随便选的号码中了一个亿”的事迹不过一个上午就传遍了整个陵城一中,虞闪闪一下子成为一中的锦鲤吉祥物,有人把她的照片放到学校论坛,附言:“转发这条锦鲤,逢考必过。”

期中考试前几天,甚至有同学来找她签名,当作平安符随身带进考场。

成绩很快就公布了,虞闪闪考得不错,在五班排第九名。

虽然距离考进一班还有很长的路要走,但是虞闪闪已经很满足了,要知道,她在以前的班里都是考倒数的。

为了奖励自己,课间时,虞闪闪去小卖部买了一堆零食。她和赵伊人手挽着手刚走到教学楼门口时,就看见几个学生搬着桌椅从 1 号楼搬下来往 2 号楼去。

“这是一中的传统,公布完成绩后,一班如果有考到年级一百名外的,他们就要按照考试成绩去别的班,其他班有考高分的,则搬去一班。”赵伊人给她解释。

虞闪闪刚进学校时就听老师说过这种传统,老师说这是为了激励大家。可是虞闪闪却觉得这样很不好,从后面的班级搬去一班还好,可对于那些从一班搬出来的同学来说,这无异于公开处决,伤他的自尊心。

虞闪闪不想站在这里看别人热闹，因为她设身处地地想了一下，如果在搬桌椅的是她，她一定不想被这么多人看着。于是，她拉了赵伊人就走：“别看了，我们回班上吧。”

等两人回到教室，却发现大家都聚在教室后面叽叽喳喳。

“都挤一块干吗呢？”赵伊人是个爱凑热闹的，一看这情况，丢下虞闪闪便凑了过去。

经她这一喊，人群还真的让出一条道来，露出了被人群包围着的人。

肖耀正端坐在位置上收拾自己的书桌。

赵伊人张大了嘴，简直不敢相信自己的眼睛：“肖耀？！我没看错吧？你一个年级第一怎么来我们五班了？”

肖耀抬起头来看了赵伊人一眼，目光越过她的肩膀落在了正往里走的虞闪闪身上，眉眼一弯，轻轻笑了起来。

“这次没考好。”

“天啊，你得考多差才能一下子从一班掉到五班啊？”

“训练太紧了，没有时间好好读书，”肖耀顿了顿，突然提高了点音量，“大概是需要人帮我解题。”

虞闪闪没跟过去凑热闹，她正咬着吸管慢吞吞地往座位上走呢，听见这番话，抬起头望过去，正好对上肖耀的目光。他笑起来很好看，眉眼弯弯，眼里像有着细碎的光，和夜晚的星空一样。

虞闪闪的心脏像被人轻轻叩了两下，心跳突然加速了半拍。

虞闪闪觉得，她……真的好像在哪里见过谁有这样的笑。

脑子里有什么忽然闪过，速度太快，她根本抓不住。

再看过去时，肖耀已经和同学们相谈甚欢，虞闪闪蒙蒙地挠了挠头，她看错了吗？

肖耀转到五班，最开心的人要数高明朗了。

下午班会课，班主任组织大家清场重新排座位，座位也是按成绩来的，名次在前的拥有优先选择权。

收拾好座位，虞闪闪和赵伊人背着书包到教室门口等待，赵伊人一脸苦恼道："怎么办，闪闪，我和你差了十一名，中间隔了十一个人，我不想和你分开坐。"

两个女孩子经过一个多月的相处，已经好得跟亲姐妹一样，去哪里都要一块儿。

虞闪闪也不想和赵伊人分开："那我一会儿还选我们之前的座位。"

赵伊人还是不放心："那如果我前面有人去选你旁边的座位呢？你现在可是锦鲤女神哎，谁都想沾沾你的好运。"

虞闪闪四下看了眼，果然周围有好几个同学都对她报以友善的微笑。

虞闪闪头一回体会到人气太高带来的烦恼了。

她捧着脸烦恼地揉了揉："如果有人要过来坐，我就跟他好好说，我觉得我们班同学还都挺好说话的。"

赵伊人本来也只是逗逗虞闪闪，她老早就和前十一个人打好招呼了，看虞闪闪当真为座位的事发起愁来，样子特别萌，赵伊人忍不住笑起来："闪闪，你怎么这么可爱呀。"

和虞闪闪一样为座位发愁的还有高明朗，他正对着同学挨个威胁："我话先放这里了啊，耀哥身边的座位只能是我的，谁抢我的座位试试，我让他吃不了兜着走！"

有人不怕死地喊了句："你个倒数第一还想和耀哥坐，你倒是考好点儿啊！"

"就你有嘴！就你会说话！"高明朗一下子冲过去，将仗义执言的那位同学的头夹在了胳膊下嬉闹了起来。

吵闹声中，处于话题中心的肖耀却是一脸淡定，看着高明朗他们闹成一团，脸上带着淡淡的笑意。

虞闪闪心里感叹，肖耀好像永远都是这样一副气定神闲的样子，没有太多的情绪，如果是别人这样做，那可能她会觉得像个假人，可肖耀不会，他只要站在那里，就会令人有一种如清风拂过般的温柔舒适感。

似乎是察觉到虞闪闪的目光，肖耀突然往她们这边望过来，四目相对，肖耀咧开嘴，露出一排大白牙。

虞闪闪似是被他感染，也咧嘴冲他笑了笑。

站在一旁的赵伊人看看虞闪闪，又看看肖耀，突然想到虞闪闪之前说的陵城有她的美好回忆……

赵伊人咬住了唇，她忽然觉得自己勘破了什么秘密。

第一个进去选座位的人是肖耀，他从一班掉到五班，成绩不偏不差，刚好在五班排了个第一。

“啊——肖耀要坐那里？”

赵伊人看着肖耀前进的方向，正是她和虞闪闪原来的座位。

天啊，这是什么绝世小甜文的剧情啊，赵伊人现在强烈怀疑，肖耀掉到五班就是为了虞闪闪！

虞闪闪连忙改变策略：“那如果他选了那个座位，咱们就往前一排，或者往后一排。”

赵伊人却拍拍虞闪闪的手，对她摇摇头：“没事的，闪闪，你就坐那里，我都懂的，我理解。”

还没等虞闪闪弄明白赵伊人理解了啥，就见肖耀一个转身，坐到了后面一排的座位上。

虞闪闪松了口气，赵伊人却有点儿傻，不过片刻她就想明白了，也是，他们学校严禁早恋，作为祖国向阳而生的花朵，确实不能明知故犯！

接下来，高明朗就跟个守门员一样，站在教室门口，对每一个进去的人进行眼神威胁。

轮到虞闪闪时，他立马换了副嘴脸，打了个手势，“狗腿”道：“女神，您这边请。”

虞闪闪坐到原来的座位上，对着在门口张望的赵伊人笑了笑。

没一会儿，赵伊人也进来了，如愿和虞闪闪继续做同桌。

大家也都给了高明朗面子，将肖耀身边的座位空了出来。

高明朗一落座就兴奋地大叫起来：“我的男神是我同桌，我的女神是我前桌，苍天啊，我圆满了！”

“啪”的一声，一本书轻轻拍在他脸上。

“谁偷袭我！”高明朗骂骂咧咧地把书从脸上扯下来。

赵伊人双手叉腰，恼怒地瞪着他：“你吵死了，再吵吵我找老师给你换座位去。”

“赵伊人，你好好说话，别动不动就要打小报告威胁我。”

“怎么，谁让你这么吵？”

“好了，都别闹了，”肖耀温声道，他从书包里掏出一个袋子来，像哄小孩一样放在高明朗和赵伊人之间，“我教练拿来的特产，你们分一分。”

赵伊人还是个小姑娘，一下子就被袋子里装的东西吸引了注意力：“哇，这个我去云南旅游时吃过。”

高明朗虽然对零食这些没兴趣，但他很听肖耀的话：“哼，看在我耀哥的面子上，我不和你吵。耀哥，这个红红的是什么？”

“酸枣糕。”

“高明朗，你好像个傻子，不会看包装啊，哈哈哈。”

嬉闹间，虞闪闪感觉自己的背被人轻轻戳了戳。

回头，是肖耀招牌般闪耀的笑脸和一颗大白兔奶糖。

“你好，新同学，从今以后，请多指教。”

第 三 章
天上的星星

★ ☆ ★

Xiao Shanyao

虞闪闪回到家才发现家里来了客人，门口放了一双陌生的黄色凉鞋。她正想敲门时，听见了门内高大壮的声音。

“哎哟，弟妹你放心，我还会害了海生不成？我可是把他当亲弟弟看的。”

虞闪闪一下子就“石化”了，举着准备敲门的手上也不是下也不是。她非常不喜欢高大壮这个人，不想和他有任何接触，就在这时，她想到了肖耀对她说的话。

“你不喜欢的，就拒绝，你是一个独立的个体，有你自己的感受。”

虞闪闪瞬间就下了决心。

她转过身，朝楼下走去。

到了楼下，虞闪闪掏出手机给高婕发了个短信：“妈，今天我和同学在外面吃，不用等我啦。”

下一秒，高婕的电话就打了过来。

“闪闪啊，你在外面吃注意卫生哦，钱够不够？要不要妈妈给你发个红包？”

“不用了，妈妈，”虞闪闪抬头看了眼自家种满三月梅的阳台，小声道，“我会早点儿回来的。”

虞闪闪挂了电话，攥了攥书包背带，长长地吐了口气。

十年没回陵城，很多路都改建了，虞闪闪也不知道该去哪里，在小区里绕了一圈又一圈，走累了，就在小区里供人休息的凉亭里抱着双膝蹲了下来。

正是饭点，家家户户都在准备晚饭，各种香味交杂在一起，顺着排气扇飘出来，散在空气中。

虞闪闪耸着鼻子闻了闻，肚子应景地发出一串咕噜声。

“好饿啊……”

虞闪闪有些烦躁地揪着身旁的小草，她平时挺温顺的一个人，但只要一饿肚子，脾气就有点儿差，跟“起床气”是一个理。

好半天，虞闪闪才想起来口袋里还有一颗大白兔奶糖。

肖耀给的。

其实虞闪闪小时候最爱吃大白兔奶糖了，只是那时候大白兔奶糖的价格对她家来说很贵，只有过年时高婕才咬咬牙给她称上一点儿解馋。后来有一次，虞闪闪去亲戚家做客，被人塞了几颗大白兔奶糖，她舍不得吃，拿去讨好宋林栩，可是糖在口袋里焐了太久化掉了，宋林栩一巴掌就给拍掉在地上。她觉得可惜，下意识地赶紧捡起来丢嘴里，宋林栩当时看着她，很嫌弃地说了句“脏死了”。

那天起，她就有了心理阴影，一看到大白兔奶糖就想到宋林栩那副发自内心的嫌弃的表情，就再也没吃过大白兔奶糖了。

虞闪闪犹豫了片刻，慢慢把糖放进嘴里，浓郁的奶香瞬间在嘴里化开。

奇怪的是，这一次，伴随着甜腻味道出现的，却是肖耀清风明月般的笑脸。

好甜。

宋林栩骑着单车远远就看见凉亭里蹲了一个人。

他本来想装作没看见，往前骑了一段距离，虞闪闪蹲在凉亭里发呆的样子愈发清晰，像一只迷了路的小兔子。

啧，看起来怪可怜的。

他小时候确实很讨厌虞闪闪，但是这次见面后，虞闪闪并没有像他想象中那样缠着他，反而好像还变得挺可爱的。所以，他好像也并没有那么讨厌她了，甚至像现在这样，看见她一个人孤零零地蹲在那里，就怎么也没法心安理得地离开了。

宋林栩骂了一声，猛地掉头回去。

“虞闪闪，你不回家蹲外面干吗？”

虞闪闪被突然出现的声音吓了一跳，脑袋有些发蒙，看着宋林栩，半天没有反应。

宋林栩没办法，把车放一边，走过去半弯下身，伸手戳了戳虞闪闪的脑门。

“你蹲这儿干吗呢？”

虞闪闪一张嘴，就打了个嗝，饿的。

空气中混合着浓浓的奶香气，宋林栩脑子里就浮现出时下一个流行的网络用语，“奶萌奶萌的”。

看着这样的虞闪闪，宋林栩刻意板起的脸就有些绷不住了，他将视线从她身上移开，尽量让自己的语气听起来没有关心的意思：“你爸妈不在家？没带钥匙？”

虞闪闪抚着胸口，一边打嗝一边摇头：“不是的，我家来了人，你别跟我妈说，我骗她说我和同学在外面吃饭呢。”

宋林栩啧了一声，揶揄道：“哟，看不出来啊，你还会撒谎。”

“不是啊，”虞闪闪被宋林栩说得脸红，又有些不服气，四下看了眼，小声道，“高大壮在我家。”

宋林栩皱起了眉，他对高大壮没有好印象。陵城但凡知道高大壮德行的人都对这个人避之不及，怎么虞家还让人进家里去呢？他问道：“他去你家干吗？上次的事不是已经解决了吗？”

虞闪闪摇摇头：“不知道，我看见他在我家，就不想回去了。”

原来是这样。

宋林栩放软了声音："那你打算在这里蹲多久？"

虞闪闪指了指正前方，凉亭的周围种满了半人高的小树，隔着这道小树围起的"墙"，刚好能看见小区大门："我看他走了，我就回去。"

虞闪闪揉了揉肚子，有些愤愤地鼓起嘴："我妈妈本来说今晚要给我做可乐鸡翅呢，好可惜呀。"

大约是饿极了，虞闪闪在说完这句话后还吸溜了下口水，肚子又发出一串声音。

宋林栩看着虞闪闪没说话，沉默了一会儿后就转身走了。

虞闪闪目送着宋林栩骑车远去，叹了口气，这人咋一点儿都没变，还是这么来去如风。

可没过多久，宋林栩又回来了。

虞闪闪听到声音，有气无力地望过去时，宋林栩气势汹汹地冲她走过来。

他手里还拿了个什么东西。

虞闪闪当时就一个激灵，不至于吧，她只是晚点回家而已啊，也不用拿砖吧！几年不见，"宋河豚"的脾气难道变得这么暴躁了吗？

直到宋林栩走近了，虞闪闪才看清，他手里拿着的是一个白色饭盒。

宋林栩看着别处，有些别扭地把手一伸："你先把饭吃了。"

虞闪闪做梦一样张大了嘴，她没有听错吧，宋林栩给她送饭？！

虞闪闪是个什么表情都写在脸上的人，她看着他的眼神越来越羞涩。

宋林栩连忙解释："你别多想啊，是我中午带的饭没吃，丢了浪费了。”接着，又凶巴巴地道，“你要不要？不要我扔了啊！”

虞闪闪早就饿坏了，生怕宋林栩这脾气真的会转头把饭盒丢了，连忙喊道：“要、要、要！”

“那你还蹲着干什么，起来啊！”

虞闪闪撇着嘴，看起来委屈极了：“我腿麻了，起不来了啦。”

宋林栩怎么老这么凶啊？她都这么惨了，就不能温柔点儿嘛，呜呜。

“你就‘作’吧！”宋林栩嘴里这样说着，还是翻着白眼将虞闪闪拉了起来。

一中夏天的校服是短袖衬衫，宋林栩握着虞闪闪的小臂，少女的肌肤柔软细腻，她站起来时带起的风还有股奶香，从鼻间直钻肺腑。他忽然就觉得手心发烫，像有一团火顺着手心“唰”的一下直冲脑门。

宋林栩猛地放开了手，见鬼似的往后退了一大步。

虞闪闪被突然放开，差点儿摔倒，娇嗔了声：“你干吗突然放手啊？我差点儿摔了。”

虞闪闪幽怨地看着宋林栩，她的眼睛生得很美，又大又圆，瞳仁清澈透亮，像小动物一样，雾蒙蒙的，透着股纯天然的天真。

宋林栩深吸一口气，把饭盒往虞闪闪怀里一塞，掉头就走。

虞闪闪是看着高大壮出了小区门才回家的，一到家就发现父母的脸色不太好。虞海生坐在沙发上看手机，高婕坐在另一头看手机，全程没有一点儿交流。

虞闪闪跟他们打了招呼后就回房间看书了，那天晚上，虞闪闪心里担忧，睡得不踏实，半夜，虞闪闪被一声惊雷惊醒，才发现外面下起了暴雨。

虞闪闪起床关上窗，又去上了个厕所，路过客厅时，耳尖地听见了父母的房间里有争吵声。

“我也不想和高大壮合伙，可你也知道那人，就是个无赖，他能缠得我们家不得安生，你今天要是不答应，他能天天上咱家。”

“谁让你招惹他的？虞海生，从前你是怎么答应我的？你以前被他坑害得还不够吗？”

“我……”

“我丑话说在前头，车你已经卖了，我不追究，但是房子的钱是给闪闪留的，你敢动，我就和你拼命！”

虞闪闪这才发现，似乎很久没有看见自家的车了，她以为和从前一样送去保养了，原来是卖了。

高婕小声地哭泣起来，虞海生似乎在安慰。虞闪闪有些恍惚，好像回到了小时候，那时候一大家子住在纺织厂不到十平方米的员工宿舍间里，她时常在半夜被父母的争吵声吵醒，但次数一多，她也就从一开始的害怕大哭到后来变得能面不改色地装睡听父母吵完。

虞闪闪叹了口气，没有再听下去，踮起脚尖回到了自己房间。

第二天因为下雨，大课间不用做操，大家都聚在教室里，虞闪闪从书桌里拿出一个礼品袋打开，掏出里面的饭盒，拿了张纸巾仔细擦拭起表面的水珠。

赵伊人凑过去看，好奇道：“闪闪，你中午不去食堂了吗，改自己带饭了？”

虞闪闪还未说话，后桌的高明朗就兴奋地嚷嚷起来：“虞闪闪你带了什么好吃的，让我看看。”说着，他就要伸手去抢。

赵伊人眼明手快，一巴掌拍了过去：“把你的爪子拿远点儿，真没礼貌！”

虞闪闪生怕这俩一点就炸的人又吵起来，连忙解释：“我没有带饭啦，我是要去还别人饭盒。”

原本靠在椅背上看比赛视频的肖耀，眉头微微皱了起来，抬头看向虞闪闪。

少女的脸有些不自然的红，眼角微微弯着，说不出的羞涩。

肖耀的目光下移，落在被她像宝贝一样捧在手里的东西上，老干部式平平无奇的保温饭盒，一看就不是女孩子喜欢的样式。

肖耀搁在桌面的手指微微蜷了起来。

“还别人饭盒？虞闪闪，你有情况哦？”高明朗冲她八卦地挤了挤眼。

“我能有什么情况呀，还不是昨天……”

虞闪闪本想把昨天的情况解释一番，但是瞧见高明朗没心没肺的笑脸，她就把话吞进了肚子里。那毕竟是他的父亲，如果当着他的面说自己是因为躲着他爸，他会难过的吧。

虞闪闪虽然不喜欢高大壮，但她真心把高明朗当朋友。

“昨天我家没人做饭，我妈的朋友让她儿子给我送饭来的，他也在我们学校，喏，就在对面一班，所以我就把饭盒带过来还给他。”

“哎哟，这是不是就是传说中的青梅竹马呀。”高明朗揶揄道。

“什么呀，”虞闪闪被戳中心思，一紧张就有些结巴，她把饭盒装回袋里，站了起来，“不跟你们说了，我赶紧给人送过去。”

“一起去吧。”

突兀地横插进来一道声音，惹得三人纷纷朝肖耀看去。

肖耀站起来，平静地将手机锁屏放进口袋：“我刚好也去一班有点儿事。”

虞闪闪还有些蒙，肖耀就已经绕过座位走到了她旁边，对她笑了笑：“走吧。”

“哦，好……好的。”虞闪闪茫然地点点头，跟着肖耀走了出去。

外面的雨越下越大，在坑坑洼洼的路面上留下许多小水坑。

虞闪闪停在教学楼的门口，思虑着自己要怎么闯过 1 号楼和 2 号楼间这段没有任何遮挡的路。

虽然她淋点雨也没什么，但校服是白色的，如果淋湿了，会很透的……

突然，她的肩膀被人轻轻拍了拍。

“我们走这边，”肖耀往右边比了下，“那后面有条走廊，连接了两栋楼。”

“啊，这样啊。”

虞闪闪的困扰一下子就解决了，她眯起眼对肖耀绽放出一个发自内心的笑容：“还好有你在。”

去走廊要经过楼梯间的安全通道再通过运送垃圾的小门，连灯都没有，只有墙上“安全通道”的指示牌发出绿莹莹的光。

这里位置偏僻，除了他俩，并没有其他学生。

虞闪闪跟在肖耀身后，莫名觉得有些心慌，不动声色地往前迈了一步，走到跟肖耀并肩的位置。

肖耀侧过头看了虞闪闪一眼，掏出手机，打开手电筒：“马上就出去了。”

灯光照亮眼前的一瞬间，虞闪闪微微怔住，她瞥了一眼肖耀，心里暖暖的——他是知道自己害怕才开的手电？

可是肖耀怎么看出来的，她表现得很明显吗？

虞闪闪脸有些红，不好意思地小声道：“我才没有害怕哩。”

此地无银三百两，肖耀眼眸微垂，看着女孩有些僵硬的姿势，似笑非笑道：“嗯，我知道，是我有点儿怕黑。”

果然，推开一扇门后，虞闪闪的眼前豁然开朗起来，一条水泥地面的简约走廊连接了另外一栋楼。大约是没什么人来维护，碧绿的爬山虎绕着一条条廊柱向上蜿蜒，看起来就像童话故事里的秘密花园。

还来不及惊喜，虞闪闪就看见了走廊里的人。

穿着校服的一男一女坐在石凳上看手机，从虞闪闪的角度看过去，两人离得极近，头靠头，几乎贴在一起。

虞闪闪有些尴尬地停了下来，她在想自己是不是撞破了人家的好事。

虞闪闪正想拉着肖耀趁人没发现前离开这里，却见肖耀往前走了一步，喊道："宋林栩，夏颜然，你们真在这儿啊？"

"轰隆"一声。

空中响起一声惊雷，虞闪闪觉得那道雷穿过走廊的天花板劈在了自己的天灵盖上，炸得她浑身发麻。

闻声抬头的两人脸上还挂着笑，女生热情地招招手："肖耀，你怎么来了？"

而宋林栩，目光越过肖耀看见站在后头的虞闪闪后，慢慢收起了笑容："虞闪闪，你来这里干吗？"

这个走廊是他们文艺部的老师告诉他们的，他们平时有什么节目都会利用课间时间在这里排练。

只有文艺部为数不多的几个文艺骨干知道，也很少有人来，除了他们，几乎不会有其他人来。

虞闪闪怎么会知道这里？

还是单独和男生一起，来这么偏僻的地方，她的脑子呢？

宋林栩心里莫名生起气来，而且虞闪闪半天都没回答他让他更火大，提高音量又喊了声："虞闪闪？"

和方才温柔笑着的样子判若两人。

虞闪闪疑惑地看着宋林栩，撇着嘴没说话，这人刚才还在笑呢，怎么一看见她就变脸变得这么快？昨天不是还给自己送饭了？唉……他果然还是不怎么喜欢她。肖耀动作自然地从虞闪闪手里拿过礼品袋，几步走到宋林栩跟前："你的饭盒，昨天谢谢你了。"

宋林栩狐疑地接了过来，他皱着眉看着肖耀，总觉得有哪里不对。

他给虞闪闪送的饭，要说谢也是虞闪闪来谢，轮得到他肖耀？况且自己和肖耀虽然同班了快一年，但说过的话却不超过十句，多数是作为班长的自己吩咐事情，肖耀冷冷地点个头。

宋林栩一直能感觉到肖耀对他莫名其妙的敌意，想着自己或许是哪里做得不好，无意中得罪人家了，可这天肖耀难得对他主动客气，又让他觉得反常。

不待宋林栩细想，他眼角就瞥见虞闪闪转身离开的身影。

"虞……"

宋林栩往前跨了一步，肖耀却已经先他一步转身朝虞闪闪离开的方向追过去。

"那个女孩子是谁啊？"夏颜然好奇地张望着，"我从没见过肖耀和哪个姑娘单独一起呢，还把人领来我们的秘密花园。"

夏颜然突然抿着嘴笑起来："不会是肖耀的……"

"她不是！"

宋林栩想也没想就否认道，话一出口，不仅是夏颜然，他自己都有点儿愣怔。

"肖耀那种一门心思扑在击剑上的人，在成功之前，是不会分心在其他地方的，"他斟酌着解释，更像是在说服自己，"那个女孩也没有什么特别的，眼高于顶的肖耀能看上吗？"

夏颜然点点头："也是，长得是挺可爱的，但是跟肖耀配，还差远了。”

夏颜然举起手机，在宋林栩眼前晃了晃：“喂，你发什么呆，我们还继续练小品吗？”

宋林栩看着被虞闪闪和肖耀一前一后关上的门，莫名觉得有些烦躁，他转过身：“不练了，回去吧。”

幽暗的楼梯间里，虞闪闪坐在阶梯上，双手撑在两边，低头看着光秃秃的地面，心里一阵阵地叹气。

从小，宋林栩对她永远凶巴巴的，从来没有对她笑过，一看见她就很生气。

虞闪闪都不知道，原来他可以对一个人露出那样的笑容。

有脚步声由远及近，不一会儿，有人在她旁边坐下，视线里出现了一双蓝白相间的运动鞋和一双精瘦的小腿。

突然间，她眼前出现一只拿着大白兔奶糖的手。

虞闪闪一愣，侧头看去，少年微微偏着头，嘴角噙着淡淡的笑意，目光温柔地看着她。

虞闪闪一直觉得在中国博大精深的文化里，有一个词用来形容肖耀的气质是最好不过的。

那便是——眉目如画。

肖耀的眉眼，就像出自名家之手，一笔一画，穿越古今，水墨晕染间尽是漫长岁月沉淀后的温柔与清润。

画中仙，月中人。

“不接吗？我的手举得好累。”肖耀轻轻晃了晃胳膊。

虞闪闪回神才发现自己竟然盯着人看呆了，太丢脸了，她迅速挪开视线，接过他手里的糖，剥开糖纸塞进嘴里。

虞闪闪的动作有些慌乱，以致咬到自己的手，鼓着嘴吹了吹手指。

那副干坏事被抓包的样子把肖耀逗笑了，连声音都忍不住温柔起来：“甜吗？”

虞闪闪点了点小脑袋：“嗯……”

两个人肩并肩坐着，各怀心思，半晌都没说话。

等到一颗糖嚼完，虞闪闪才开口：“肖耀，你们男生如果从来没有对一个女生笑过，而且每次一见到那个女生就会皱眉，那他是不是很反感那个人呀？”

“那肯定了，若是遇到的是自己想接触的人，一看见她就会不自觉地笑得很开心。”也不知道是不是虞闪闪的错觉，肖耀的声音听起来竟然有些开心。

虞闪闪觉得有人拿着把刀扎在她心口，血“扑哧”的一下喷涌出来——扎心了。

她幽怨地瞥了肖耀一眼，嘴巴微微嘟起：“可我觉得你说得不对。”

肖耀挑眉：“哦？那你说说，哪里不对。”

“那按你的话来说，我见你对每个人都笑啊，”虞闪闪很认真地指出来，还像煞有介事地说了几个同学的名字，“那你难道都喜欢他们？”

肖耀的笑瞬间就僵住了，他挖了个坑，但没想到把自己也给埋了。

虞闪闪没有小时候那般好糊弄了。

肖耀曲起手指放在唇边咳了咳：“我那只是表示友好，而且我从前不会笑，后来有个人对我说，我笑起来很好看，要多笑笑。”

肖耀看着面前的少女，仿佛透过重重时光看见了一个扎着双丸子头的小姑娘。虞闪闪站在他面前，小大人一样，竖起两指在唇边划拉了一下：“来，跟我练，x——ī——ào——笑，对了，就是这样，你笑起来这么好看，要多笑一笑才好呀，你要听话，下次见到我，一定是要笑着的哦。”

他听她的话，练习了好多年，也等待了好多年。

双丸子头小姑娘渐渐和面前扎着单马尾的少女重叠在一起。她不服气地看着他，说不出的娇憨，让人觉得甜到心里。肖耀笑了起来，伸手轻轻揉了揉少女的头发：“我以后不会随便对别人笑啦。”

肖耀的手掌很大，刚好罩住了虞闪闪整个头顶，动作却很轻，像怕碰坏了她似的。

虞闪闪微微怔住了。

静谧无声的楼梯间，阴暗的光线下，唯一的光亮是少年写满笑意的眼睛，温柔闪耀。

没过几天，自习课上，虞闪闪手机忽然响了起来，高明朗将她和赵伊人拉进了个小群。

高明朗：“哎，你们最近发现没？我耀哥都不怎么笑了。”

虞闪闪回忆了下：“没有啊。”

高明朗：“（问号表情包）你要是能有我对耀哥关注度的百分之一也就不会发现不了了，我是担心耀哥是不是出什么事了。”

赵伊人：“要是有个傻瓜天天对着我傻笑，我也笑不出来（微笑表情包）。”

高明朗从后面踢了一下赵伊人的椅子腿。

赵伊人愤怒地回头瞪了高明朗一眼。

虞闪闪也下意识地回头看肖耀，目光和肖耀的对上，肖耀对她笑了笑。

偷看被抓包现场，虞闪闪尴尬地回了个笑容，转头，有些无语地在小群里打字：“我刚回头看了，肖耀明明就有笑啊，高明朗，你是不是眼花？”

高明朗握着手机就有点儿发呆，他非不信邪地侧过头，喊了声：“耀哥。”

“嗯？”肖耀侧过头，面无表情地看着高明朗。

不仅没有笑，莫名还有七分冷淡、三分严肃。

高明朗默默地和肖耀对视了几秒，结巴道：“没……没事。”

高明朗和虞闪闪没注意，可坐在肖耀斜前方的赵伊人是看得清清楚楚的，肖耀变脸式微笑简直就是教科书级的。

他的笑容，现在只专属虞闪闪。

赵伊人的心情一下子就好起来，这颗糖，她默默吃下了！

下午第一节英语课，英语老师有事，将最后一节的体育课换到了第一节。

他们体育老师是个刚毕业的大男孩，虞闪闪刚好是生理期第一天，想到这里就特不好意思将请假的话说出口。

课前，虞闪闪在厕所里磨蹭了半天才出来。

等在外面的赵伊人看她脸色实在白得有些吓人，关切道：“闪闪，你等下还是请假吧？这太阳这么大，别中暑了。”

陵城已经正式进入夏天，这个时间又是最热的时候，热浪从四面八方侵袭，整个人像站在烤箱之中。

虞闪闪看了眼外面正烈的日头，肚子一阵阵绞痛，犹豫着点了点头：“好吧。”

等两人踩着上课铃去操场时才发现，操场上列队的除了他们班还有一班的人。

虞闪闪一眼就看见了宋林栩，他穿了件蓝白相间的球服，即使站在队伍最后排，也因个头挺拔，身姿出众，让人无法忽略。

虞闪闪没敢多看，和赵伊人迅速站进了自己班的队伍里。

看着两个班的人都排好队，体育老师兴致勃勃地道：“今天也是有缘，你们两个班好巧不巧凑在一堂课了，等下我们就来个篮球友谊赛，赢的那队老师请喝水。”

两个班的人都欢呼起来，男生们摩拳擦掌，都想为自己班赢得荣誉，女生们也很兴奋。

站在虞闪闪前面的两个女生在小声讨论。

“天哪，那等下我是不是能看见我们校草打篮球？”

“当然啦，他可是校队的。”

“啊啊啊，也太棒了吧，宋林栩他超帅的。”

虞闪闪四下看了一眼，果然，除了一班，他们班也有许多女生在偷偷看宋林栩。

虞闪闪叹息，宋林栩走哪儿都很受欢迎这点儿，从小到大都没变过。

她压力好大。

看见大家如此捧场，体育老师也很满意，拍拍手示意大家安静：“我们先热身，绕操场跑，男生三圈，女生两圈。”

赵伊人用手肘撞了撞虞闪闪。虞闪闪会意，正要举手，就看见高明朗捂着肚子叫唤了起来：“哎哟，老师我肚子好痛。”

“咋？你这次是又吃坏了肚子？”

“不，”高明朗期期艾艾道，“我‘大姨夫’……”

人群里登时爆发一阵哄笑，连一班的人都跟着笑起来。

赵伊人简直无语了：“这是个傻瓜吧？”

体育老师瞪了高明朗一眼：“你可拉倒吧，都别给我找借口，今天谁都别想不跑步。好了，快去吧，我去拿篮球。”

虞闪闪默默放下了自己举到一半的手，准备认命地接受生活给她的考验。

“老师。”站在队伍后头的肖耀突然出声。

体育老师看过去，一副了然于心的口气道："啊，我知道的，肖耀你不用跑，你就安心练你的剑去。"

作为陵城之光，学校赋予肖耀的众多特权之一，就是可以随时用室内带中央空调的体育馆，所以，一般体育课，肖耀都是单独去室内体育馆练剑的。

"老师，我需要一个同学帮我擦剑。"

体育老师甩甩手："行，那你选吧。"

高明朗立马用充满期待和爱意的眼神看向肖耀，不停地拿手指着自己暗示。

肖耀抬起眼，目光擦过高明朗，落在了站在角落的虞闪闪身上，他抬手招了招："虞闪闪，你过来一下。"

肖耀的声音不大，却正好能让所有人听见。

虞闪闪还有些愣，赵伊人兴奋地推了她一下："傻站着干啥？肖耀叫你呢，快去呀！"

虞闪闪被推得往前走了两小步，顺势走了过去。

很多人都朝虞闪闪看去，宋林栩也是，他心里那种异样的感觉又来了，他费了好大力气才没让自己冲上去拉住虞闪闪，骂她一句："傻不傻？让你过去你就过去！"

可他的脚就像在地上扎了根，没有勇气迈出一步，只能怒视着虞闪闪一步步走过去，停在了肖耀面前。

肖耀对虞闪闪笑了笑，诚恳道："帮我打下手，可以吗？"

肖耀明明是帮她解围，却仍是尊重地征询她的意见，虞闪闪心里头暖暖的，她点了点头："好。"

两人肩并着肩地走远了。

虞闪闪并不知道，在她和肖耀走后，后面的人群已经沸腾了，尤其是一班的人，他们跟肖耀同班近一年，肖耀虽然待人温和友善，但对异性都保持着礼貌的距离，从没有见过他主动对谁这么亲近。

有女生充满嫉妒地问："那个女的是谁啊？"

"你不知道她吗？虞闪闪啊！五班那个锦鲤，中了一亿元彩票那个！"

一班的学生成绩都是顶尖的，根本不需要考前拜锦鲤，所以虽然他们都听说过锦鲤女神的传说，却不知道锦鲤长啥样。

"哦、哦，原来是她啊，长得倒挺可爱的。"

"哪里可爱了？"有人阴阳怪气地哼了声，"长得不咋样，手段倒是挺可以的，别说肖耀了，我记得她转学来的时候，是宋林栩亲自带她去报到的，对吧，宋林栩？"

原本站在一旁事不关己的夏颜然，听到这里，也抬头看向宋林栩。

宋林栩本来就一肚子火，他不客气地看向说话的女生，表情严肃："我们两家是几十年的好友，我和虞闪闪从小就认识，她初来乍到，我带她报到有什么问题？梁琪，你嫉妒就嫉妒，没必要往别人身上泼脏水，管好你自己的嘴。"

梁琪脸上一阵红一阵白的，她对宋林栩一向有好感，此刻被他当众不留情面地指责，眼泪都快要掉下来了。

夏颜然上前一步，温和道："好了、好了，多大点事呢，都少说两句，快去热身吧，马上老师要回来了。"

宋林栩没说话，跟着大部队往操场跑。

梁琪在宋林栩转身的那刻忍不住哭了，几个女生都在安慰她，都觉得宋林栩说话有些过分。

夏颜然一直在温柔地给梁琪擦眼泪，听她们声讨了半天，突然不经意道："说到这儿，我突然想起来，我上次和宋林栩排练时，撞见了肖耀和虞闪闪。"

"啊？还有这种事？他们在干啥？"

夏颜然困惑地摇摇头：“我也不知道啊，看见我们后，他俩就跑了，不知道干吗去了。”

看似平淡无奇的话，偏偏语气里带了点暧昧。

嫉妒，像一朵长出恶之果实的蒲公英，轻轻吹来一阵风，在每个人的心中都埋下了种子。

室内体育馆里，虞闪闪和肖耀面对面坐着，虞闪闪的面前还摆着一个纸杯，里面装着热腾腾的水。

说是要她来帮忙，其实一进来肖耀就给她倒了杯热水，让她坐着别动。

经历了这么多次，虞闪闪也明白了，肖耀对她特别照顾。

虞闪闪看着肖耀：“你为什么总帮我呀？”

“路见不平，”肖耀专注擦拭剑身，并没有抬头，直到将剑身擦得锃亮，他突然道，“我要去集训了。”

“哦。”

怎么这么突然。

虞闪闪有些呆，一双湿漉漉的眼睛蒙蒙地看着肖耀，乖巧又可爱。肖耀的心都要化开了，抿着嘴笑了，他将面罩戴上，站起来走到剑道上，侧头看着虞闪闪。

“虞闪闪。”

“啊？”虞闪闪应了声，肖耀却没出声。

隔着黑色的面罩，是虞闪闪看不见的面容，肖耀无声地动了动嘴，是只有自己听见的声音。

“照顾好自己。”

第二天上学，肖耀的位子是空的。

虞闪闪昨天光顾着看肖耀出神入化的击剑个人秀了，完全把他要去集训这件事忘得一干二净，连个正式的道别都没有。

等到想起来，人家已经走了。

虞闪闪本来以为，肖耀去集训，高明朗得鬼哭狼嚎一阵子。没想到高明朗好像根本没发现身边少了个人。上完两节课，虞闪闪犹豫地问高明朗：“你就没发现身边少了个人吗？”

高明朗打了个哈欠：“啊？哦，耀哥啊，估计又是去训练了吧。”

虞闪闪皱着眉：“你不觉得突然吗？”

高明朗奇怪地看虞闪闪一眼：“有啥好突然的，耀哥是运动员，去训练不是很正常吗？”

“呃……”

见虞闪闪一脸难以置信，高明朗懒洋洋地解释：“哦，你刚来不知道，耀哥他本来是要去体校的，可是出……”高明朗猛然刹住，“体校文化课不行，所以耀哥坚持来普高读书。他又要训练又要比赛，有时候一个月只来学校一两次，所以，耀哥这次能在学校上这么久的课，简直是史无前例，我反正是满足咯，安心等我耀哥回来就是。”

原来是这样吗？虞闪闪点点头，一副了解了的样子，转回身，赵伊人一脸慈母笑地凑过来：“闪闪，肖耀不在，你是不是有点不习惯？”

“突然少了个同学，肯定多少会不习惯呀。”虞闪闪不觉得有什么问题，回答得坦坦荡荡。

但她心里到底还是有些空落落的。

最近，虞闪闪发现自己在学校的处境有些变化，男生还好，女生们总对她指指点点，当她察觉到望过去时，那些女生又会迅速别开眼，假装在做别的事，可她能明显感受到她们的敌意。

去食堂打饭时，虞闪闪差点被一个女生绊倒，她还没说话，女生就已经道歉了：“对不起啊，我没看见。”

可嘴里说着对不起，脸上的表情却充满不耐烦，和她一起的几个女生也是一脸看戏的样子。

虞闪闪心里虽然觉得奇怪，但她不是个招惹是非的人，说了句“没关系”就去找赵伊人了。

吃饭时，赵伊人见虞闪闪一副心事重重的样子，关心道：“闪闪，你怎么了？”

虞闪闪把事情跟她说了一遍，最后问：“我是不是哪里得罪人了？”

赵伊人一听就明白了，她晃着脑袋叹了口气：“啧，这就是羡慕嫉妒恨哪，你……算了，你不用体会，也体会不到。”

虞闪闪不明白地眨眨眼：“啊？”

赵伊人说：“我们学校的女生其实挺大胆的，你看追宋林栩的那么一大堆，我都看见好几次他被女同学拦下来了，一到什么节日，收到的礼物更是多到爆炸。可同样是风云人物，肖耀甚至更风云点儿，却从没有人跟肖耀这么干过，你知道为什么吗？”

虞闪闪摇摇头，肖耀和宋林栩虽然是两种风格，但论长相，即便她和宋林栩认识更久，感情更深，也不得不承认，肖耀那张脸，实在漂亮得不像话。

“因为肖耀不一样啊，他对于大家来说，是高高挂在天上的一颗星，跟我们这些普通人根本不是一个圈子的。追星你懂吗？你喜欢一个明星，会幻想他和你在一起吗？也就只能想想而已，”赵伊人越说越来劲，“可现在挂在天上的星星居然自己走了下来，站到了你的身边，所以，谁不眼红？谁不想把那个人换成自己？”

虞闪闪沉默了几秒，突然反应过来了，她张大了嘴，连忙摆手：“我？不、不、不，误会了、误会了，肖耀他完全是人好，换谁他都会帮一把的。”

虞闪闪反应慢半拍的样子实在太可爱了，赵伊人忍不住伸手捏捏她娇嫩的脸："你怎么这么可爱？可爱到犯规了。"

夏至过后，高三生彻底离开了学校，距离暑假也只剩不到半个月的时间了。老师公布了高一、高二期末考试的日子，虞闪闪想考个好成绩，能离宋林栩更近一点儿，所以，她和班上几个同学学一班那样自发组织晚自习冲刺期末考。

孩子愿意主动学习，作为家长的高婕很满意，抽了个空去陵城最大的海鲜市场采购，想着给女儿做一些好吃的补充营养。

高婕用心选了一大堆东西，在收银员扫完码结账时却发现卡刷不出来了。

"女士，你这张卡刷不出来，应该是没钱了，要不您换一张？"

高婕瞪大眼："怎么可能？"

高婕这张卡里是卖了沪城的房子的钱，在银行办理的每月本金定存，利息随取的业务，每个月光利息就够他们一家的各种开销了。

高婕当时就给银行客服打了个电话。

"高女士，我这边查询到的，开户的虞海生先生在上个月就办理取消了这项业务，并在这个月一到期，就取走了在银行里所有的钱……"

"啪！"

手机掉在地上，摔裂了。

晚上九点半，学校里准时响起晚自习下课的铃声。

虞闪闪收拾好书包和赵伊人往外走。

赵伊人就住在学校附近，她关心地问道："闪闪，你一个人坐公交车回去吗？"

虞闪闪一边掏出手机给高婕打电话一边答："我妈妈说今天

来接我。”

可高婕的电话一直打不通，虞闪闪又给虞海生打了个电话，也没有人接。

快走到校门口时，两人远远就看见外面有些骚动，走近了才发现，原来学校对面的公交车站旁蹲了一溜看上去就是混社会的大叔，花臂大金链，一个个面相凶恶地盯着学校里出来的人。

一看这势头，他们是在堵人。

赵伊人挽紧了虞闪闪的手：“我们学校有谁惹麻烦了吗？好吓人啊！”

虞闪闪也有些害怕：“别看他们，别跟他们对视，我们绕着点儿走，我走去下一站坐车。”

虞闪闪和赵伊人埋着头想从远离那群人的另一头离开。

没想到刚走几步，就被一条大花臂拦住了，两人惊恐地抬起头来，盯着面前不怀好意的光头。

赵伊人胆子大一些，结巴地喊道：“你……你们干……干吗？”

为首的人拿着一部手机，一会儿看看屏幕，一会儿在赵伊人和虞闪闪脸上比对，最后，他盯着虞闪闪，咧嘴一笑：“小姑娘，你叫虞闪闪吧？”

虞闪闪脑子里“嗡”的一声，有了不好的预感，她勉强镇定地点点头：“你们有什么事吗？”

“你爸爸和妈妈在等你，跟叔叔们来一趟吧。”

不等虞闪闪回话，他就伸手一把擒住了虞闪闪的手，往停在一边的面包车上拽。虞闪闪本能地挣扎起来：“你放开我！我不去！放开！”

赵伊人也使劲拽着虞闪闪：“你们是什么人？怎么当街抢人？！放开她！”

赵伊人的力气哪里比得上大人，她急得不行，好在还保有清醒的头脑，转头就朝学校门卫室喊：“保安叔叔！救命啊！有人绑架啦！”

大汉凶了一声，眼见学校门卫室里的保安真的走出来往这边看了，他们连忙加快手里的动作，将虞闪闪连拖带拽上了车，用力摔上车门。

“闪闪、闪闪！”

这个点儿，正是下晚自习的时刻，所以学校门口陆续有人出来，但第一次遇上这种事，大家一时间都没有反应过来，没多久这件事就传遍了。

“就是五班那个虞闪闪，我就说呢，太有钱也不是好事，会有麻烦找上门。”

走在后头的少年原本事不关己地推着自行车走着，听到这句话猛然抬起头来，想也没想就跨上车追了上去。

“喂！宋林栩，你干吗去？！”

第四章
变故

★☆★

Xiao Shanyao

在槐城市中心的体育馆里，击剑队的夜训还在如火如荼地进行着。

剑道上两道身影正胶着在一起，肖耀一个向后的弓步，躲开对手的进攻，然后在对手扑空的瞬间，一个弓步冲出去，迅速刺中了对方的有效部位，得分。

肖耀摘下面罩，和对手互相鞠了个躬。

江教练站在远处冲他挥了挥手："肖耀，你的电话。"

肖耀小跑过去，接过电话。

教练说："响了好久，看你在练习，我就没叫你。"

屏幕上，显示的是高明朗的来电。

肖耀一边接电话，一边往更衣室走。

"耀哥，你终于接电话了。"电话那头的高明朗如释重负地舒了口气。

肖耀正走到自己的储物柜前，掏出钥匙打开："怎么了？"

"出事了，出大事了！"高明朗用夸张的语气，生动地还原了从赵伊人那儿听来的现场，"你不是让我看着别让虞闪闪在学校受欺负吗？赵伊人刚打电话来给我说，虞闪闪在门口被几个人抓走了，宋林栩骑车追了上去！"

肖耀猛然间停了下来，储物柜里，破旧的兔子玩偶歪着头和他对视。

有那么一瞬间，肖耀很想即刻冲回陵城，握着手机的手紧了又紧，似乎在很用力地克制什么。

“喂？喂？耀哥，你听得见吗？”

肖耀的喉结动了动，声音一瞬间冷得吓人：“你这段时间多注意点你爸的动向，有什么事及时跟我说。”

“为什么要注意我爸？”高明朗一头雾水。

肖耀没回答他，挂了电话，回头。

江隽就站在门口，目光如炬地看着他。

“教练。”

江隽“哼”了一声：“有长进啊，小子，我还以为你会和上次一样冲动。”

“她家出了变故，”肖耀从储物柜里拿出衣服，合上柜门，“我要更快速地成长起来，才能帮到她。”

肖耀走出更衣室时，江隽才舒了口气。

有前车之鉴，江隽刚才真的很怕肖耀会置集训于不顾，冲动地擅自离开槐城，那肖耀的职业生涯就算到头了。这小子平时冷静自律，唯一的逆鳞就是他放在储物柜里的兔子玩偶和那个送玩偶的人。

然而这一夜，注定是很多人的不眠夜。

虞闪闪被拽上车后就吓坏了，她没想到自己会经历在电视上才会看到的事情，她的第一个念头和赵伊人想的一样——她被绑架了。

当年中了一亿彩票之后父母就带着她迅速离开陵城，也是因为害怕中奖的消息走漏，引来祸事。

面包车载着她一路摇摇晃晃地进了一个大仓库。

虞闪闪刚跳下车，就听见高婕的哭喊声。

高婕站在一群人中间，脸上都是泪水，模样狼狈：“闪闪，快来妈妈这里，你们这群浑蛋，关孩子什么事！”

“妈。”虞闪闪看见高婕，一下子绷不住了，眼泪涌了出来，迅速跑到高婕身边。

高婕一把将虞闪闪护在怀里，然后转头仇恨地瞪着不远处的虞海生：“虞海生，我跟你没完！”

虞海生的脸色特别难看，虞闪闪进来时，他本能地往前跨了一步，想说些什么，可看见高婕那样，他又什么都说不出来了，心里满是羞愧，根本不敢看虞闪闪。

“要吵架回去吵，”一个梳着背头的男人不耐烦道，“现在一家三口整整齐齐在这儿了。虞海生，你给个准话，到底什么时候还钱？”

虞海生看了高婕一眼，弱声弱气地开口：“曹哥，我真的没有想不还钱，只是我的钱不够，我想拿着钱，去做点儿生意，赚够了再还给你们。”

仓库里的人像是听见了什么笑话，突然都笑起来：“投资？投资放贷啊？我都不知道原来你想跟我们做同行，早说啊你，也得亏你来这出，不然我们还真不知道你躲到这么个地方来了。”

“什么意思？是高大壮他……”虞海生脸色都变了，他顺利从沪城脱身，回到陵城，平安无事了这么久，他觉得只要自己在陵城安分守己地做点儿小生意，不冒头，他就能躲一辈子。

他总算明白这群人怎么找到他的了。

之前高大壮半利诱半威胁，让虞海生出钱，他出力，合伙放私贷。虞海生本来还有些犹豫，可拿着原本准备开店的资金给高大壮后，一周就收了百分之十的利息，这来钱速度可比他原本预计的开店慢慢赚钱要快多了，投入本金越多，利息就越多。他鬼使神差地就把卖房子的钱取了出来，交给高大壮放私贷，没想到才几天就出事了。

背头男人看着虞海生讥讽道：“你也别骂人家了，自古欠债还钱天经地义，你不还钱还跑了，我也不跟你废话了，我只给你五天。”

虞海生都快哭出来了：“五天不行啊，我就是死也弄不到那么多钱啊，曹哥……”

背头男人根本不理虞海生的话，走到他面前停下，抬手轻轻招了招。

几个人立马上前，把虞海生给控制住。

虞海生突然被压在桌上，恐惧地挣扎起来：“你们想干什么，放开我。”

“背头”阴森森地笑了起来，从裤腰上掏出瑞士军刀，打开晃了晃：“五天后你不还钱，你老婆孩子就跟你这手指头一样。”

那一瞬间，瞪大双眼“石化”了的虞闪闪被高婕蒙住了眼睛。

她只听见一声凄厉的惨叫。

宋林栩的两轮自行车实在跟不上四轮面包车，他踩得链条都断了，终究还是跟丢了。

他回到小区，还没到单元门口，就看见自己爸妈火急火燎地走出来。

“爸，妈，这么晚你们去哪儿？”

郭月来不及解释：“你虞叔叔出事了，我和你爸去一趟，你自己收拾好早点儿睡。”

宋林栩只愣了一秒，就跟了上去：“我和你们一起去。”

陵城人民医院里。

虞海生刚做完接指手术，还在昏迷中。

虞闪闪安静地坐在一边，低着头，她的脑子里挥之不去的是父亲的惨叫，一声声，一遍遍。

有人在她面前停了下来，递过来一杯奶茶。

虞闪闪沉默了好一会儿，才慢慢地抬起头。

宋林栩看起来有点儿不自在的样子：“你怎么那么蠢？不知道往学校里跑吗？”

宋林栩一开口自己都愣了，心情有些复杂。

他本来想来关心一下虞闪闪的，可也不知道是不是平时教训她教训惯了，他一跟她开口讲话，就不自觉地想要教训她，语气也好不起来。看着虞闪闪红得可怜的眼睛，他尴尬地咳了声，试着把语气放缓了点儿：“下次小心点，以后上晚自习，你等我一起回家。”

“好。”

虞闪闪吸了吸鼻子，接过宋林栩手里的奶茶。

温热的。

虞闪闪从被带走的那刻起就浑身冰凉，还一直止不住地微微发抖，可现在高婕的注意力都在虞海生身上，并没有注意到这些。

到了医院后，大人们都在处理正事，忙前忙后，见她一个人乖乖坐在那里，也就没有多管她。

虞闪闪其实很害怕，怕到身体都好像没有知觉了。

虞闪闪捧着温热的奶茶，才感觉好一点。

她由衷地说：“谢谢你。”

“别谢我，我妈让我买给你的。”

话一说完，宋林栩就在心里疯狂吐槽起自己，怎么就管不好自己的嘴？承认自己关心她，还特意买了奶茶来安慰她很难吗？

他还是别说话了。

宋林栩隔了一个座位，在虞闪闪旁边坐了下来，掏出手机心不在焉地按着。

两人就这样沉默地各干各的，直到郭月过来叫虞闪闪。

虞海生醒了。

虞海生这些年一直在投资。

拿到一亿元奖金时，谁都觉得这是一辈子都花不完的钱，可女娲造人时，低估了人性的虚荣自大。虞海生想做人上人，挤进上流社会，便学着人家投资。他好高骛远，专投一些别人吹得天花乱坠的项目，又没有经商头脑，这些年，一直在亏损，等到恍然回神时，一亿已经所剩不多。

一开始，虞海生怕高婕发现钱少了那么多。所以，他鬼使神差地去借了网贷，想去补上这个大窟窿，结果“拆东墙补西墙”，不知不觉间，利滚利，欠下了一个即使他卖掉房子车子也还不起的数目。

直到催债的人一拨拨堵到公司，数不清的电话不分白天黑夜地打来，他再也瞒不住了。

但关于借贷这些他都没有告诉高婕，他只是跟高婕说公司破产了，他们的财产只剩下沪城的房子和一辆代步车了。

高婕虽然心有责备，但经营不善，公司破产，也是经常出现的事。

于是，责备完，夫妻俩就商量着及时止损，变卖现有的房产回到老家，做个小本生意，安安稳稳过日子。

可一个谎言，要用无数个谎言来圆，于是造成了不可逆转的局面。

高婕这几天一直在打电话，她年轻时为了爱情一意孤行嫁给什么都没有的虞海生，没少被亲戚嘲讽。后来中了一个亿，听到风声的亲戚纷纷来借钱，高婕性子直，直接将过去受到的嘲讽原封不动地还了回去，将亲戚们得罪了个遍。

可现在高婕也只能硬着头皮地去一个个打电话借钱。

虞闪闪在学校也不好过。

隔日各种传言便在学校发酵开来。

虞闪闪能明显感觉到自己在学校的处境更差了，以前大家叫她锦鲤、吉祥物，走在路上都有不认识的人跟她打招呼，现在不一样了，她走到哪里，都能感觉到他们在议论她。

赵伊人对此愤愤不平，高明朗更暴躁一点，直接开骂。

赵伊人作为好闺密，是虞闪闪坚定的拥护者就不说了。

高明朗站在虞闪闪这边，不仅是因为他们是朋友，更是有私心的。肖耀让他盯着他爸的当晚，他实在坐立不安，于是跑去他爸常去的大排档，高大壮果然在那里，因为喝多了，正和人吹嘘。

“嗐！他一下子拿好几百万给我出去放，我们这小地方哪有人能吃得下啊，要说这也不能怪我，谁让虞海生那小子金什么外什么中的，表面上光鲜气派，老天给他一个亿都能败完，烂泥扶不上墙。”

高明朗当时就没忍住，冲上去把他爸酒桌给掀了，然后就被暴揍了一顿。

这些事情高明朗没脸也没勇气说出来，只是愈发对虞闪闪心存愧疚。

大课间，大家都去做操了。虞闪闪和班主任请了个假，班主任也知道学校里那些传言，就同意了，让她在教室里好好休息。

虞闪闪没精打采地趴在桌上做习题时，收到了肖耀发来的微信消息。

“虞闪闪，我有个快递在门卫，你有空的话能帮我拿一下吗？等我回来找你拿。”

虞闪闪愣了一下，才回复：“好的。”

远在槐城的肖耀看见这条消息这才松了口气，他抬头看着墙上的日历，抬手撕下了一张。

特殊时期，虞闪闪暂时没有继续参加晚自习。

下午最后一堂下课铃声响起，虞闪闪就背着书包回家了。她特意去门卫那拿了肖耀的快递，巴掌大的一个小袋子，她顺便看了眼上面的地址，是从槐城发来的。

虞闪闪没多想，就放进了书包里。

到了小区门口时，虞闪闪遇见了虞海生。

虞海生右手小指上还缠着纱布，大约是忘记了，着急地伸手来拉虞闪闪。

“爸，你带我去哪？”虞闪闪不敢随意动，怕碰到虞海生的手，就任他拉着自己走。

虞海生拽着她一路走到最近的福彩站，他把一摞票券丢在虞闪闪面前，有些兴奋又有些期待：“闪闪，填，快填，爸爸只有靠你翻身了。”

虞闪闪这才意识到虞海生的意图，她心里的第一反应——爸爸是不是疯了啊？但是看着虞海生期待的眼神和苍白的脸，她又有些于心不忍，什么都没说，乖乖地拿过铅笔在双色球彩票上涂起来。

等虞闪闪涂完厚厚一摞，外面的天已经黑了。

虞海生抱着票券坐在电视前全神贯注地等开奖。

虞闪闪叫了虞海生一声：“爸。”

虞海生没有回应，好像沉浸在自己的世界里，什么都听不到。

才两天，这个斯文儒雅的男人就像换了一个人，脸颊都凹陷进去，胡子拉碴，眼眶通红。

福彩站还有很多人，大家都望着这对父女，满脸写着看笑话的意思。

有人打趣道：“小姑娘，你快走吧，你爸领了大奖就回家啦。”

虞闪闪紧抿着唇，又看了眼虞海生，犹豫地转身走了。

半夜虞闪闪睡得迷迷糊糊间翻了个身，她突然觉得有点儿不对劲，睁开眼就看见床边站了个人。她蓦地瞪大眼，失声尖叫了起来。

高婕闻声赶来，连鞋子都没穿，“啪嗒”一声开了灯，看清了床前站着的人。

“怎么了？”

虞海生手里抓着把什么，有些期盼地看着虞闪闪：“闪闪，我把剩下的都拿来了，你再填一填，你是爸爸的全部希望了。”

“虞海生！你在干什么？！”

高婕气得大吼，抓起床头的杯子就扔了过去。

“啪——”

虞闪闪其实从那天被抓走起心里就一直绷着一根弦，此刻，听见杯子破碎的声音，那根弦终于断了。

虞闪闪一张口，眼泪就止不住地往下落：“对不起，爸爸，我真的做不到，我让你失望了。”

如果中一次彩票能让她的家庭恢复往日的美满，她愿意用一切去换。

高婕气得浑身发抖，连声音都嘶哑了：“虞海生，你还是个男人吗？！你把闪闪当成什么了？她是你的女儿啊，是个活生生的人！”

虞海生崩溃了，他一屁股坐到地上，张着嘴，扯着头发放声大哭起来：“对不起、对不起，是我对不起你们，对不起闪闪，是我害了你们，可我怕啊，我自己就是死了也没有关系，可我死了你们怎么办？怎么办啊？”

高婕也跟着哭起来。

虞闪闪擦擦眼泪，从床上下来，轻轻地抱住了虞海生。

“只要我们一家人好好的，总会想到办法的。”

这是她的爸爸，他一直把她当成宝贝，虽然犯下大错，可他依然是那个爱她的爸爸。

最后，虞家选择了走司法程序。

网贷公司经营大多违法违规，经不起细查，可虞海生欠钱也属实。三方协商后，网贷公司同意不再暴力催债，只要虞海生把现有的利息和本金还清就行了。具体多少，父母也没给虞闪闪说太多，只是叮嘱她好好学习。

期末考试很快就来临了，也许是因为最近家里发生了太多事，虞闪闪发挥并不好，有好多题，她明明记得老师上课有讲过，但就是想不起来答案。

最后一门考完，就正式进入暑假了。

晚上吃饭时，高婕郑重地对虞闪闪说："闪闪，宋叔叔帮我们联系了一个施工队，我们跟他们签五年项目的合同就能预支五年的钱，陵城这套房我们卖了，这样凑凑刚好可以还上钱。爸爸妈妈商量后觉得，你还是留在陵城读书比较好，你郭月阿姨让你寄住在她家，有她照顾你，妈妈也能放心，不过妈妈想问问你的意见。"

虞闪闪心里"咯噔"了一下，现在家里的事情总算解决了，自己也安心了不少。

可住在宋家，那就是和宋林栩"低头不见抬头见"。虽然天天看见宋林栩，她求之不得，但她更担心宋林栩的想法，以他厌烦她的程度，住在他家应该会让他很困扰吧？

虞闪闪咬着筷子，万分纠结，最后还是说："我想一想吧。"

晚上洗完澡，虞闪闪擦着头发回到卧室，拿起扔在床上的手机，准备看看同学群。

谁知道一打开微信，就看见肖耀的头像上三个未读标记。

“闪闪，我回陵城了。

“你在家吗？大巴车在你家附近停，我想顺路来拿下快递。

“我在你家小区门口等你。”

时间是三十分钟前。

虞闪闪赶紧回道：“不好意思，我刚去洗澡了，才看见消息，你还在我家小区这边吗？”

肖耀很快就回了语音消息。

“嗯，在的，我一直在。”

肖耀说得很慢，声音也很低，和他的人一样，像一阵温柔的春风拂过耳畔。虞闪闪下意识地揉了揉耳垂，痒痒的。

“那你等下我。”

肖耀已经等了虞闪闪半个多钟头，她不好意思还让人等着，从书包里拿了快递就匆匆跑下楼。

她一路小跑到门口。

虞闪闪远远看见肖耀背着剑袋站在小区门口的大榕树下，身旁还立着个巨大的行李箱，他对她招了招手。

虞闪闪气喘吁吁地停在肖耀面前，将快递袋子递了过去：“不好意思啊，让你等了这么久。”

肖耀伸手，却没接快递，直接落在虞闪闪头顶，轻轻摘去落在她头上的一片树叶。

“还好，也没有多久。”

大榕树上亮着居民自己挂上去的灯串，一闪一闪，细碎的光芒落了一地。

虞闪闪的眼睛随着肖耀的动作移动，最后落在他指尖的树叶上，脸莫名就有些发热。

大概盛夏的夜实在太闷，连风都是热的，肖耀的头发都被汗打湿，黑眼圈很重，神情看上去很疲惫。

像是等她等了很久的样子。

虞闪闪突然道："我请你喝水吧。"

旁边就是小卖部。

两个人一前一后走了过去，虞闪闪从冰柜里拿出两瓶冰可乐，掏出手机扫码付钱。

然后虞闪闪就愣住了，她忘记了，她再也不是那个不愁零用钱的"小富婆"了，她现在很穷……

肖耀就站在虞闪闪身后，清楚地看见她手机上显示付款失败，余额不足。

视线再往下，是女孩有些婴儿肥的脸，脸颊肉嘟嘟的，此刻因为窘迫泛起了点儿红晕，水蜜桃一样。

这是什么人间小可爱啊。

肖耀弯起嘴角笑了笑，拿着手机越过她头顶，"嘀"的一声扫了码。

"你帮我拿快递，是我请你才对。"

"哎……"

虞闪闪猛地转身，才发现肖耀离她极近，她这一转身，鼻尖几乎是擦着他的胸膛。

肖耀的手还举在半空，这样的动作，就像把她圈在了怀里。

这样近的距离，肖耀一呼一吸间尽是属于她的味道。她刚洗完澡，头发还是湿的，洗发水应该是牛奶味的，很香。

肖耀觉得浑身麻麻的，像被电击了一下，他往后退了一小步，有一瞬间失神。他甚至还掩饰般地咳了声。

虞闪闪浑然未觉有什么不对，她的注意力还在肖耀抢付了钱这件事上："唉，说好我请你喝的，结果竟还是你付了钱，嗯……那个，我现在确实没什么钱……但我不会一直没有钱的，等我有钱了，我一定请回你。”

一番话，絮絮叨叨，说得跟绕口令似的。

肖耀脸上的笑意越来越浓，大概是亲眼看见虞闪闪终于恢复往日的模样，忍不住揉了揉她的头：“好啦，我知道你的心意，你快回家吧。”

这是肖耀第二次揉虞闪闪的头，相比于第一次时的愣怔，这一次她倒是无比自然，并没觉得有什么不妥。

“嗯，那我回去了。”

虞闪闪将手里的可乐递给他一瓶，正要转身回家，突然喊了声：“肖耀。”

肖耀一直以来对她照顾有加，所以在虞闪闪心里，肖耀是相当值得信赖的，纠结了一晚上，此刻她脑袋瓜子一时发热，脱口道：“我有一个朋友和一个男生青梅竹马一起长大，但那个男生可能有点儿讨厌她，最近两个人的关系有好转，我朋友也可能要去那个男生家寄住，又怕那个男生会不愿意，又不能亲口去问他，就很苦恼。”

这是无中生“友”？

想都不要想，拒绝就对了！

肖耀强迫自己保持微笑，柔声道：“闪闪，欲速则不达，距离产生美，你会放风筝吗？拉得越紧，风筝反而越容易断线飞走。”

虞闪闪眼睛一亮，有种豁然开朗的感觉。

她果然没看错人，肖耀果然非常值得依靠！

两人道了别，虞闪闪一边喝可乐一边往小区里走。

快走到自家楼下时，她听见了一道带有怒意的声音。

“虞闪闪！”

虞闪闪吓了一跳，手里的可乐差点飞出去，眼睁睁看着宋林栩从旁边的树下走了出来。

宋林栩考完期末考就去和同学聚餐了，刚回到小区就看见小卖部里那一幕。他莫名有些火大，想冲上去给两个人拉开，又觉得小区门口人来人往动静太大，就先一步到虞闪闪回家的必经之路堵她。

虞闪闪看见宋林栩还挺开心的，小跑过去和他打招呼："宋林栩，你在等我吗？"

"是！"这一次宋林栩认得倒挺爽快。

这是太阳从西边出来了？

虞闪闪受宠若惊，还有三分羞涩："你找我什么事呀？"

宋林栩一看虞闪闪这副没心没肺的样子，就气不打一处来："你就穿成这样在外面晃来晃去？你能不能注意点儿？"

虞闪闪刚洗完澡，头发湿漉漉地往下滴着水，都没注意到睡裙已经打湿一大片，贴在身上，勾勒出少女姣好的曲线。

虞闪闪低头看了一眼，她这天穿的睡裙是深蓝色的，上面印着点点黄色的小星星，裙子是长袖，领口在锁骨上，整体又长又宽松。她没觉得自己穿得有什么问题，坦然道："嗯？我要注意什么？"

宋林栩对虞闪闪的迟钝感到无语，又不能直说，唯有恨铁不成钢地戳她脑门："有碍观瞻！"

作为半个"学渣"，虞闪闪很有好学心地在宋林栩离开后打开手机确认了下"有碍观瞻"是不是她理解的那个意思。

看完后，虞闪闪摸着脑门有些沉默。

宋林栩果然是日常厌烦她。

她穿个睡衣在小区里被他撞见了他都气成这样，那要是去他家住了，以后天天穿睡衣在他跟前晃，他不得更烦？

虞闪闪方才下定的决心又坚定了几分。

郭月对虞闪闪住在她家抱有十分把握，已经开始收拾客房。

宋林栩回到家，看见郭月在客房里拆被套，靠在门边问了句：“妈，你在干吗？这房间不都拿来摆杂物了？”

郭月正哼哧哼哧地将床垫抬起来：“你虞叔叔一家要离开陵城了……”

宋林栩本来还懒懒散散地靠着门，忽然就站直了：“什么时候来？”

郭月好不容易将床单一角塞到床垫下，说：“就这个暑假走，所以得赶紧把客房收拾出来，不然等闪闪住过来这里霉味都还没散掉。”

宋林栩反应了两秒，连声音都提高了：“虞闪闪要住到我家？”

“对啊，闪闪在陵城继续读书，她家在陵城没啥可靠的亲戚，我和她妈是从小玩到大的闺密，这种时候当然要帮一把了，再说了，闪闪这孩子招人疼，咱家也不多这一双筷子。”郭月抹了把汗，看着自己儿子在那儿絮叨半天都没有一点儿自觉性，就有点急火攻心，“你还杵在那儿干吗？过来搭把手！”

“妈，我好不容易考完试，准备愉快地过暑假，您就不能让我安静点儿？”宋林栩嘴里这样说着，却翘起嘴角放下背包走了过去，卖力地帮郭月打扫起来。

晚上，宋林栩在床上翻来覆去一直睡不着，他的脑海里跟有人刷弹幕似的，一直在刷“虞闪闪要住到我家啦”。他觉得自己很奇怪，小时候他最讨厌虞闪闪上他家了，可现在，他非但没有一点儿厌烦的情绪，居然隐隐有些小激动，怎么回事？

啧，客房里怎么光秃秃的，什么都缺？

宋林栩睡不着，索性起来翻衣柜，翻了个底朝天，才从衣柜找出一套郭月给他买的床上用品四件套，粉红色底，上面印着灰色的兔子，还有许多小爱心。他嫌女气，说什么都不肯用，现在看看，倒是和虞闪闪挺配的。

第二天宋林栩睡到晌午才醒，郭月在客厅做卫生，宋林栩路过时打着哈欠状似随意地把四件套拿给郭月：“我这儿还有多的四件套，你放客房用吧。”

郭月没有接，嫌弃地看了一眼：“这么丑。”

年代太过久远，郭月自己都忘了这是她买的。

宋林栩刚想道出实情，郭月便又摇头叹息道：“唉，用不着了，闪闪她不愿来咱家住。”

宋林栩一下子就清醒了：“她不来？”

“闪闪她说不来！”郭月上下打量了眼自个儿子——横眉竖眼的样子让人看了就来气，“就你平时对闪闪的态度啊，换我我也不来。”

暑假过了大半时，虞闪闪家陵城的房子找到了买主，等办完手续就要把房子腾出来了。

这几天高婕带着虞闪闪找了学校的领导，商量住校的事情。

虞闪闪打小就没住过校，都是被高婕放在跟前宠着，高婕私心是想让虞闪闪寄住在郭月家的，虞闪闪一个人住，高婕总担心她吃不上饭睡不好觉。

虞闪闪平时很听话的一个孩子，这次难得坚决拒绝：“不了，妈妈，寄人篱下总是不好的。”

“寄人篱下”这四个字戳中了高婕，她就没再说什么。

暑假期间，学校只有几个老师办公，跟班主任说了情况后，班主任点点头：“闪闪在学校，有老师呢，我们会照顾好她的。老陈啊，学生宿舍还有空吗？”

正说着，门口传来一道声音。

“黄老师，我来交卷。”

这声音有点儿熟悉，虞闪闪转过头，果然是肖耀。

肖耀看清办公室里站着的人也有些愣。

他是来补考的。

期末考试时他刚好在集训，后面又紧接着参加了几个比赛，一直拖到现在才来补考。他这种情况时有发生，老师们都习以为常，给他把卷子一发，让他自己在隔壁办公室做完了就行。

“放这儿就行了，这边没什么事了，你先回去吧。过段时间不是还有比赛吗？回去好好休息，期待你的好消息。”

肖耀本想找个借口留下来，但没想到班主任直接把他的话堵死了。

肖耀慢吞吞地走过去，又慢吞吞地将卷子放在办公桌上。他看了眼虞闪闪，对她笑了笑，又礼貌地跟高婕打了声招呼，然后蹲下身系鞋带。

虞闪闪一直看着肖耀的动作，见他把完好的鞋带拆开又系上还有些奇怪。

这时候负责后勤的陈老师查完了系统：“学生宿舍没有空位了，我刚看了眼新生住宿统计，已经饱和了。”

母女两人的心一下子就沉了下来，互相看了眼，半天都说不出话来。

班主任也没想到：“这……”

肖耀本来慢吞吞地已经走到门口了，这时候突然停下来，转头道。

“老师，学生宿舍没有了，但不是还有教职工宿舍吗？”

两位老师先是一愣，继而反应过来肖耀说的意思。

学校有一栋一室一厅户型的职工楼是专门给老师住宿的，但学校老师大部分都是本地人，在陵城都有自己的家，所以学校宿舍他们大多只用来午休，晚上还是回家住。

“但给学生住，这不太符合规定吧？”陈老师有些为难。

肖耀笑了笑：“特殊情况，特殊对待，我不也是住在教职工楼的学生吗？”

“你不一……”

肖耀是击剑场的天才选手，他在一中读书，是一中的荣光，况且给他间教职工宿舍也是为了让他能在训练比赛之余不被打扰好好休息。

可虞家的事在陵城闹得沸沸扬扬，陈老师也知道，心里多少对虞闪闪有些同情，犹豫了下，还是开口道：“有个老师刚结婚，所以下学期开始她也就在宿舍午休而已了，所以……你介意住在客厅吗？”

“这……”高婕有些犹豫，住在客厅，那环境也太艰苦了点。

虞闪闪拉了拉高婕的手：“妈妈，我可以的。”

看完宿舍在回去路上，高婕的情绪有点低落，一直在沉默，虞闪闪却很高兴，想着要怎么布置新宿舍：“到时候把窗帘往阳台上面一挂，又能遮光又有隐私。宿舍里那个沙发我就不搬出去了，可以给我放书啊衣服什么的。”

高婕知道女儿这是在故意逗她开心呢，她鼻子发酸，心里头却很暖，有种吾家有女初长成的感觉，她摸了摸虞闪闪的头：“闪闪长大了。”

虞闪闪顺着高婕的手蹭了蹭脑袋：“多大我都是妈妈的小孩。”

安顿好一切，虞海生和高婕收拾好行李，准备出发去桐城。

虞闪闪的暑假还剩下几天，高婕决定带她一起去桐城，好好玩一玩，毕竟这次之后，一家人还不知道什么时候能相聚。

时间过得很快，一转眼就到了分别的时候，虞海生和高婕直接从桐城跟工程队的车走，虞闪闪自己坐高铁回陵城。

之前都是私家车接送，所以这是虞闪闪第一次自己坐高铁，从进站到过安检都带着点儿兴奋。

高铁慢慢驶进站台，虞闪闪给高婕发了个语音："妈，车来了，我上去安顿好了再给你消息。"

对着票上的数字走到自己的座位前，虞闪闪才发现她的座位上已经有人了。

一个戴着眼镜的年轻男人，靠在座位上戴着耳机玩手机。

虞闪闪还以为自己走错了，再三核对了票。

她没弄错，就是这里。

虞闪闪看了眼男人，试着喊了声："你好，这里是我的座位。"

眼镜男头都没抬。

虞闪闪以为自己声音太小了他没听见，又提高音量说了遍："你好，这里是我的座位，麻烦让一下。"

坐在眼镜男旁边的阿姨忍不住用手肘撞了撞他："小伙子，你把人位子给坐了，让一让啊。"

眼镜男这才不耐烦地掀起眼皮，目光打量了下明显是学生装扮的虞闪闪，语气不善道："座位上写你名字了，怎么就是你的座位了？"

虞闪闪急了，把票递过去："我票上写的就是这个位置，你看看。"

眼镜男拿过票，看都没看一眼，就几下撕了个稀烂扔到垃圾袋里，懒洋洋地道："票？什么票？我没看到。"

虞闪闪简直惊呆了，指着他："你怎么撕我的票？"

就连旁边的阿姨都忍不住："你这小伙子看着人模人样，怎么能这样欺负人家小女孩啊？"

后面进来的人不知道前面发生了什么，已经堵得不耐烦，催促道："前面在干吗呢？动一动啊。"

"喂！你杵着个大行李箱占着过道，真是太没素质了！"眼镜男顺着杆子，贼喊捉贼。

虞闪闪哪里遇到过这种事，脸一下子就红了。

她也想让啊，可她座位在这里，她让哪儿去。

虞闪闪咬咬牙，准备先拖着行李箱去车厢前头，等其他人都坐好了她再过来。虞闪闪握着拉杆刚准备走，一只手就按住了她的手。

虞闪闪抬起头，有些不相信自己的眼睛："肖耀？"

肖耀一身黑色运动服，脸还是那张熟悉的脸，却和平常有些不一样。明明是在笑，眼神却很冷。

肖耀对虞闪闪弯了弯嘴角："别担心，你就坐这里，等着。"

又对着后头的人抱歉道："不好意思，有人霸座。"

然后肖耀转过身，他力气很大，一只手就将虞闪闪的行李箱提起来，塞到座位上面的行李架上，下一秒，他停都不带停，一把抓着眼镜男的衣领，在所有人的惊呼声中，将眼镜男跟拎小鸡似的提了起来，直接提着走了。

"你干什么？你！"眼镜男疯狂挣扎，可肖耀看起来瘦弱，力气却大得惊人。

虞闪闪捂住了嘴，肖耀也太直接了吧？

把闹事的拎走，车厢里总算畅通起来。

虞闪闪坐在自己的座位上时还觉得有些魔幻，事情怎么就转变得这么快？

肖耀为了不占过道，把人直接拎到前头两节车厢的连接处，加上列车员，三人在那里交涉。可车厢里太吵，虞闪闪本想过去看看情况，可刚一站起来，高婕的电话就打过来了，问她上个车怎么上了那么久。

虞闪闪怕高婕担心，没有跟她说实情，随便掰扯了个理由。虞闪闪挂了电话再抬头，肖耀几人已经不见了，虞闪闪站起来正想去找呢，就有列车员带着乘警过来了解情况。

原来霸座男非说自己有心脏病，被肖耀一吓，哪哪都不舒服，要报警要去医院。

列车员问到虞闪闪票时，旁边的阿姨立马正义地指出："那个霸座的把人小姑娘的票给撕了，太坏了。"

"还心脏病呢，我看是碰瓷碰出了新花样吧。"

乘警一边做记录，一边问虞闪闪："你跟那位男同学认识？"

虞闪闪点点头："我们是同学。"

"现在的情况是，因为是那位男同学先动的手，对方一口咬定自己身体不舒服要死要活要去医院检查，所以需要和男同学监护人联系，可我们问他父母联系方式，他却说没有。你跟他是同学的话，能不能从你这边弄到他父母的联系方式？"

虞闪闪面露难色，半天，才小声道："叔叔，他没有骗人……"

肖耀是孤儿，这在陵城不是什么秘密，很多关于他的报道上都提过这点。

肖耀父母情况不详，他是被奶奶带大的，十岁时，奶奶因为年纪大去世，他就成了孤儿。

高明朗每次说到这个，就要跟林黛玉似的左叹右叹："我耀哥，真就应了那三个字，美、强、惨。"

第五章

公主与巨龙

★ ☆ ★

Xiao Shanyao

两个多小时后，高铁抵达终点站，虞闪闪跟着人流下了车，在站台上四处寻找肖耀的身影。

因为是终点站，下车的人很多，虞闪闪等了好一会儿才在人群中找到肖耀的身影，他和那个霸座男还有两名乘警走在一起，正往另一头去。

手机也在此时响了起来。

虞闪闪拖着行李箱，边接电话边往肖耀那边走。

“闪闪啊，你到了吗？我没找到停车位，先让林栩进去接你了，我在路边等你们。”

高婕之前有向郭月托付过，让她这天接一下虞闪闪。

听到“林栩”两个字，虞闪闪默默地停下了脚步。

虞闪闪望了望出口的方向，又望了望越走越远的肖耀，万分纠结，宋林栩也来了，虽然大概率是被郭月逼着来做苦力的，可这也是难得的机会。

但是……肖耀是因为她才会惹上是非的。

几秒之后，虞闪闪下了决定。

“郭阿姨，我的车晚点了，还不知道什么时候能到，你们别等我了，我到了自己打个车去您那儿。”

郭月嘱咐了几句，又给宋林栩打了个电话。

“林栩啊，闪闪那趟车晚点了，我们先去买菜吧，刚好今天你在，可以帮我拿，咱多买点儿。”

而此时的宋林栩正站在出站口，手里握着手机，臭着脸看向站台大屏上显示“G×××× 次列车已到站”。

“喂？林栩，你听见我说话了吗？”

“妈，你自己去吧，我还有点儿事。”

电话挂断。

宋林栩的脸色有些不太好看。他手里还提着两杯奶茶，那是他特意给虞闪闪买的，想着这天她和父母分开心里肯定难受。

可现在看来，她好像不需要。

宋林栩冷哼一声，将奶茶丢进了一旁的垃圾桶内。

月台熙熙攘攘的人群里，肖耀默不作声地跟着人逆流而行。

“肖耀！”

听到声音，肖耀回头张望，人群里，女孩努力拽着箱子朝他奔来的样子实在让人心生愉悦，他脸上的阴郁渐渐退去，现出光来，朝着女孩展开笑颜。

虞闪闪在肖耀面前停下，小手轻轻拉住他的袖口，有些忐忑地喘了口气，眼神却是坚定无比地看着他：“我和你一起。”

肖耀瞥了眼手腕，嘴角翘了起来：“好。”

一行人到了火车站的警务室。

有一个胖胖的中年男人已经等在了那里，他的目光先在虞闪闪身上走了遭，又意味深长地看了肖耀一眼，就和乘警们走了。

虞闪闪本来下意识地要跟上去，却被肖耀拉住手。

“不用过去了，他会处理好，我们在这里等他。”

“哦，”虞闪闪点点头，又好奇地问，“他是……”

“我教练。”

火车站的警务室没有几个人，这会儿全都去里面的办公室谈事情了，虞闪闪和肖耀并排坐在大厅的长椅上。

虞闪闪心里头担忧，忍不住往里头张望，又什么也看不到，她坐立不安地问："肖耀，你会不会有事啊？"

肖耀正在看手机，闻言抬起头笃定地摇摇头："不会。"

虞闪闪有些不大信的样子："真的吗？可要是那个人耍无赖怎么办？他刚刚还把我的票撕了，我都没见过这么无赖的人……"

虞闪闪的话匣子一打开，就有些收不住，絮絮叨叨说了一大通，主要是当时她被霸座男一系列操作给镇住了，一时没反应过来，事后怎么想都觉得自己当时没有发挥好。

肖耀好笑地放下手机，看着虞闪闪义愤填膺的样子，一直悬着的心竟慢慢放了下来。他一直担心家庭的变故会对她造成不好的影响，现在看来，她的内心比他想象中要强大。

虞闪闪发泄完，见肖耀笑而不语地望着她，后知后觉地有些脸红，她咳了一声，问："我是不是话太多啦？"

肖耀漆黑的眼睛看着虞闪闪，弯了弯嘴角："不会。"

"那就好……"

虞闪闪欲言又止地看了看肖耀。一副有话要说，又不知道该怎么说的样子。

肖耀以为虞闪闪还在担心，宽慰道："你放心，我教练不会让我有事的。"

"不是，"虞闪闪犹豫了下，还是说了出来，"肖耀，其实我今天在桐城火车站外面的广场那儿看见你了。"

广场上人很多，穿着黑色运动服的少年一晃而过，很快就淹没在人群里，她以为自己看花了眼，就没放在心上。

直到在火车上看见他。

"你怎么会来桐城呀？"她问。

肖耀看着一脸天真的虞闪闪，脑袋空白了几秒，脸上的笑容顿时就有些不自然，心跳也快起来。

短暂的沉默后，他慢慢地坐直身子，清了清嗓子："桐城有一个击剑俱乐部请我过来打友谊赛。”

那家击剑俱乐部的老板是个富二代，之前就邀过他几次，肖耀心里头是看不上这种心血来潮有个爱好就搞个俱乐部玩玩的富二代的，从没回复过。

直到肖耀看见虞闪闪发的朋友圈定位，就主动给俱乐部老板打了个电话。

友谊赛前两天就结束了，他却留了下来，跟着虞闪闪的朋友圈动态，像个小尾巴一样跟在她身后，游玩了半个桐城，看见她动态里买了回陵城的票，他便跟着买了同一趟车。

“那我们真的是很有缘分哎。”虞闪闪心大地笑起来。

肖耀却有些笑不出来，如果虞闪闪知道他是偷偷地、特意地跟在她身后，会不会讨厌他？

应该会吓到她的吧？

肖耀敛起眉眼，低头沉默起来。

直到看见余光里的虞闪闪开始打起哈欠，她的小脑袋不住地一下下点着，眼皮缓慢、困难地慢慢眨着，在她眼看一个点头就要往前栽倒的瞬间，肖耀伸手，揽住了她的肩膀。

虞闪闪耷拉着脑袋，呼吸均匀，就这样也没有要醒过来的意思，看来是真的累坏了。

肖耀小心翼翼地将她的头拨正，靠在自己的肩膀上，她的头发落了几缕在脸颊上，电风扇一吹，头发丝在脸上轻轻滑动。睡梦中的虞闪闪大约是觉得脸上有点痒痒的，挠了挠脸，犹豫了几秒后，肖耀伸手替她将碎发拨到耳后。

然后自己往回缩了缩，靠在了椅背上，也闭上了眼睛。

大堂内老旧的风扇吱呀呀地转，阳光从窗外斜洒进来，静静铺了一地光阴。

虞闪闪是被一阵鸣笛的声音吵醒的，她迷迷糊糊睁开眼，发现自己竟然躺在椅子上睡着了，身上盖着一件黑色外套。

而外套的主人此刻就站在警务室外面，背对着她，和他的教练面对面站着。江教练先发现虞闪闪醒了，嘴巴动了动，肖耀便转过头来，看着她，轻轻笑了笑。

虞闪闪敲了敲自己还有些不清醒的小脑袋，赶紧过去抱歉道："对不起啊，肖耀，我太困了睡着了……那个，事情都解决了吗？"

"没事了，本就不是多大的事。"江隽无所谓地摆摆手，笑嘻嘻道。

"没事就好，"虞闪闪宽心地笑道，"那，肖耀，我就先走了，开学见啦。"

眼看虞闪闪拖着箱子就要走，肖耀赶紧用手肘撞了下江隽。

江隽知道肖耀什么意思，刻意逗他，一副不明所以的样子："怎么了？"

肖耀的眉心跳了跳，放低了声音："江叔叔……"

每次这小子叫他江叔叔，就是有事相求。

江隽心里不禁发笑，连忙上道地喊了声："哎，闪闪你等一下，叔叔开车来的，要送阿耀去学校，你要去哪儿，我送你一程。"

虞闪闪不愿麻烦别人，第一反应就是拒绝："不用麻烦了，我自己……"

"这有什么麻烦的。"江隽已经走上来接过虞闪闪的箱子。

肖耀也走过来，同她并肩道："没事，我教练，你不用跟他客气。"

这话让虞闪闪有些蒙，他的教练，她为什么也不用跟他客气？

但箱子都被拿走了，虞闪闪也确实不好再拒绝，便有些不好意思地顺着肖耀的话道："谢谢……教……教练？"

江隽满脸笑意，回头道："叫我江叔叔就行了。"

周末火车站的停车场爆满，江隽的车停在了北广场的酒店停车场，距离他们这边还有一段距离。他便让肖耀和虞闪闪两人直接从出站口出去，去路边等他开车过来。

正午的太阳毒辣辣地挂在天上，火车站的人流依然不见少。

两人肩并肩，跟着人流往前走，出了站没走几步，似乎是察觉到了什么，肖耀抬头朝某处看去。

这一看，就有些惊。

宋林栩就站在几米开外，冷冷地看着他们。

肖耀下意识地去看虞闪闪。

她正低头在给高婕回消息，并没有发现异常。肖耀松了口气，不动声色地往前迈了一步，刚好挡住了虞闪闪的视线。

"嗯？怎么了？"

虞闪闪握着手机，抬头问道。

肖耀的心怦怦跳着，指着头顶："光线太亮时看手机对眼睛不好。"

虞闪闪的杏眼弯了起来："谢谢你哦。"

肖耀垂下眸，轻轻"嗯"了声，挡在她的左侧，护着她往前走。

虞闪闪心无旁骛地信任他。

肖耀觉得自己的行为有点卑劣，可是他害怕，害怕她看见了宋林栩，会露出雀跃的表情。

从火车站到小区，一个小时的路程，虞闪闪却没感到无聊，江隽一直在说比赛场上的趣事，逗得她笑了一路。受早年的体育类节目影响，虞闪闪在此之前总觉得教练都是挺凶的，但是江隽给了她不一样的感觉，也许是因为身材相似，他让她想到《灌篮高手》里的安西教练。

到了宋林栩家，虞闪闪手刚叩上门，门就开了，宋林栩冷漠的脸出现在门后。

两人的视线在半空中交会，他似乎不太高兴，眼尾冷冷地耷拉下来。

虞闪闪愣了几秒，咧起嘴笑了："宋……"

刚出声，宋林栩没什么表情地看了她一眼，一扭头，走进自己的房间关上了门。

虞闪闪尴尬地放下手，宋林栩果然不高兴看见自己。

听到动静，郭月举着锅铲从厨房里走出来："别管那小兔崽子，不知道跑哪儿去了，就先你一步回来的，也不知道在外面受了什么刺激，一回来就臭着个脸。"

吃饭时宋林栩说不舒服推托着也没出来，郭月看见虞闪闪略显尴尬地坐在饭桌上，连忙热情地往她碗里夹菜："来，闪闪，多吃点儿，这个可乐鸡翅你多吃点儿，你小时候第一次上阿姨家阿姨就做了这个，你就吃了两块，某个人很小气地哭了一夜。"

说着，郭月还狠狠往某个人紧闭的房门那儿瞪了一眼。

虞闪闪只能尴尬地笑笑，没敢接话，她打心里认为宋林栩是因为自己闹情绪，吃完饭也没敢多留，寒暄了几句就走了。

去学校从班主任那儿拿了钥匙，虞闪闪正式住进了教职工楼。

房间似乎有人提前收拾过，沙发被搬到了角落，原来的位置放上了一张小型的铁架床，应该是学校的人搬来的，床垫的外塑封还没拆，虞闪闪一眼就看见了"Sealy（丝涟）"的图标。

虞闪闪有点吃惊，教职工宿舍待遇这么好吗？床垫都是Sealy（丝涟）的。

虞闪闪往上坐了坐，和她原来家里的那张床一样，软软的。

虞闪闪哼起小曲，开始收拾起行李来．窗帘是高婕在桐城和她一起挑的，用百分百遮光的灰色窗帘布，上面挖了很多小星星，配上窗纱，老板神秘地说，这是时下最流行的款式，会有惊喜。

虞闪闪站起来，抻开窗帘抖了抖。

“啪嗒——”

有什么从叠好的窗帘里掉了出来。

虞闪闪低头去看，躺在地上的是一个红包，上面写着“平安喜乐”。

行李是高婕给她收拾的，这个红包是怎么来的，也就不言而喻了。

虞闪闪捡起红包，打开数了数，里面一共 1817.6 元现金。

虞闪闪不知道家里还完债还剩多少钱，爸妈从不让她管这些。可这笔钱，有新有旧，虞闪闪突然就明白这是爸妈将身上所有的钱都掏出来凑给她了，鼻腔涌上一股酸涩，眼泪就和断了线的珠子一样，一连串地往下掉。

距离开学还有三天，教职工楼里应该是没有其他人的，意识到这点的虞闪闪放心地哭出了声。

三个月了，她还时常在噩梦中惊醒，每次醒来，高婕都在她身边，轻拍着她的背，细声哄着她。她知道高婕怕她留下心理阴影，一直在熬夜，随时注意着她的状态。

都说由俭入奢易，由奢入俭难，过了十多年小公主的生活，虞闪闪一开始的确很不适应，可高婕已经尽己所能，让她的生活质量并没有发生多大的变化。

直到虞闪闪在桐城，偷偷撞见父母晚上在酒店卫生间里吃她白天吃剩下的外卖。

虞闪闪在那刻突然回想起小时候，那时候他们是纺织厂有名的贫困户，可其他小孩有的，她一定会有。

她的三餐从来都是单独做的，而高婕和虞海生，一斤面条清水煮，可以吃一天。

虞闪闪也不知道自己为什么会想到这些往事，那些存在于她记忆里，她从前从未觉得有什么不妥的事情。

一想到这些，就觉得呼吸困难。

十六年来，无论是没钱还是有钱的时候，爸妈从没有苦了她。

一夜长大。

谁不想活在童话里当一辈子的公主？可当理想照进现实，虞闪闪清楚地知道，自己必须尽快成长起来。

虞闪闪抱着红包，就当自己长大前最后一次放纵自己的情绪，哭完了，便擤了擤鼻子继续去阳台挂窗帘。

教职工楼是一幢年代久远的筒子楼，每层由一条长廊紧凑地串联着许多间房，房间的布局也都一样，阳台是同一个朝向，两户之间离得很近。这是虞闪闪站到阳台边才发现的，因为她一扭头就看见了隔壁敞开的阳台窗，她觉得自己打开窗就能帮隔壁关上阳台窗……

正这么想着，隔壁突然有了动静，有人抱着一盆衣服走到了阳台上。

对方推开窗，似乎是察觉到什么，他扭过头来。

虞闪闪和对面的人面面相觑。

下一秒，她反应过来，有点儿难以置信地拉开窗户。

这下真的看清楚了。

“肖……耀？！”

肖耀假装惊讶地睁大眼：“虞闪闪？原来，你就住在这里啊。”

虞闪闪还没从之前的情绪中缓过劲来，下意识地抽了下鼻子：“是……是啊。”

肖耀抱着盆的手微微收紧。

她的眼睛还有些肿，鼻音很重。

她伤心成那样，隔着一道墙，哭得他的心都碎了。

“你刚搬过来吧，我来帮你收拾。”说着，肖耀转身离开了隔壁的阳台，几秒之后，传来敲门声。

虞闪闪赶紧放下窗帘去开门，门一开，穿着一件白色连帽衫的肖耀和阳光一起，照亮了整间屋子。

肖耀对虞闪闪笑了笑，自然地接过她手上的窗帘，往里走去：“是要挂窗帘吗？”

十分钟后，当肖耀站在凳子上往阳台墙上钉钉子时，虞闪闪心里忽然有了一种“还好他来了”的感觉。

肖耀那个身高，站上凳子才刚刚好，换她就算在凳子上，踮起脚才勉强能够到顶。

肖耀一边系好绳子，一边往下伸手，虞闪闪心领神会，将窗帘递过去。

“你平时拉的时候轻一点，你这个窗帘太重了，用钉子和绳不是很牢固，改天我想办法给你装个窗帘杆。”

肖耀轻轻将挂好的窗帘拉上，光线昏暗的室内，阳光从窗帘上的镂空星星里照进来，洒满一室星光。

就像在一瞬间站在了宇宙间，拥有了整片银河。

虞闪闪发自内心地感叹：“好漂亮啊。”

肖耀漆黑的眼眸看着虞闪闪，星星落在她的身上脸上，熠熠生辉：“嗯，很漂亮。”

肖耀的声音很轻，是介于少年与成熟男人间的低沉清澈的嗓音，带着难以抑制的喜悦。

虞闪闪没有听见，她抬头看向他，圆圆的杏眼中还有些未褪去的红，她露出天真的笑容，举起手，和他分享着喜悦：“肖耀，你看，是星星。”

捧到他面前的手白白的，掌心掬起了一颗星。

肖耀的心跳似乎停止了一下，很想握住这双手。

下一秒他别开眼，大手一拉，阳光洒了满屋，两人重新从宇宙回归现实。

“这个窗帘，很不错。”

肖耀摸着窗帘，声音有些哑。

虞闪闪未觉异常，开心道：“我妈妈给我选的。”

女孩子的快乐很简单。

在这个黄昏，虞闪闪就着霞光，在笔记本的扉页写上：“生活虽然很难，但只要继续下去就一定会有惊喜。”

夜晚很快降临，虞闪闪洗漱好后就钻进了被子。九月的天气，依然燥热，电风扇吱呀吱呀地转，床头的灯光昏暗，只能照亮她这一方小小的角落，其余的，好黑啊。

这是虞闪闪十六年来第一次自己住，假期的学校又这么安静，说不怕是假的，但……虞闪闪扭头望向窗帘，宿舍的隔音太差，她隐约能听见隔壁不大不小的动静。

肖耀在做什么呢？

“我就住在隔壁，有什么事叫我一声就行了。”

肖耀下午离开时和她说的话言犹在耳。

知道隔壁就住着一个他，好像没有那么害怕了呢。

这一天从早忙碌到现在，发生了好多事，虞闪闪费力地抬了几下眼皮，困意最终战胜了恐惧，她沉沉合上了眼。

一墙之隔的单间里，肖耀做完一套体能训练，他洗完澡出来，没有回卧室，而是随手拿了本书，坐在了客厅的沙发上。

他的手抚上墙，轻轻张了张嘴。

“晚安，闪闪。”

愿你今夜，也有好梦。

手中敞开的绘本上，戴着水晶冠的小公主误入一片黑暗的恶魔森林，邪恶的恶魔蜂拥而上，却在接近小公主时转身逃窜，因为在小公主看不见的身后，一只巨龙张开血盆大口，面目狰狞地恐吓着它们。

若你愿意，我愿意永远藏在黑暗中，做守护公主的巨龙。

第六章
少女星

★☆★

Xiao Shanyao

第二天一早，也就是开学的前两天，虞闪闪接到班主任黄建国的电话，他让她去帮忙整理分班名单。

虞闪闪之前听赵伊人八卦过，为了学生心理健康，这学期学校取消了延续多年的传统排名分班制，改由抽签决定。

虞闪闪选的文科，被分在了黄建国的班上，加上她刚好在学校，就被黄建国叫去帮忙。

她期末考试的成绩果然不理想，从上游一下子掉到了下游。

黄建国在成绩单上写好评语，拍拍虞闪闪的肩："新学期要努力啊。"

虞闪闪用力点了点头。

虞闪闪的成绩在从前的学校一直不算好，虞海生和高婕也从不强迫她学习，打算高考后就直接花钱送她去国外读书。

可今时不同往日，好好学习，考上个好大学，是虞闪闪唯一能想到的让父母轻松一些的出路。

虞闪闪现在唯一感到庆幸的是，上学期选文理科时，她没有为了宋林栩去选自己并不擅长的理科。

赵伊人和虞闪闪一直微信联系，知道她这天去学校帮忙，便在小群里呼唤她："怎么样，闪闪，我们有分在一个班吗？"

虞闪闪还未回答，高明朗就冒泡了："什么？什么？为什么分班这种事要问虞闪闪？"

赵伊人："闪闪今天帮老黄弄分班名单。"

高明朗："（谄媚表情包）女神，我耀哥选的也是文科，你快帮我看看我和耀哥在不在一个班。”

赵伊人：“你怎么老跟女鬼一样缠着肖耀，烦不烦？”

虞闪闪扫了眼名单，看见了熟悉的几个名字，而高明朗提到的那个名字……并不在。

虞闪闪愣了愣，又仔细看了几遍名单，心里陡然有种奇怪的，类似于失落的感觉。

毕竟也坐了一个多月的前后座吧，虞闪闪这样想着。

虞闪闪的手机快没电了，她在群里发：“我们三个在，肖耀不在。”

高明朗：“呃……”

微信再次弹出消息时，虞闪闪的手机黑屏了，自动关机。

虞闪闪从包里掏出充电线充电，抬头却看见外面黑压压的一片，是暴风雨将至的前兆。

肖耀从体育馆里出来时刚变天，乌云一层一层遮住了太阳，风将树叶吹得哗啦啦地响，快走到教职工楼时，豆大的雨点儿便落了下来。

肖耀淋了一身湿，回去便洗了个澡。

从浴室出来时，放在床上的手机屏幕正一下下亮着。

肖耀的微信被高明朗轰炸了十来条。

一半都是流泪的表情包，夹杂着几句哭诉。

“耀哥，分班名单出来了。

“我俩不在一个班。

“我太难了。”

肖耀愣了一下：“虞闪闪和你一个班吗？”

“在啊，赵伊人那个烦人精也在，你说说，这都什么事啊！！”

肖耀皱起眉，他明明是算着分数来写卷子的，怎么会？

肖耀突然想到了什么，问高明朗:“这学期不按成绩分班了？”

高明朗：“啊，我忘了你后面都没怎么来学校应该不知道这件事，咱学校的变态分班制改了……”

听高明朗说完，肖耀总算知道问题出在哪儿了。

肖耀给江隽打了个电话：“江叔叔。”

一开口，江隽就笑了：“肖耀，你搞清楚点儿，我是你教练，不是你大爷，昨天帮你扛床垫给人小姑娘献殷勤，今天又要支使我干吗？”

肖耀等江隽说完，才镇定自若道：“上次全国联赛的纪念品，还在你那儿吗？”

“早就送给我家小侄女了，都这么久了，你怎么突然想起来？”江隽突然有种不好的预感，“你当时不是不要吗？”

话音刚落，就听肖耀平淡道：“我现在有用。”

江隽连声音都透露着震惊：“肖耀，你有没有搞错？送出去一年多的东西，你说要回来就要回来？”

“全国青年冠军赛，我给你拿个金牌回来。”

江隽沉默了，过了一会儿，他认命地骂了声：“我上辈子欠你的，下午过来拿！”

下午，肖耀从江隽那里拿了东西回来便直奔黄建国的办公室。

他算着时间，估摸现在这会儿虞闪闪应该已经回去了。

一进办公室，果然，只剩下黄建国在。

肖耀敲了敲门框：“黄老师。”

黄建国扶了扶眼镜，有些惊讶：“肖耀？你怎么这时候来了？有什么事吗？”

肖耀“嗯”了声，把随身带的袋子放在了黄建国的桌上，笑道:“我暑假去参加比赛，在主办方那儿看见去年全国联赛的纪念品，他们送了我几套太多了，就给老师您也带了一套，就当是谢谢老师平时的照顾。”

看见肖耀从袋子里拿出来的那几个立牌，黄建国眼睛都直了。

其实黄建国喜欢的不是纪念品本身，主要去年那套亚克力立牌纪念品，有他偶像国内著名乒乓球运动员刘梁的签名和印，他当时托了很多人都没买到。

黄建国内心狂跳，努力保持镇定，嘴角却掩饰不住地上扬：“咳咳，这不合适，我不能收你的东西……这样吧，肖耀，这套纪念品，你按市价卖给我。”

“都行，”肖耀笑了笑，滴水不漏地说道，“我来到黄老师您的班上学习的时间不久，但是很喜欢您的讲课风格，我们班的氛围也特别好，这都是黄老师您教导有方，我一直想当面感谢您来着。”

黄建国被这一连串的“彩虹屁”拍得晕乎乎的，有点儿受宠若惊，他没想到肖耀会对他说这些话，这么……喜欢他。他咳了两声，不自在道：“哈哈，这都是我身为人师应该做的。”

黄建国突然想到什么，惋惜道：“唉，不过这学期分班，你被抽到了佘老师他们班。”

肖耀一怔，脸上的表情一下子变得有些难以相信：“什么？我就是想继续留在五班才选的文科……”

肖耀的语气真诚，再配上那副带点小忧伤的真挚表情，黄建国心里顿时感动得一塌糊涂，看把孩子难过的。黄建国想都没想，一腔热血瞬间涌上心头：“不过……最终名单还没公布，你要真想留在我班上，我可以跟老佘谈谈。”

肖耀犹豫地望着黄建国说：“这样可以吗？明天就要报名了……”

黄建国拍拍胸脯：“你放心，我等下就去和老佘说一声。”

肖耀的脸上终于出现笑意。

黄建国也笑得很灿烂。

有人敲了敲门。

肖耀也转过头。

竟是虞闪闪。

她探了个小脑袋，尴尬地冲两人笑了笑：“那个，黄老师，我充电线忘拿了。”虞闪闪迅速拿了充电线，道了声别就离开了。

肖耀一直没吭声，目送虞闪闪出门后，他转头道：“那黄老师，我就先走了。”

一关上办公室的门，肖耀立刻改用跑的，没追多久，果然看见虞闪闪撑着把白色小雨伞走在前头的校道上，肖耀放慢步子，调整了下呼吸才喊：“虞闪闪。”

虞闪闪回过头，站在原地等肖耀跟上来。

一开始看见虞闪闪折回办公室，肖耀是有些紧张的，他不知道虞闪闪有没有听见他和黄建国的对话，从而撞破他心底的秘密。

其实他跟虞闪闪一直没有什么缘分，他们之间那些所谓的“好巧”，都是他自己制造出来的。

但追上来的这一段路程，肖耀就做好了心理建设，他走到虞闪闪身边抬手看了眼时间：“你晚上有事吗？没事的话一起去吃点儿东西吧，学校门口有家炒面还不错。”

虞闪闪面露难色：“我晚上和赵伊人约了呢。”

肖耀脸上的笑微微一僵，带着略微的失望：“这样啊，那就算啦。”

虞闪闪抬头看他，很罕见地沉默了几秒钟，才道：“那，你要不要跟我们一起？”

“好啊。”

"高明朗也来。"

两人几乎同时出声。

虞闪闪忍不住，打量了他好几眼。

肖耀并未察觉，掏出手机翻起来："你们想好了去吃什么吗？"

"还没呢，就约在了万盛广场，准备去了再看看。"

"万盛广场的话有家蛙螺煲挺不错，你看看点评。"肖耀一边说一边把手机往虞闪闪那儿偏了偏。

虞闪闪凑过去看："真的吗？我超爱吃蛙了呢。"

两人边说话边往校外走，淅淅沥沥的雨点儿打在伞上，像在奏着轻快的乐曲。

虽然没有预期的二人世界，四个人吃饭也挺热闹，重要的是和谁在一起。

可肖耀不知道是不是自己的错觉，总觉得这晚虞闪闪的目光总是在他和高明朗之间晃来晃去。

晚上虞闪闪躺在床上，她点开那个只有赵伊人和高明朗的小群，往上翻了翻聊天记录。

时间，上午 11：32。

虞闪闪手机没电自动关机后一直没管，直到干完活才把手机开机，看见群里的消息。

高明朗："我要把这个惊天噩耗告诉我耀哥！唉，耀哥知道我理科垃圾，才选的文科，没想到啊，造化弄人啊。"

赵伊人："肖耀做错了什么要承受这样的侮辱？"

虞闪闪望着手机屏幕就有点儿出神，其实下午她回办公室时，听见肖耀在里头和黄建国说话，一时没好意思敲门，想等他们说完话，所以，就将两人的对话听了个完完整整。

虞闪闪越听越觉得奇怪，黄建国不知道，可她知道，高明朗肯定第一时间就把肖耀和他不在一个班的消息告诉了肖耀。

所以肖耀说的那些话在虞闪闪听起来，就有点把黄建国往预设好的坑里带的意思了。

眼下正是兄弟情小说大红的时候，虞闪闪也被赵伊人推荐着看了几本，难免会有些奇奇怪怪的联想。

比如高明朗每次看肖耀时那种满是崇拜之意的眼神，还有那本贴满肖耀照片和报道的厚厚手账本。

之前赵伊人还和她说，肖耀成绩一向是顶尖的，他会考成那样被“下放”到五班，一定是他自己故意的。

当时虞闪闪还不以为意，现在想来肖耀说不定就是为了高明朗才故意考砸的？

虞闪闪想着想着，脸就有些红。

这学期不仅取消了按成绩分班制，座位也是随机排列。

虞闪闪没和赵伊人排在一起，她的新同桌是个叫梁琪的女生。见到梁琪第一眼，她就认出，这是她来到学校第一天时，那个特意跑到她和宋林栩面前，满满都是敌意的女生。

但虞闪闪还是很友好地和她打了个招呼，梁琪翻了个白眼，并没有搭理虞闪闪。

很快，同学们都陆陆续续来齐了。

肖耀出现的那刻，全班的人都沸腾了。

高明朗瞪大眼：“耀哥？你不是……”

肖耀看了他一眼，做了个“收声”的手势。

高明朗立马捂住嘴点点头，用眯成一条缝的眼睛表达喜悦。

肖耀看了眼座位表，走到自己的位置上坐下。他的同桌是一个戴眼镜的男生，脸色通红，肖耀一和他打招呼，他就紧张得手脚都不知道往哪儿摆了。

周围都在窃窃私语。

“我没看错吧？那是真的肖耀吗？我竟然和大神同班了！”

“天哪，我太谢谢学校取消排名分班制度了，让我有缘能和肖耀同班。”

梁琪“呵呵”了两声，从嘴里吐出几个字：“土包子。”

梁琪高一时是在年级尖子班一班，高二文理分科，才被随机打乱分到了这个“鱼目混珠”的班上，她打心眼里瞧不起除了原一班的人外的这些“差生”。

虞闪闪看了梁琪一眼，觉得她有点儿刻薄了。

新教学楼的外面种了棵槐树，绿荫如盖，一直长到四楼，站在走廊上，伸手就能碰到槐树的枝丫。

大课间，虞闪闪和赵伊人趴在走廊上说话。

赵伊人小声问：“闪闪，你和梁琪相处得怎样？那个梁琪，仗着自己舅舅在陵城有点权势，平时在学校里恨不得横着走，以前没少嘲我们五班的，她要是再欺负你，你就告诉我，我帮你出气。”

虞闪闪看着为自己抱不平的赵伊人笑了笑，她不想新学期第一天就和新同学起冲突，她现在只想好好学习把成绩提上去，不想为其他事情分心。

快上课了，同学们都回到教室里。

虞闪闪也想回到自己的位置上，可坐在靠过道位子上的梁琪，就是不让她进。

虞闪闪说：“梁琪，能不能让我进去一下。”

梁琪装作没听见，从书桌里掏出书包，慢悠悠地整理着。

“梁琪……”

虞闪闪又叫了一声，见梁琪还是没反应，就知道她是不会让了。

于是，虞闪闪转头和后座的同学打商量：“能不能麻烦你把桌子挪一下，让我进去。”

虞闪闪一副“抱歉打扰到你”的笑容，可爱的娃娃脸很难让人拒绝，后座的男生下意识地就将桌子往后挪了点儿。

虞闪闪刚挤进去，梁琪突然往后猛地一靠椅子。

椅背撞在虞闪闪肚子上，疼得她“啊”了一声。

虞闪闪还没开口，梁琪就突然回头，提高音量道：“你干什么？！谁让你碰我了？！”

虞闪闪捂着胃，还没缓过来，疼得冷汗直冒。

已经回到座位上的赵伊人赶紧跑过来挡在虞闪闪面前，瞪着梁琪：“梁琪，你有病吧？”

“我怎么啦？她碰到我了，我身体条件反射，”梁琪一脸幸灾乐祸的样子，刻薄地冷嘲热讽，“什么锦鲤？就是个瘟神！”

教室里响起一阵笑声，都是经常跟梁琪在一起玩的小姐妹。

“梁琪，你别太过分了！”赵伊人气不过，喊了声。

梁琪表情夸张地“哎哟”了声：“谁敢欺负她啊？她可是卖一下惨就有无数男生为她前赴后继的人呢。”

这话就有点人身攻击的意味了。

“梁琪，你嘴贱不贱啊？”

高明朗和肖耀一起回教室，刚好听到这句话，高明朗当即就骂了句，撸了袖子准备上前。

身边一个人影闪过，高明朗愣愣地看着肖耀大步路过他，走到“事发现场”。

高明朗看不到肖耀的脸，只觉得他的背影看起来有些冷，下意识地叫了声：“耀……”

“啊——”

下一秒，在梁琪的惊呼声中，肖耀连人带椅子地将她整个拖了出来。

肖耀在学校一年多，平时都是一张笑脸，曾经有粉丝不小心追他撞到他，他也只是笑笑，让人家小心点别摔了跤。

谁都没有见过肖耀发火。

教室里一下子鸦雀无声，只剩梁琪惊慌失措的尖叫声和椅子拖在地面的声音。

梁琪被扔在了教室外面，正要说话，肖耀冷冷地看了她一眼：“自己去黄老师那儿，跟他说清楚。”肖耀冷冷地丢下这句话，转身走回了教室。

教室里特别安静，大家都还沉浸在对肖耀的愤怒的震惊中，没人敢说话，虞闪闪已经被赵伊人扶到了座位上。

肖耀也没出声，一言不发地将自己的座位和梁琪换了一下，然后坐在了虞闪闪旁边，面无表情收拾桌面。

上课铃响了，英语老师走进来，看见一帮小崽子安静地正襟危坐着，还有些欣慰。

“不错啊，你们，高二了，知道端正态度认真读书了。”

众人内心疯狂呐喊：“我们也不想啊，可我们是不敢动啊！发火的肖耀好可怕但好帅啊！”

而主人公肖耀，好似没事人般地坐在那里。

只有虞闪闪看得出，肖耀的坐姿非常僵硬，拿笔的手握得非常紧，像在憋着一股劲。

虞闪闪不停地偷瞄肖耀，她头一次见肖耀发火的样子，印象中的他从来是一张温和的笑脸，像春天和煦的微风。

从前除了父母从没有人这样护着她，虞闪闪心里头有点暖暖的。但同时，心里又有些乱。

虞闪闪昨天还在乱想他和高明朗的事，可这一刻她忽然发现这么久以来，肖耀虽然对谁都很客气，可他对于别人的事，大多是一副事不关己的模样，就连高明朗，也是一样。

除了她。

肖耀对她特别照顾，一次两次是正常，可次次这样真的是因为“路见不平”这么简单吗？

有些模模糊糊的念头，像要钻出来一样，可虞闪闪不敢细想。

眼看肖耀握着笔的手越攥越紧，虞闪闪都要怀疑笔都能给他弄折了，连忙轻轻叫了他一声。

“肖耀……”

肖耀听见虞闪闪的声音，身子陡然一颤，从怒气中回过神，心里就一阵凉，他失态成这个样子，是不是吓到她了？

他甚至不敢去看她。

直到虞闪闪用手肘轻轻碰了碰他：“肖耀，谢谢你啊。”

他愣愣地侧过头。

虞闪闪水汪汪的大眼倒映着肖耀沉默的模样，细声细气的声音蚊子声一样传来：“我不疼了，你也别生气了。”

众人用了整整一节英语课的时间才陆陆续续缓过劲来。

一到下课，大家就沸腾了，纷纷交头接耳起来，还有人掏出手机，给自己别班的小姐妹分享这个劲爆的消息。

大家只恨自己当时太过茫然以至于忘记录视频，只能用言语尽可能还原愤怒的肖耀。

理科一班，夏颜然也拿着手机和宋林栩讨论：“梁琪平时虽然有点骄纵，但还是知道分寸的，不至于让肖耀发这么大火吧？”

宋林栩看着手机，眉头越皱越紧。

“惊天大新闻！刚才梁琪和虞闪闪闹了点矛盾，肖耀发火了，直接冲进来连人带椅子给梁琪扔出去了！”

“您在逗我呢？肖耀发火？我初中就和他一个学校了，至今没见过他对谁说一句重话，你少黑我偶像。”

“肖耀确实把梁琪连人带椅子给扔出去了，人家梁琪不过是不小心碰到了虞闪闪，虞闪闪倒好，立马卖惨博同情，把事情往大了闹。”

“那肖耀对虞闪闪可还真是不同呢，上学期肖耀特意喊人家帮忙去擦剑这事你们这么快就忘啦？还有，有人撞见过肖耀和虞闪闪单独走在一起呢！”

传着传着事情就变成“梁琪被虞闪闪仗肖耀的势给欺负了”。相比于名人的高光时刻，大家更乐意看名人翻车，谣言瞬间压过真相，在学校蔓延。

与此同时教师办公室里。

黄建国面对着哭得一抽一抽的梁琪，一脸无奈。

“我就是不想跟虞闪闪坐，大家都知道她上学期被讨债的人追到学校的这件事，她家这么复杂这么恐怖，谁跟她沾上都会倒霉。不信老师你去问问，根本没有人愿意跟她做同桌，干什么随机分座位，我太倒霉了，呜呜呜。”

黄建国知道上学期末在学校里流传的关于虞闪闪家的传闻，本来他以为过了一个暑假，这群孩子早就有新话题聊了，没想到还在流传。黄建国一个头两个大，立刻和下一堂课的老师换了堂课，带着梁琪一起回到教室，紧急召开班会。

班会的主题就是班级团结和不要戴有色眼镜看人。

黄建国批评完梁琪，还点了下肖耀：“肖耀你的处理方式也欠妥，以暴制暴不可取！尤其是在校园里，你和梁琪，一人三千字的检讨，明天早上，交到我这里。”

梁琪抽抽噎噎地说了声：“好。”

虞闪闪闻言看了眼肖耀，他目视前方，不卑不亢，却什么话也没说。

来的时候黄建国还担心把梁琪调到别的座位后，出现没有人愿意跟虞闪闪坐的现象会给虞闪闪这孩子造成什么心理创伤，但一看肖耀已经自行搬到了虞闪闪旁边，黄建国松了口气，也就没再做其他安排。

下午肖耀没来上课，班上少了个人，老师和同学都习以为常，因为肖耀原本就经常会因训练或者比赛而缺课。

只有虞闪闪，她总觉得，肖耀是因为早上的事才没来的。

她拿出手机，点开肖耀的头像，打了几个字："肖耀，你没事吧？"

虞闪闪打完看着屏幕愣了一下，又默默地删掉，将手机塞回抽屉里。

虞闪闪趴在桌子上，悠悠地叹了口气，虽然忍不住很想关心一下肖耀，可上午那件事之后，她就是隐隐约约觉得，自己和肖耀的关系，并不像简单的"普通同学"那样。

九月的天，异常多变，晴了一天的天，快到放学时，开始飘起了雨，教室内一片哀号。

赵伊人站在走廊上，朝外伸出手，雨水一滴滴打在她掌心："这雨还挺大，我没带伞，怎么办呀？"

一回头，赵伊人就见虞闪闪从包里掏出一把伞冲她晃了晃："我带啦。"

赵伊人笑着欢呼："你是天使吧，闪闪？"

俩女孩互相挽着胳膊，共撑一把伞，走在下着大雨的校园里。

突然，有人自她们身边快速跑过，溅起的水溅湿了赵伊人的裙摆。

赵伊人惊呼一声，抬起伞，看见“犯案者”就更生气了。

“高明朗，你神经病呀？！”

高明朗没有拿伞，他和另外几个男孩子都淋着雨，在雨中跑来跑去，笑得特别开心。

赵伊人骂他，他也不生气，做了个鬼脸就跑了。

赵伊人简直无语：“这个人是不是缺心眼？”

虞闪闪笑：“没心没肺活着不累。”

“贱兮兮的，早晚被人打。”赵伊人翻了个白眼，两人刚好路过第三教学楼，她瞥见第三教学楼的一楼楼梯口站了一排人在等雨停，“咦，那不是梁琪嘛。”

虞闪闪抬头，只见梁琪和几个原一班的同学站在楼梯口，梁琪也看见了她，梁琪脸色很不好看，用那双肿成核桃的眼睛哀怨又愤怒地瞪了她一眼，就跟另外几个人赶紧走了，有种避之不及的感觉。

虞闪闪突然很想证明一件事。

她停了下来。

虞闪闪抱歉地对赵伊人道：“伊人，你在这里等我一下，我找高明朗问件事。”

说着，她小跑进雨中。

“高明朗。”

幸好高明朗没走得太远，他和几个男生勾肩搭背，嬉笑打闹，听见虞闪闪叫他，他回头，笑着问：“女神，你找我呀？”

虞闪闪冲他招了招手，一副有什么悄悄话要对他说的样子。

高明朗很有眼力见地凑过来，连声音都压低了：“怎么了？”

“我问你件事，”虞闪闪有些扭捏，她心中起了怀疑，又不敢确定，猫抓一样，挠得她心神不宁，犹豫了半天，还是小声问道，“肖耀知道原本你们不在一个班吗？”

高明朗抹了把脸上的雨水："知道啊，我跟耀哥说分班名单上我和他不在一个班。"

虞闪闪看了高明朗一眼，声音更小了点儿："那你还说了什么其他的没？"

"就这个吧，我也记不大清了。"高明朗挠挠头，仔细想了想，突然道，"哦，耀哥还问了我件事。"

虞闪闪的心怦怦地跳了起来，她好像隐约可以猜到，肖耀问了高明朗什么。

果然，就听见高明朗说："耀哥问我，'虞闪闪和你在一个班吗？'"

一切在高明朗话音落下的瞬间尘埃落定，之前那些模模糊糊的猜想，虞闪闪好似在这一刻都得到了验证。

原来真的是因为她。

可即使这样，虞闪闪也不敢百分百给这件事下定论，万一是她会错意了呢？

少女的心思，模模糊糊，小心谨慎，懵懂犹豫，就像故事里的女孩捧着一朵花，摘着片片花瓣自言自语地猜测对方的心意，一会否定，一会肯定，无限循环，没有答案。

虞闪闪把赵伊人送到寝室后又去学校门口的小卖部买了个面包，这才往教职工楼走。

教职工楼在学校偏僻的东南角，要转过好几个弯，再下一节楼梯才能到，她下楼梯时，手中的面包没拿稳，骨碌骨碌地滚到了地上。

虞闪闪"啊"了一声，连忙捡起来，使劲甩了甩包装纸上的污水，又从口袋里掏出纸巾，认认真真地擦起来。

有人走了过来，在她面前停下，虞闪闪抬起伞，看见面前的人，一瞬间有些吃惊："宋林栩，你怎么在这里呀？"

宋林栩的目光落在她手中的面包上，虞闪闪脸有些红，她把手往身后藏了藏。

“你晚上就吃这个？”

虞闪闪的脸更红了，她没有钱了，她把那个红包的钱都存到银行了，还有妈妈给她的生活费，她也存了一大部分进去，只留了几百块，一块钱掰成两半花，她想得很简单，自己节省一点儿，家里欠的钱或许就能早一点还清。

可是虞闪闪不能对宋林栩说这些。

虞闪闪有些窘迫地低下头：“我最近减肥嘛。”

宋林栩看着虞闪闪，几日未见，少女婴儿肥的脸，清减了不少，但脸瘦下来，却衬得五官更立体好看了。

女孩子突然要减肥，大概率是有了喜欢的人。宋林栩不知怎么就想到了这句话，再联想到她和肖耀的那些传闻，一颗心就沉了下来，脑子还未转过来，就已脱口而出：“虞闪闪，你什么时候能学会低调一点？还是你享受当话题女王的感觉？”

虞闪闪没明白，眨了眨眼：“啊？”

话题女王？这又是什么鬼？

“今天你的事，整个学校都传遍了，”宋林栩看着她，“你和梁琪之间的矛盾，为什么要找肖耀帮你解决？”

虞闪闪愣了一下，总算是明白宋林栩的意思了，解释：“不是这样的，肖耀是刚巧看见……”

“刚巧看见？那你回陵城那天，也是刚巧遇上肖耀？”这件事一直憋在宋林栩心里，火一样烧了他很久，让他觉得很不舒服，此刻终于问了出来。

空气一下子凝滞了。

宋林栩还记得那天自己鬼使神差去火车站旁边买了两杯奶茶，一个暑期，他想了很多，其实自己并不讨厌虞闪闪，只是习惯了对虞闪闪的说话态度，一时间没改过来。想着想着就觉得自己平日里对虞闪闪实在太过苛刻了，于是破天荒地想着主动去接她，可没想到，他等到的却是一场欺骗。

虞闪闪怔然，宋林栩怎么知道的？看他的样子，像是误会了什么。

虞闪闪解释道："不是你想的那样，我们刚好坐同一班车，我在车上遇见了一点麻烦，肖耀帮了我，我……"

可宋林栩看虞闪闪的眼神明显传达着"你继续编"的意思。

虞闪闪的声音越来越小，她抿抿唇，看着宋林栩："你不相信我？"

九月凉薄的雨，淅淅沥沥地敲打着伞面，女孩看着他的眼里泛着湿意，渐渐红了眼眶。

宋林栩没说话，他原本是来关心一下虞闪闪，想知道到底发生了什么事。学校里的风言风语对她来说并不乐观，加上她家里之前发生了那样的事，此刻的传言对她在学校的处境无疑是雪上加霜。

可宋林栩也不知道，为什么自己一出口，问询的重点就跑到了肖耀身上。

宋林栩觉得自己很奇怪，他内心的压抑和那些不明所以的情绪让他感到烦躁，让他无法保持理智，他不想再和她争论下去，他需要先让自己冷静下来。

所以，他冷冷丢下一句："和我有什么关系？"便转身就走。

"宋林栩。"

虞闪闪跟在后头追了几步，追得急了，没看见路面凸起的石头，绊了一下，跌倒在地，手中的伞也滚到一边。

宋林栩听见了身后的声音，他的脚步微微一顿，就想要回头，可这一刻，他的眼前恍惚出现的是，人潮汹涌里，虞闪闪抬起头来亲密地对肖耀笑。他从未见过虞闪闪对其他人这样笑过，就连面对他，也没有，在他面前，她的笑从来带着小心翼翼和讨好。

宋林栩的心一瞬间就好似被凉水浇透了，宋林栩终究没有回头，咬着后槽牙走远了。

宋林栩走得那样快，是虞闪闪怎么赶也追不到的速度。

淅淅沥沥的雨落在虞闪闪身上，她捂着脸，终于难过地哭了。

不远处，在树后站了很久的少年，看见这一幕，下意识往前迈了一步，又停了下来，扶着树干的手指几乎掐进了树干里。

虞闪闪就在他几米开外，肩膀一抖一抖的，哭得特别可怜。

可他有什么资格去安慰她呢？是他的不冷静，才让她遭受这一切的。

树干微微动了动，带得一串雨珠洒下来，落在浑身湿透的少年身上。被九月的风一吹，他浑身都发冷。

这天晚上，虞闪闪无心看书，她躺在床上，紧紧裹着被子，大约是淋了雨，她的头有一点晕，嗓子也干干的。

隐约中，似乎有人在敲门。

“谁啊？”

虞闪闪喊了一声，却没有人答应。

虞闪闪慢吞吞地下了床，打开门，走廊上并没有人，正要关门时，却看见门把上挂了一个塑料袋，袋子上印着“康辉大药房”几个字。

虞闪闪打开，里面全是治疗风寒的药，还有一杯封好口的姜茶，还是热的。

并没有署名。

虞闪闪抬头，看向隔壁的门把，此刻心里游荡着的那股暖流却有些苦涩的味道。

她懂得这种小心翼翼的关心，就像她常对宋林栩做的那样。

每一次，都被嫌弃。

每一次，虞闪闪都想，若宋林栩给自己一次善意的回应，该有多好呢？

虽然虞闪闪并不能肯定肖耀对她到底是什么意思，可在这一刻，虞闪闪仍想要以善意回应这份心意，她对着隔壁的门，轻轻地道："谢谢。"

一门之隔的肖耀靠在门上，似乎是听见了，嘴角露出一个类似于苦笑的弧度。

吃了药，虞闪闪很快就睡着了。

第二天早上，虞闪闪还是被一阵行李箱拖在地面上的声音吵醒的。

她摸到床头的手机看了眼时间，五点二十分。

外面还有断断续续的声音传来，虞闪闪突然想到什么，爬起来拉开窗帘。

雨不知在什么时候已经停了，地面还有些湿，树梢上挂着星星点点的水珠，零星几片树叶盘旋着落下。

树影交错的楼下，肖耀背着剑袋，拖着行李箱，走到朦朦胧胧的天光里。

不用虞闪闪刻意去问，肖耀去参加全国青年冠军赛的消息，就在五班传开了。

周一早上的升旗仪式上，校长还特意提了这件事，大意就是号召大家一起预祝肖耀取得好成绩。

课间，大家都在讨论这件事情。

“我听说，国家队会在全国青年冠军赛上挑选种子选手。”

“进了国家队，是不是就能上奥运会了？”

“哇，肖耀要是真被选上了，某些人的尾巴还不翘起来啦？”

梁琪和她的那几个小姐妹们意有所指，朝虞闪闪投去不友好的目光。

虞闪闪并未察觉到，她专心地在做题，高中二年级的第一次月考就要来了。可赵伊人听见了，她跟那几个人吵起来。

“赵伊人，你真是好奇怪哦，我们又没说是谁，你怎么赶着给虞闪闪对号入座啊？”

“你敢说你说的不是虞闪闪？”

梁琪抱着双臂，斜着眼笑了声：“那你怎么不想想，为什么别人没人说，偏偏是虞闪闪？还不是她太讨人厌啦，一来学校就立什么亿万富家女锦鲤人设，结果原来是借钱当有钱人啊，现在翻了车还想挽回点面子，只有装可怜去糊弄人家体育生了。”

梁琪还是顾忌着肖耀，不敢提肖耀大名。

“你够了啊！”赵伊人拍了桌子就要往上冲。

后座的男生知道赵伊人和虞闪闪交好，好心地拍了拍虞闪闪的后背提醒她：“虞闪闪，赵伊人要和人打起来了，她就一个人，对方好几个呢。”

虞闪闪转头看了一眼，闹哄哄的教室后排，赵伊人果真跟几个人争得面红耳赤，虞闪闪赶紧跑过去把赵伊人拉走。

赵伊人气得不行：“闪闪，你别拉我，这是什么人啊？做贼的倒先喊起抓贼来了。”

虞闪闪说：“一个巴掌拍不响，你越搭理她们才越来劲。”

赵伊人虽然觉得虞闪闪说得有道理，但还是很难消化掉这口恶气。

“你都不知道，都有人闹到学校贴吧了，好好的给肖耀的祝福楼，有几个小号一直在蹦跶，说一些你和肖耀不好的东西……高明朗删帖都要删疯了。”

虞闪闪手中的笔顿了顿，她想到宋林栩对她说的那些话，心里刺痛了一下，低下头，没有说话。

放学后，虞闪闪一边往宿舍走一边打开手机搜索学校的贴吧，学校信号不好，网页慢吞吞加载，很久才打开。

祝福楼就在首页，虞闪闪点进去翻了翻，果然在几百个评论里看见了几个不好的评论，内容就和那天宋林栩说的差不多。

虞闪闪越看心里就越不是滋味，宋林栩有一点没说错，肖耀确实被她连累得不轻。

她看得太专心，进了宿舍，才发现卧室的门是开的，

虞闪闪立刻反应过来应该是那位午休的老师来了。

果然，卧室门打开，一个年轻的女人走出来对她热情道：“你就是虞闪闪吧，当了这么久舍友，总算是见着你了。”

虞闪闪腼腆地笑了笑：“老师好。”

老师叫陈洁，是教音乐的，长得漂亮，性格也好，她这天是有份急要的课件要做，才留在宿舍加通宵班。

两人客气地打了招呼，陈洁就回卧室了。

过了一会儿，陈洁出来准备去觅食，见虞闪闪已经坐在书桌前看起了书，随口就问了句：“闪闪，我出去吃个饭，哎，你晚上吃了吗？”

虞闪闪笑着摇了摇头：“老师，我不吃啦，减肥呢。”

“你正是长身体时减啥肥呢……”

陈洁说着，就敏锐地发现虞闪闪的脸有些红。

陈洁听说过虞闪闪家里的事，一下子就明白了，减肥是假，省钱才是真吧？她一下子对这个懂事的女孩子充满了怜惜。

“咱俩作为室友今天第一天见面，老师请你吃个饭。”说着，

便不由分说拉着虞闪闪去校门口的面馆。

虞闪闪没法拒绝，又实在不好意思，点了一份菜单上最便宜的炒面。

“对了，闪闪，”等面时，陈洁突然想起什么，从包里掏出一沓宣传单，“我负责学校文艺这块，你要是有什么特长，你可以看下有什么合适的项目，丰富一下社会经验，对你也是不错的，有什么想去的，你来找我报名就行了。”

虞闪闪应了声：“好。”便把宣传单收了下来。

晚上，虞闪闪洗漱好后躺在床上随意翻着那沓宣传单。

虞闪闪知道老师的好意，可她现在要把所有的精力放在学习上，考个好大学才是正经事，这些课外的东西太浪费时间……

突然，一张“诗歌朗诵大赛”的宣传单映入眼帘。

虞闪闪扫了几眼，一下子坐了起来。

她心里默默“哇”了一声。

诗歌朗诵比赛居然设了奖金，第一名五千元，第二名三千元，第三名一千元。

如果能拿奖，最少能拿到一千元。

她现下这个缺钱的状态，一千元都是巨款了。

虞闪闪对自己的朗诵功底还是很有信心的，她以前在学校就经常代表学校去比赛，还拿了不少奖。

不过她参加的都是团体的，而这个朗诵比赛，是个人的。

虞闪闪想了想，还是将这张单子收了起来，第二天，虞闪闪便拿着单子找陈洁报了名。

“老师，我想参加这个诗歌朗诵比赛。”

陈洁看了眼，有点意外虞闪闪会选择这个：“这个比赛有点难度哦，承办方是省城电视台，第一名还有个福利是做电视台的一日小记者体验官，所以这次报名的人非常多，首先校内就要进行一次评选。”

虞闪闪没多说：“我想尝试一下。”

陈洁点点头：“那好，你回去好好准备一下。”

陈洁觉得虞闪闪一定过不了初选，因为她听虞闪闪平时的声音，又软又甜的，并不像是那种会将情绪抑扬顿挫表达好的声音。

初选那天，虞闪闪选的朗读文章还是《沁园春·雪》，这并不是一篇讨巧的文章。可预想中平平无奇的虞闪闪上台一开口，陈洁就惊了。

“宝藏啊，一开口，整个人就不一样了，不仅是声音，连气质都变了，差别也太大了吧？”

其他参加评选的同学也有些惊讶，这个虞闪闪并不像传闻中那样草包啊，她还是有点儿本事的。

台下一片寂静，所有人都沉浸在她的朗读声中，被声音带进了一幅辉煌壮阔的山河画卷里。一篇文章读完，陈洁带头鼓起掌。

有了虞闪闪珠玉在前，接下来的选手，评委老师们听起来都觉得差了那么点意思了。

第二天评选结果就出来了，文艺委员得了消息，课间告诉了虞闪闪。

“虞闪闪，你被选上和另外两个同学代表学校去参加朗诵比赛了。”

文艺委员看虞闪闪的眼神也有些复杂，评选那天她没有去听，但听参赛的人说，虞闪闪是一匹黑马，这可真是太意外了。

虞闪闪对自己的水准还是很有信心的，她笑了笑，客客气气道：“嗯嗯，我知道啦，谢谢你。”

梁琪听见这边的对话，在后头翻着白眼：“装什么装？”

虞闪闪假装没听见，她戴着耳塞在刷题册。这些日子她过得很“佛”，但很充实，没有学习天分的她相信勤能补拙，一本题册别人做完了事，她却会反复再刷几遍，从这天开始她还要在每天晚自习后去礼堂练一个小时的朗读。

晚自习结束，虞闪闪去图书馆六楼的多媒体室报到，另外还有两个和她一起去参赛的选手。

一个是高三的学姐闵琳，另一个……

虞闪闪在看见她时目光闪了闪，是那个在走廊里和宋林栩亲密靠在一起的女生。

“你好，我叫夏颜然，理科一班的。”

对方朝虞闪闪伸出手，她愣了一下，赶紧回握：“你好，我叫虞闪闪，我在文科五班。”

这一天练习，虞闪闪有些心不在焉，读的时候好几次卡壳，还读错了音。

老师摇摇头，严厉道：“虞闪闪，你这样怎么行？一篇文章都读不顺，你还怎么上台？”

虞闪闪低下头：“对不起。”

夏颜然温声细语地安慰她：“闪闪，你应该是太紧张了，放轻松些。”

老师一听更生气了：“这都紧张，比赛那天还不成哑巴了？”

第一天的练习就在不怎么愉快的气氛中结束了。

三个人一起往外走，已经是秋天，空气里都是寒意，学校里漆黑一片，星星点点的路灯发着微弱的光芒。

夏颜然说：“都这么晚了，你们都怎么回去啊？虞闪闪，我听说你住在学校里面是吗？”

“是的。”虞闪闪点点头，没有多说。

闵琳说：“我坐公交车回去，夏颜然，你呢？”

夏颜然笑笑，捋了捋耳旁的头发：“我和我朋友一起回去。”

夏颜然忽然放轻的声音带着点说不出的羞涩，语气里更是泛着甜味。

风轻轻地吹，虞闪闪抬头看了她一眼——路灯下，夏颜然姣美的脸上染上红晕，像江南烟雨般柔和，她这天穿了件白色的法式长裙，头发又黑又直，就像油画里走出来的贵小姐。

虞闪闪想，夏颜然可真好看啊，性格又很好，大方温柔，难怪，宋林栩会喜欢她了。

闵琳抓住了重点："什么朋友啊？"

"啊，他已经来了。"夏颜然指着不远处，第一教学楼旁，一个男生站在那里。

虞闪闪抬眼望去，心中慢慢凉了下来，只要一个侧影，她就能认出，那是谁。

闵琳打趣："哟，男生啊，这么晚还来接你，很关心你呀……"

夏颜然温温柔柔地笑了笑，没有否认，眼角瞄到虞闪闪的表情，她脸上的笑意又浓了点儿。

"要去打个招呼吗？"

闵琳摇摇头："我才不当电灯泡呢。"

虞闪闪也停了下来，她勉强露出个类似于笑的表情："我也不过去了，我往这边走。"

她指了指右边的一条林荫小道。

道了别，虞闪闪几乎狼狈地离开了那里，可走到林荫小道时，还是忍不住往那边张望。

夏颜然已经跑到了宋林栩身旁，两人说了些什么，就要往校外走。

宋林栩似乎是察觉到了什么，突然朝虞闪闪这边看过来。

虽然不知道这么远的距离宋林栩看不看得到，但虞闪闪还是做贼心虚地连忙转身，向小道尽头跑去。

有风吹过来，树枝摇晃，沙沙作响。

路灯下，夏颜然问：“宋林栩，你在看什么呀？”

宋林栩回过头，摇了摇头：“我看错了，以为有人，原来是树影。”

夏颜然笑：“这么晚学校里面哪会有人哦。”

宋林栩不置可否，话锋一转，问道：“你叫我来到底有什么事啊？”

半个小时前，他突然收到夏颜然的微信消息，夏颜然说她有事找他，让他来学校一趟。

宋林栩本来不想出门，但考虑到自己是学生会会长，夏颜然又是学生会骨干，两个人平时也经常搭档，万一夏颜然有什么重要的事情找他商量……所以，宋林栩还是来了。

夏颜然抱着书本，有些俏皮地扬了扬下巴：“没事就不能叫你来啦？”

宋林栩猛然刹住脚步，眉头紧锁，不可思议地看向夏颜然：“你很闲吗？”

夏颜然：“呃……”

夏颜然本来想借着这个机会让她和宋林栩的关系更亲近一些，没想到她刚有点情绪，就被宋林栩端起冷水“哧”一下浇熄了。

宋林栩本来对冷飕飕的夜晚还要跑出来就充满不乐意，此刻被夏颜然轻飘飘的一句话给弄无语了，内心的白眼都已经翻到天际了，面上勉强没有撕破，只是很不爽地瞪了夏颜然一眼。

“无聊！”

然后，宋林栩丢下夏颜然，让她一个人在寒风中凌乱，自己先走了。

月考在十月的尾巴来临，虞闪闪功夫不负有心人，这次考得不错，卡在了前十的尾巴上。

她的朗诵状态也渐入佳境，严老师满意了不少：“就保持这样，只要比赛那天你不紧张，前三稳稳的。”

虞闪闪用力“嗯”了一声：“我不会紧张啦。”

那一天虞闪闪是被宋林栩和夏颜然扰乱了心，可那天晚上，她在秋夜的冷风中绕着操场走了一圈又一圈。她想明白了一些事，她和宋林栩，可以说是一起长大的青梅竹马，小时候两家人经常在一块聚，所以她对他似乎有种天然的依赖。再加上宋林栩长得好看，学习好，还是全校女生追逐的对象，所以自己也总想着要和他亲近。但长时间以来，他对自己总带着抗拒。虞闪闪小时候不懂，长大了些才明白每次当她靠近时宋林栩那些懵懵懂懂的身体语言是因为什么，他大概是真的讨厌见到她。

虞闪闪其实早就意识到了这一点，不过是装作什么都不懂，不愿去面对而已。直到她看见夏颜然的存在，那一瞬间，她所有的自欺欺人都无处可藏。

直到现在，虞闪闪不得不承认，有的人，有的事，是你万般努力都强求不来的。

她执拗了这么多年，令自己和宋林栩都不快乐，或许，是该放下了。

虞闪闪的状态一回归，就显得闵琳和夏颜然平平无奇了。

其实她俩也不差，就是在虞闪闪的对比下有些相形见绌罢了。

这天零点刚过，虞闪闪就收到了高婕的消息。

“宝贝，生日快乐，爸爸妈妈永远爱你。”

虞闪闪正裹着薄毯在做习题呢，看到消息时才反应过来，这天是她的生日。也是宋林栩的生日。

早上，郭月就做了长寿面，顺便还打包了一份，让宋林栩带给虞闪闪。

“闪闪过生日还一个人，多可怜，你把这给她送去，顺便让她晚上来家里吃蛋糕。”

宋林栩看着保鲜盒里的汤面就觉得无语，等他带着面去找虞闪闪，那不得糊成一团面坨啊？让人怎么吃？但郭月从早就开始准备他也不好道出实情打击她的积极性，就嫌弃地别开眼：“我不送，要去你自己去。”

“哎，你这孩子。”

宋林栩没理郭月，拿了书包就去上学了。

但宋林栩没想到的是，他妈真的自己去送了。

大课间，宋林栩刚从厕所出来，就被夏颜然叫住了：“宋林栩，我刚看见你妈了。”

学校开过好几次家长会，夏颜然自然认识郭月。

“什么？！”宋林栩简直一个头两个大。

“我妈人呢？”

“刚才还在那儿呢，她在问人，问虞闪闪在哪个班。”

这边，一身贵妇装扮的郭月已经找到了高二（五）班门口，她随手抓了一个女同学问：“同学，你好，请问虞闪闪是在这个班吗？”

好巧不巧，她抓到的正是梁琪。

梁琪愣了一下，语气有些冷：“是啊。”

“那我怎么没看见她啊？”郭月朝教室里看了好几眼，都没看见虞闪闪的身影。

梁琪不耐烦道：“我哪知道？”

其实梁琪知道虞闪闪被黄建国叫走了，可她就是不想说。

梁琪正要转身，余光里就看见宋林栩风风火火地朝这边走来，她惊喜极了，宋林栩这天生日，她准备了礼物还想着去送给他呢，于是咧嘴笑道："宋……"

"妈！你来这干吗？！"

梁琪瞬间"石化"，目光随着宋林栩移动。

郭月看见宋林栩就来气，瞪着他道："反正不是来找你。"

这时候虞闪闪刚从黄建国那儿回来，看见教室门口聚了几个人，正想绕过去，不经意地一抬眼，就有些愣怔。

"郭阿姨？"

郭月看见虞闪闪，翻脸简直比翻书还快，笑得眼睛都眯起来了："闪闪啊，生日快乐，阿姨给你做了长寿面，还给你拿了点儿吃的，怎么样？在学校住得还习惯不？"

虞闪闪愣愣地接过，还有点没回过神："习……习惯啊……"

"今天是你生日，晚上来阿姨家吃饭，阿姨订了一个超级大的蛋糕，是你喜欢的兔子队长。"

"我晚上还有练习，会很晚……"

"那没事，来吃个蛋糕也是可以的，十二点前过来都不算晚，迟了就在阿姨家睡一晚。"

直到郭月被宋林栩强行拉走，虞闪闪坐在教室里后，才慢慢回过神来，想到刚才宋林栩难看的表情，她半鼓着腮帮子长长吐了口气，她虽然不想去宋林栩眼前晃荡招人烦，可长辈的心意，她实在不好拒绝……

好难啊。

虞闪闪捧着脸叹了口气。

错过了第一现场的赵伊人听其他同学讨论这事，立马凑了过来："虞闪闪，你今天生日啊？"

虞闪闪点了点头："是啊。"

赵伊人疑惑地眨眨眼："可是你生日，宋林栩妈妈为什么找你啊？”

“我妈和他妈是认识几十年的好朋友，我小时候就经常去他家玩儿。”

赵伊人忽然有种晴天霹雳的感觉，所以，虞闪闪之前说的那个青梅竹马，其实是宋林栩？

不会吧？

她站错队伍？

除了赵伊人，崩溃的还大有人在。

中午，梁琪和几个小姐妹在学校门口的面馆吃饭，她们刚坐下来，夏颜然也进来了，梁琪热情地招呼夏颜然过来坐：“颜然，快来这边，分班以后好久没看见你了，我好想你呀。”

夏颜然笑笑：“我也想你呀。”

梁琪是真心很喜欢夏颜然这个朋友的，学校里有很多女孩子喜欢宋林栩，唯有夏颜然不一样，她和宋林栩一个是班长一个是副班长，还都是学生会的，但是夏颜然从未因此对宋林栩做过小动作，反而，在知道梁琪喜欢宋林栩后，还经常给她支招，告诉她宋林栩的动向和他的喜好。

梁琪从不觉得夏颜然会对宋林栩有别样的心思，宋林栩虽然又帅又酷，但他不是人民币，肯定不会是个人都喜欢他啦。况且像夏颜然这种家庭和样貌的，她从小接触的人非富即贵，眼光应该很高。

等面的时候，几个人闲不住嘴聊了起来。

“真无语，宋林栩和那个虞闪闪，原来他们两家关系这么好吗？宋林栩他妈都亲自找来邀请虞闪闪去他家吃饭！”

“宋林栩今天生日，那个虞闪闪今天也生日，同年同月同日生？这是什么要命的孽缘啊……”

梁琪用筷子狠狠戳着桌面，表情阴森森的。

"这叫青梅竹马吧？"有人说了句。

梁琪被戳到痛处，骂了声："闭嘴！"

夏颜然抬头看了眼梁琪，嘴角微微弯了起来，她伸手拍拍梁琪的手："你快别说了，给人听见了传到宋林栩那儿不好，你不记得上次体育课你就说了一句，就被宋林栩凶了吗？"

梁琪想到那次的体育课，被宋林栩当面呛声，心里那个气啊："说一句都不行，就没人能治得了她吗？"

"肖耀那么护着她，谁敢惹她哦。"

一想到肖耀，梁琪就有点犹豫，上次被扔出教室的心理阴影实在太大了，她笃定，如果自己再招惹虞闪闪，肖耀一定不仅是将她扔出教室那么简单了。

梁琪看着嚣张跋扈，其实内心还是很胆小的，虽不痛快，但还是认为别去招惹肖耀和虞闪闪才是对的。没想到坐在一旁的夏颜然忽然笑了笑，轻飘飘道："肖耀不是不在学校嘛。"

梁琪心里"咯噔"了一下，夏颜然的话，像打开了她心里的一道门，对啊，反正肖耀又不在。

这天是周五，晚上没有晚自习，所以放了学，虞闪闪就去做朗诵练习了。

九点半，练习结束了。

虞闪闪正要走，夏颜然却叫住了她："虞闪闪，我今天有点急事，你能替我打扫一下吗？下周我帮你做清洁。"

练习过后打扫多媒体室的工作，都是她们三个轮流来，这天轮到的是夏颜然。

虞闪闪想说自己也有事，可看夏颜然那么焦急的样子，心就软了。

夏颜然走出多媒体室，给梁琪发了个消息："我找虞闪闪换了下值日时间，你们在哪个 KTV，我现在过去找你们。”

直到看见夏颜然离开了图书馆，梁琪才从图书馆一楼的角落里走出来。

梁琪下午邀请原一班的几个同学晚上去唱 K，特意找了夏颜然。她之前听夏颜然提到过，她们几个参加朗诵比赛，每天都要在朗诵练习结束后清扫多媒体室，这天刚好轮到夏颜然，所以，梁琪故意跟夏颜然说，让夏颜然跟别人换一下。

如果换的是闵琳，那就是虞闪闪运气好，如果是虞闪闪，那就是命中注定了。

为了节能，图书馆在每周五晚上都会断电，保安在检查后会将大门锁起来。

等了一会儿，梁琪看见虞闪闪从电梯里走了出来。

梁琪迎了上去，带着教训的口吻：“虞闪闪，你怎么回事？六楼走廊的灯你下来时没关吗？”

虞闪闪有些诧异梁琪会在这里，只是这个念头刚起，就听见梁琪说：“我刚从阅读室出来，保安让我上去关一下，既然你最后一个下来，你就去关一下吧。”

虞闪闪说：“我关了的。”

梁琪瞪大了眼：“保安还能看错？”

虞闪闪知道梁琪看她不顺眼，大概率是故意挑刺，但她真有点儿担心自己忘了关，到最后被梁琪拿来说事。

反正回去看一眼也不是什么大事，这样想着，虞闪闪重新走进了电梯。

梁琪看着电梯往上升，笑了笑，赶紧出了图书馆。

保安看见梁琪出来时还顺手关了一楼大堂的灯，就问：“同学，图书馆里还有人吗？没有人我就关门了哦。”

“我是最后一个啦，叔叔。”

保安放心地拉掉了电闸，关上了图书馆大门。

梁琪的心怦怦直跳，她回头看了眼图书馆，黑漆漆的，像恐怖电影里一样，透着股说不出的诡异。

梁琪有一瞬间的犹豫。应该没事吧？周末保安叔叔也在学校巡逻的，虞闪闪走楼梯下来，喊得大声一点，会有人听见的。

虞闪闪到了六楼，走廊的灯果然关了，她又仔细检查了一遍，确定每盏灯都关了。

这个梁琪，真幼稚。虞闪闪摇了摇头，回到电梯里，按了一楼的按钮。

电梯载着她往下，突然眼前一黑，电梯“哐啷”一阵晃动。

虞闪闪吓了一跳，扶住电梯扶手，好在电梯只是动了一下，就恢复了平静。

只是电梯就这样停着不动了，灯也迟迟没有亮起。

电梯按钮上的灯光也全暗了下去，黑暗中，虞闪闪反应了一会儿，这天是周五，按惯例图书馆是要断电的。

这个梁琪……

“有人吗？”

虞闪闪试着喊了一会儿，没有人应。

手机也没有信号。

虞闪闪第一次遇到被困在电梯里的情况，也不知道是不是自己的错觉，她感觉呼吸有点不畅。

虞闪闪闭了闭眼，努力调整了几次呼吸，靠着电梯坐下。

她对自己说：“没事的，虞闪闪，电梯内空气是流通的，不要自己吓自己，保留体力，大不了撑到周一，你没问题的。”

虞闪闪一遍遍给自己做着心理暗示，慢慢地冷静下来。

宋家客厅，郭月在来回踱步，不住地看手机上的时间，有些焦急："马上十二点了，闪闪怎么还没来？电话也打不通，不会是出什么事了吧？宋林栩，要不你去学校看看？"

宋家父子坐在沙发上，茶几上的蛋糕已经插好了蜡烛。

宋林栩玩着手机，闻言连头都没抬："难道虞闪闪就没有自己的朋友庆生吗？她说不定早就跟朋友约好了，总不能放别人鸽子吧？"

郭月想着也有道理，年轻人都爱和同龄人一起玩的，是她欠考虑了。

她招呼宋林栩："那我们来吃蛋糕吧，给闪闪留一些，她要是不来明天你就给她送过去。"

宋林栩含糊地应了声，总算没拒绝。

宋林栩虽然没心情，但还是顺着他妈妈的心意吹了蜡烛许了愿，意思地吃了一小口蛋糕，就回房间了。

宋林栩躺在床上看手机，可看着看着手机屏幕上的短视频里演的却变成了早上郭月和虞闪闪之间的对话，要是以前她早就高兴地答应了，才不会像这天一样几番推托。

那还能是因为什么？生日，要和别人一起过呗！

而那个别人肯定就是肖耀了。

宋林栩越想越气，手机也没心思玩下去，睡也睡不着，打开门去阳台透气。

站了一会儿，宋林栩不经意地瞥见自家楼下站了个人，再仔细看一眼，宋林栩就有些呆住了，他揉了揉眼睛，确信自己没看错，立马跑下了楼，冲到了那人面前。

"虞闪闪没跟你一起？"

"虞闪闪在你家吗？"

两人几乎同时开口。

然后又同时愣住。

宋林栩骂了声，而肖耀已经转身飞奔而去。

宋林栩追了过去："肖耀，你等等我。"

也不知道过了多久，虞闪闪隐约听见了错落的脚步声，她按亮手机屏幕，已经是凌晨两点多了。

虞闪闪贴在电梯门上仔细听了一会儿，确定不是自己的幻觉，是真的有人来了。难道是梁琪良心发现，带人来找她了？

"喂，我在这里！"

虞闪闪喊了声。

脚步声蓦地停了。

几秒后，脚步声又起，由远及近，停在了电梯门前。

接着，是工具碰撞电梯门的声音。

此刻虞闪闪几乎要喜极而泣了，终于有人来了，她不用等到周一了。

有人用工具将电梯门撬开了一条缝。

一片漆黑中，虞闪闪只看见外面有一个人，但看不清是谁。

手电光照进来，虞闪闪有些不适应地遮住了眼。

"虞闪闪。"

逆光处，有人叫她。

虞闪闪慢慢地放下挡在眼前的手。

电梯卡在两层楼之间，外面那人用力将电梯门扒开，几乎是趴在地上，努力把身体探过来，朝她伸出一只手。

"你别怕，我来了。"

第七章
落差

★ ☆ ★

Xiao Shanyao

“你别怕，我来了。”

虞闪闪抓住那双手的时候，能明显感觉到那双手在微微颤抖。

来人紧紧抓住她，往上一提。

虞闪闪愣了一下，反应过来时已经被人抱出了电梯。

少年的胸膛硬邦邦的，大约是跑得太急，他还在大口大口喘气，心跳声大得像鼓点。

手电筒滚落在一旁，但好在是有一点微弱的光线了。

虞闪闪想要坐起来，可抱着她的那双手箍得她紧紧的，她一下子竟然没成功。

虞闪闪有些无奈，埋在他胸口，闷声闷气道：“肖耀……我快不能呼吸了，你松一下手……”

肖耀死死地咬着牙，嘴里满是腥气，闻言才反应过来自己有多失态，连忙松了手：“对不起。”

这一泄力，方才因为害怕紧绷的神经也一下子松了下来，他有种虚脱的感觉，四肢像失去了知觉。

虞闪闪从肖耀怀里爬起来，抬头看他，他的面容看不真切，那双看着她的眼，漆黑如墨。

他勉强克制住打着手电筒将她从上到下检查一遍的冲动：“有没有受伤？”

“没有，”虞闪闪摇摇头，“可是，肖耀，你怎么在这里呀？”

他不是应该在外面比赛吗？怎么回来了？

刚刚在电梯里，虞闪闪看见肖耀的第一反应是，自己是不是出现了幻觉。

“梁琪说你在这儿。”肖耀沉默了一会儿才道，他的腿慢慢恢复了点力，一只手撑在地上站了起来，并没有多讲下去，“先回去吧。”

肖耀打着手电，虞闪闪跟在后头，顺着楼梯往下走。

虞闪闪看着肖耀的背影，心中那些模模糊糊的猜想渐渐有了一个明确的方向，他不会真的是……

突然间，肖耀猛地停了下来，虞闪闪想事情想得出神，差点撞到了他身上。

原来两人已经到了一楼，站在了一扇已经被打碎的窗前。

月光照进来，照在散落一地的碎玻璃上，一闪一闪，像是点点星光。

虞闪闪目瞪口呆：“你……打碎的？”

肖耀点点头，轻描淡写道：“嗯，管图书馆的保安今天回家了，等他赶回来太迟了。”

一抬头，对上虞闪闪担忧的眼睛。

“你可以报警啊！要赔很多钱的吧？”虞闪闪轻声道。

肖耀被虞闪闪逗笑了：“或许吧。”

虞闪闪吞了吞口水，这么大一扇窗，赔起来应该不少钱，肖耀独自一个人，他哪有什么钱啊？可她自己现在也很穷。

两人离窗台有点距离，肖耀弯下身，双手交叠放在身前：“来，踩上来，翻过去时小心点儿。”

虞闪闪点点头，听话地说：“好。”

窗外是图书馆后面，他们沿着小路走，走到图书馆前面时，虞闪闪看见刚才还一片黑暗的图书馆已经亮起了灯，大门也被人打开了。

她喊肖耀看：“好像有人进去了。”

肖耀回头望了一眼，神色莫测：“这么大动静，肯定有人会过去的。”

“那我们要去看一下吗？”虞闪闪问。

肖耀摇摇头，面上不动分毫：“不用，保安知道是我进去了，我们先回去，你太累了，需要休息。”

虞闪闪对肖耀的话没有怀疑，况且，她也是真的累了，被困了五个小时，一颗心都是吊着的，再怎么安慰自己冷静，也是会害怕的。

夜色凉如水，肖耀紧抿着唇，脸色有些难看。

他对虞闪闪撒了谎，他是跟宋林栩一起来的，宋林栩找到梁琪，梁琪一看见他就吓得什么都说出来了。

宋林栩的意思是去找保安一起想办法，可肖耀一分钟都等不了，没和宋林栩去保安室，独自一人直奔图书馆砸了窗。

现在，应该是宋林栩带着保安赶到了。

肖耀不想让虞闪闪和宋林栩碰上，不全是因为每次虞闪闪遇上宋林栩都会被宋林栩说出来的话伤到，还有一点私心，他不想让虞闪闪知道，其实宋林栩也会关心她。

肖耀知道自从上次宋林栩对虞闪闪说了那样的话后，她已经在慢慢学着放下。

十月秋末，凌晨的风带着湿漉漉的寒气，刮得树叶沙沙作响，地上缀满了枯黄的落叶。

虞闪闪裹了裹自己的外套，不时地瞥一眼肖耀。

他有些沉默。

她问他的话他也一直没有回答。

“为什么会出现？比赛怎么样了？怎么知道我在那里？”

可肖耀看上去就不太想说的样子，虞闪闪便也不好开口了。

很快便到了宿舍。

虞闪闪鼓起勇气，刚想说话。

肖耀说：“好好睡，明天见。”

虞闪闪：“好。”

站在宿舍门口，虞闪闪往书包里摸了摸，顿时心里一凉，她的钥匙呢？

虞闪闪不死心地将书包里里外外仔细摸了个遍，心越来越凉，钥匙真的不在。

一定是刚才在黑暗的电梯里，她翻包时弄掉了。

肖耀站在隔壁门口看了她一会儿。

“没带钥匙？”

虞闪闪只能尴尬地点点头：“好像是丢了。”

几分钟后，虞闪闪局促地站在肖耀的客厅里，房间和自己那间是一样的格局，只是……怎么这里的客厅也摆着一张沙发床？

肖耀不是一人住一间吗？

“这件是我初中发的队服，没有穿过，不知道合不合你身，这是我衣服里最小的码了，你先凑合一晚，明天找黄老师配个钥匙，我去给你拿洗漱的。”

肖耀从卧室里走出来，他拿了一套白色的运动衫，递给虞闪闪，转身便要继续去找毛巾和牙刷。

“肖耀！”虞闪闪突然喊了声。

肖耀回头，看见女孩有些惊慌地指着他：“你的手受伤了……”

刚才两人一直处于光线比较暗的情况下，都没有注意到。

此刻，站在白炽灯明亮的光芒下，虞闪闪才看见肖耀手上星星点点的血迹。

肖耀愣愣地抬起自己的双手，左右手的指甲盖各裂了几个，应当是刚才手掰电梯门时弄到的，他到这时候才感觉到隐隐有些疼痛。

虞闪闪脸有些白，问："肖耀，你这里有碘酒吗？"

肖耀点头："有，我去给你拿。"他是运动员，平时训练也经常会受伤，住处一直准备着医疗箱。

虞闪闪上前拉住肖耀的衣袖："你坐着，告诉我在哪儿，我去拿。"

虞闪闪拿了医疗箱，在肖耀身边蹲下。

她一伸手，肖耀就乖乖把手递给她。虞闪闪轻轻托着他的手，用镊子夹起浸过碘酒的棉球，看一眼血肉模糊的指尖，眼角就直抽抽。

虞闪闪有些难受，这双手，是拿剑的手，却为了救她受了伤。

"不痛吗？"虞闪闪问，动作轻柔地擦着肖耀的指尖。都说十指连心，光是处理这些伤口她都觉得痛，他怎么会一直没有觉察？这个人，没有痛觉神经吗？

"有一点点痛。"

肖耀乖巧地坐在那里，垂着头看她处理自己手上的伤口，她略长的刘海掉下来，半遮住眉眼。

"怎么可能就一点痛？你又不是超人。"

虞闪闪抬起头，就撞进了一片浩瀚的星海里。

她的目光半晌都没有移开。

虞闪闪想，肖耀真的长了一双特别好看的眼睛，眼眶很大，湿漉漉的，瞳孔又黑又亮。

虞闪闪的心突然怦怦地跳了起来，想着想着一时失神，镊子失了力，夹不住的棉球掉了下去，不锈钢的镊子尖头刮在伤口上。

肖耀眉心一皱。

"闪闪，这会是真疼了。"

虞闪闪仓皇低下头，发现自己差点给人伤上加伤了，连忙道歉："对不起啊。"

肖耀轻声答："没关系。"

虞闪闪觉得脸有些热，不敢再看肖耀，硬着头皮给他处理好伤口，抱着医疗箱跑了。

房间就这么大，她能跑到哪儿去。

果然过了一会儿，她从卧室里探出个头，湿漉漉的大眼迅速看了他一眼："那……我去洗澡了。"又迅速地钻进浴室里。

肖耀咧着嘴角笑出了声，走过去敲门："闪闪，我还没给你拿毛巾呢，你怎么洗？"

浴室内的虞闪闪捂住脸，丢死人了。

洗完澡，虞闪闪套上肖耀给她拿的衣服，衣服上有淡淡的沉香味。他初中时的衣服，穿在她身上还略略有些大，衣袖和裤脚要向上挽好几道才能露出手脚来，所以，肖耀初中时就已经比同龄人高许多了吗？

水汽氤氲的镜子中，虞闪闪仿佛看见了一个穿着同款运动服的缩小版肖耀，她敲敲自己的脑袋，她在想什么奇奇怪怪的事呀？

虞闪闪推开浴室门，肖耀坐在沙发床上，头顶的白炽灯已经关掉，只留下一盏昏黄的落地灯。

"你睡卧室吧，卧室我刚换了新的四件套，你把门关上睡，"肖耀对她说，"我还要看一点儿比赛视频，希望不会打扰到你。"

"好的。"

虞闪闪本来还想问肖耀一些事的，但他都这么说了，她只能像个好学生那样听从"老师"的吩咐。

虞闪闪关了灯，钻进柔软的被子里，黑暗中，她抱着被角后知后觉地想，肖耀会不会是不想和她讨论他此时此刻出现在学校的原因，所以，在刻意逃避她的问询？

虞闪闪越想越觉得有可能，可她实在太困了，爬不起来去问他了。

明天吧，等明天起来，她再好好问他。

她的十六岁，在一片黑暗中独自画上了句号。

可她的十七岁，触碰到了夜空中闪耀的星星。

半夜，卧室的门被从外面轻轻打开条缝，背上行囊的肖耀看了一眼，无奈地笑了笑，走进去把掉在地上大半的被子重新盖到睡得昏天黑地的女孩身上。

肖耀在床边坐下。

虞闪闪的睡相不算好，斜着睡的，仔细去听，还有点儿轻微的鼾声，睡得热了，又白又长的腿不安分地把被子踢过来踢过去。肖耀本觉得可爱，但见她踢着踢着，略大的裤腿就越来越往上缩，肖耀脸色变了变，赶紧把她的裤腿往下拉了拉，又将被子盖上去。

虞闪闪踢被子没成功，不满地扭了扭，嘴里咕哝着什么。

肖耀凑近了点儿，想听听她说什么，再起身，一双漆黑的杏眼看着他，肖耀瞬间僵硬，木然地同她对视。

虞闪闪动作迟缓地眨了两下眼，又彻底地闭上了，迷迷糊糊地嘱咐："肖耀，玻璃窗要赔多少钱你要和我说哦，我马上就会有钱了。"

过了两秒，肖耀听见了虞闪闪均匀的呼吸声，他慢慢直起身，伸出一只手指轻轻戳了戳她的脸。

虞闪闪没有动静，肖耀反应过来，哦，还睡着呢，原来，是说梦话呢。

"好。"

第二天，虞闪闪醒来时，肖耀不在宿舍。

沙发床收拾得整整齐齐，门口他的鞋也不见了。

虞闪闪开始以为肖耀只是出一下门，可她很快就看见了餐桌上的冠军奖杯。

金灿灿的奖杯压着一张 A4 纸，被风吹得呼啦作响。

客厅有一面墙的小柜子，里面全是肖耀历年来拿的大大小小的奖杯。

所以，虞闪闪只当肖耀是特意拿奖杯来压字条的，当时还在心里感叹，果然是拿奖拿到手软的人才舍得拿奖杯压字条，哪像她，仅有的两个朗诵比赛奖杯都是找人又涂保护层，又做硅胶保护的，恨不得供起来。

虞闪闪走过去把那个奖杯跟捧传国玉玺一样小心翼翼地移到一边，生怕弄坏了，最后才拿起那张纸，整个过程她并没有觉得有什么不对。偌大的一张纸上只写了一行字：“虞闪闪，昨天忘了跟你说，生日快乐。”

虞闪闪怔了怔，肖耀……昨天不会是特意回来和她说生日快乐的吧？

她回到陵城短短半年，连和她关系要好的赵伊人也都是昨天才知道的。

肖耀是怎么知道她的生日的？

虞闪闪拿着纸，愣了好半天，最后默默地将纸叠成小小一块，收好放进包里。

简单地洗漱好，虞闪闪准备离开时看见客厅的垃圾桶里装了小半的垃圾，秉持着帮着肖耀做点儿什么的想法，就顺手拿了个袋子准备把垃圾兜走丢了。

肖耀这人应该很爱干净，连垃圾桶里都只是一些碎纸之类的干垃圾。

虞闪闪往袋子里倒时，眼尖地看见了一个拳头大的纸团上有字，也不知道是不是天意，“Sea”几个字母刚好露在外面。

虞闪闪的动作顿住，她放下袋子，伸手将纸团拿了出来。

打开，抚平。

是一张“Sealy”床垫的订货单，送货时间就是她从桐城回到陵城那天，签收人那栏上，写的是肖耀的名字。

从宿舍离开，虞闪闪给肖耀发了个微信。

“肖耀，我走了，门我关好了，昨天晚上谢谢你。”

肖耀收到这条信息时，是在去运动员训练基地的路上。

他回：“好的，周末愉快，我有事先回晋东了。”

江隽一路把车开得飞快，嘴里不忘叮嘱：“待会儿怎么说、怎么做，你可千万记好了啊，这比赛还没结束，我真是脑子抽了才跟你狼狈为奸这一次。”

肖耀从手机上抬起头，在后视镜里看着江隽那张悔不当初的脸，笑了笑：“江叔叔，谢谢你，我以后一定更努力练习，多拿几个冠军让你开心。”

“哼，你知道就好！”

一提冠军这事江隽就笑出了满脸褶子，决赛上肖耀的对手是上届全国公开赛男子花剑冠军叶峰。叶峰是中国现今击剑选手中站在顶端的选手，大大小小的奖也拿了不少，虽然成绩好的人绝对有资格傲慢无礼，但像叶峰这样，尾巴翘到天上去的，还真不多。也许正是上梁不正下梁歪，教叶峰的教练郝仁是江隽的死对头，两人从年轻时就一直明争暗斗，就在比赛前一天，郝仁还逮着江隽一顿耀武扬威地挑衅。

裁判哨子吹响的那刻，江隽简直比自己拿了冠军还高兴，满场跑不说，还特意挥舞着拳头跑到郝仁面前示威。

一想到郝仁猪肝色的老脸，江隽就解气，连小曲都哼上了。

“说起来，下午有个采访，你记得把奖杯带上。”

肖耀：“呃……”

江隽从后视镜里看见肖耀的表情，心里一凉，猛的一下踩了刹车：“不是？肖耀，你别告诉我你真把奖杯送人了？”

肖耀之前拿了奖杯就捧在怀里擦了又擦，宝贝得不行，他当时看着就开玩笑说了句：“之前拿冠军也没见你这么稀罕，怎么，这次擦这么干净，你要送人啊？”

肖耀笑了笑，没有应他。

这事他就没放在心上，可没想到肖耀真的把奖杯给送出去了。

肖耀咳了声，别过头去看车窗外。晋东在北，陵城在南。已经过了霜降，此刻的晋东，要比陵城冷许多，天灰蒙蒙的，雾气缭绕在城市的水泥森林间。

肖耀这么在意这次全国青年冠军赛，拼了命也要拿到冠军，是因为，决赛那天，是虞闪闪的生日。

他在虞闪闪生日当天拿了冠军，不远万里地从晋东赶回陵城，就是为了把奖杯和荣耀送给她，这是他有的最好的东西。

而她，值得这世界上最好的一切。

千里之外的陵城，在经历了几天的阴雨后，终于放晴了，阳光包容大地，到处都是温暖祥和的景象。

这天周末，虞闪闪特意贴心地过了十点才给黄建国打了电话。

黄建国说：“配钥匙？行啊，不过你要等一下，这样，我在学校门口的文印店呢，你在学校不？刚好过来帮下忙，完了我带你去后勤老师那儿拿备用钥匙去配。”

虞闪闪刚到文印店门口，就听见了黄建国爽朗的笑声。

虞闪闪掀起透明门帘走进去，看见几个人聚在一块有说有笑，黄建国一看见她就笑弯了眼：“虞闪闪，你看没看新闻？肖耀昨天拿了个人花剑冠军啦！”

虞闪闪一脸疑问？

肖耀昨天拿的冠军？凌晨就出现在学校？

并且虞闪闪后知后觉想起来，早上拿奖杯时，匆匆扫了一眼，没看着全部刻字，倒是看见了最后“花剑冠军”几个字。

虞闪闪心里“咯噔”一跳，不会吧？不会吧？结合那张字条，奖杯不会是并不是拿来压字条的，而是送给她的生日礼物吧……

虞闪闪自己都被这个猜测吓到了。

黄建国看虞闪闪这一脸震惊加茫然的模样，笑眯眯地走过来拍了拍她的肩膀：“哎呀，你不知道正常啦，你们这个年纪，肯定不关注这些体育赛事，这可是大事，大喜事啊！这不，校长特意让我来做几条横幅挂学校里呢。”

黄建国笑得嘴都合不拢了。

虞闪闪也挺开心的，肖耀拿冠军了，她虽然不了解体育，可她知道，运动员，赛场上的成绩是最好的履历。

肖耀以后，一定会走得更好的。

就她自己都没察觉到，自己嘴角上扬的弧度都快和黄建国一样了。

文印店的老板对肖耀拿冠军，并在他的店里制作横幅很有共同荣誉感，放下手头其他工作，当即就集全店人手，把红底黄字的横幅给做出来了。

“热烈祝贺我校高二（五）班肖耀同学拿下全国青年冠军赛男子花剑个人比赛项目第一名！”

黄建国很满意效果，开开心心地付了钱后就带着虞闪闪走了。

路上，虞闪闪才和黄建国说了昨晚的事，不过她隐去了肖耀，只说是自己扒开了电梯门爬了出来，又砸碎了玻璃翻出来。

也不知道为什么，虞闪闪的直觉告诉自己全国青年冠军赛还没有结束，所以，肖耀出现在陵城这事最好还是越少人知道越好。

黄建国听得心惊胆战的：“早上我就听说了有学生昨晚被关在图书馆的事，但没想到是被困在电梯里，更没想到是你，吓到了吧？”

其实这事要是搁平时学校肯定会重视，只不过刚好碰上肖耀夺冠这件更重要的事，况且被困的学生很快就被救出来了也没有造成恶劣的后果，教导处只给了保安组内部通报批评，后续的黄建国也没多了解了。

虞闪闪摇摇头，诚实地说：“开始是有点害怕，出来了就觉得自己还挺走运的。”

黄建国见虞闪闪这样就知道她没事，关切地叮嘱了几句，这件事就作罢了。

配好了钥匙，虞闪闪又去了趟图书馆，几名工人已经在安装新的玻璃窗。

虞闪闪去问保安，有没有在电梯里看见她的钥匙。

保安说：“啊，是有一串钥匙，昨天晚上那个男同学已经拿走啦，他说他拿去交给你。”

男同学？

是肖耀吧？

虞闪闪没有多想。

中午过后起了风，吹得窗呜呜响，宋林栩从床上爬起来，推开了窗，阳光有些刺眼，他伸手遮住了眼。

郭月走进来，见他趴在窗前，连忙过去扶他：“快躺回去，把窗关起来，你这好不容易退了烧，别又给吹严重了。”

宋林栩没说话，任由郭月给他搀扶到了床上，量了体温吃了药，郭月唠叨了他几句，见他一直闭着眼，觉得自讨没趣就出去了。

门关上。

宋林栩睁开了眼，微微侧过头，目光落在床头的钥匙串上，粉色的兔子队长和他四目相对，宋林栩嗤笑了声，“啪”的一下拂落了钥匙。

他昨天带着保安赶去图书馆，通了电后，停止的电梯就已经开始重新运转了，他看见电梯里的钥匙串，猜测虞闪闪是被困在了电梯里。

他的脑子霎时“嗡嗡”作响，满脑子都是“她有没有受伤”，拿了钥匙转身就往教职工宿舍跑，然后，眼睁睁看着虞闪闪进了肖耀的宿舍。

宋林栩想到小时候，虞海生和高婕偶尔会上通宵班，那个时候，郭月就会把虞闪闪接回家过夜。

他很不愿意，堵着门不让虞闪闪进：“这里是我家，你干吗来我家？！”

背着大包小包的虞闪闪仗着有郭月撑腰，嬉皮笑脸地对他说：“郭月阿姨说啦，这里就是我的第二个家，林栩哥哥，你快让我进去，我都要困死啦。”

回想起这些，宋林栩握紧了拳头，心里头简直憋屈得要死。

不知道从什么时候起，他好像越来越在意虞闪闪的一举一动，尤其是她和肖耀“同框”的时候，那画面简直刺眼。

就在昨晚，宋林栩很想冲上去狠狠拉开她，去问她：“回不了宿舍不是还能去我家？我妈就跟你亲阿姨一样，我家才是你在陵城的第二个家啊！”

宋林栩更想问她：“从小到大不是只喜欢缠着我玩吗？为什么现在见到我不是躲着，就是走开？”

这样的念头猛然冒出来时，宋林栩就愣住了，他站在原地出了一身冷汗，天灵盖像炸开一样，自己都觉得荒谬。自己到底在想什么？不是讨厌她吗？她不来纠缠自己不是自己一直想要的吗？那自己现在又要做什么？

那一瞬间宋林栩自己都难以接受自己的想法，逃似的离开了学校。

脑袋空空地飞奔在凌晨空无一人的路上，宋林栩觉得自己可能是病了。

直到六神无主地回到家，撞见起夜的郭月，郭月瞧他脸色不对，一摸头又烫得厉害，赶紧给他量了体温。

三十九度二，高烧，原来他真的病了。

宋林栩看着体温计，这样安慰自己道。

所有的不正常，都有了合理的解释。

可……宋林栩躺在床上，慢慢地抬起手覆住了眼，为什么，现在烧退了，他的心还是那样难受？

周末做的横幅被挂在了校门正上方。

周一早上，一中所有的学生都知道了这个消息，全校沸腾。

不得不说，这种荣誉感产生的集体共情，还是挺热血的。

升旗仪式上，校长发表了长篇大论。

“未来，你们每一个人不管从事什么行业，校长都希望你们能和肖耀同学一样，在各自的领域发光发亮，为母校争光，为国争光，为我们的后代开辟更好的未来。”

一操场的小崽子们配合地爆发出震耳欲聋的掌声。

校长说完话下了台，教导主任走上来，严肃的脸上难得带了点儿笑意，就连教育人，都温和起来：“好了好了，有的同学，请停止你浮夸的表演，拿冠军的是肖耀，不是你。高明朗同学，请你冷静一下，我说的就是你。”

操场上扬起一片哄堂大笑，纷纷去看人群中俨然已经无法控制自己内心喜悦的高明朗。

虞闪闪也回头去看，然后她就和梁琪目光撞在一起。梁琪先是愣了一下，然后有些慌乱地别开眼，明显就是偷看人被抓包了的样子，周围的人都在笑，只有她脸上的表情，僵硬失神，格格不入。

虞闪闪不动声色地移开目光，心里微微有些想法，对于梁琪，她从前秉持着能不给家里惹麻烦就不惹的心态，但现在看来一味地忍让只能换来对方的变本加厉。

下午体育课，做完热身运动后，体育老师放大家自由活动。

虞闪闪跟赵伊人说了一声，就独自往梁琪那边走去。

梁琪和她的几个小姐妹正聚在操场的健身器材区说话，看着虞闪闪径直朝她们走过来，几个人的脸色都不太好看，等到虞闪闪在她们面前停下，几个人已经如临大敌，警惕地瞪着虞闪闪。

“虞闪闪，你干吗？”

虞闪闪不想把矛盾升级到不相干的人身上，她看着一直躲闪她目光的梁琪，直说道：“梁琪，你跟我过来一下，我有事找你。”

直接被点名，梁琪想无视也不行了，她勉强梗着脖子装强势：“做什么？我和你没什么好说的。”

虞闪闪看着梁琪，不卑不亢：“哦，那我就去找黄老师说说呗。”

“等一下，”梁琪脸色难看极了，她咬咬唇，“我们过去说。”

梁琪这个周末过得一点都不好，提心吊胆的，不仅一直在看自己手机，还时刻关注着她爸妈的手机，就怕学校的电话打过来，她爸妈要是知道了，一定会打死她的。

还有肖耀，那天晚上虽然都是宋林栩在问，肖耀什么话都没说，可他看她的眼神，却像一把刀，让她脊背发凉。

梁琪想了两天，已经想好了，她就要赖到底，不管谁问起来，她就说她看了确实没有人，不知道虞闪闪什么时候进的图书馆。

梁琪给自己做好了心理建设，两人走到没人的地方，梁琪不耐烦道："你赶紧说，我还有事。"

虞闪闪也没拐弯抹角："梁琪，很多无法挽回的意外都是由恶作剧开始的，你把我关在图书馆里，就没想过会出其他意外？"

梁琪没想到虞闪闪上来就问这个，脑子一时没有转过来，下意识就答："你能有什么意外？"

话一出口，梁琪就差点咬掉自己的舌头，这还怎么咬死不认？她都不打自招了。

虞闪闪看着梁琪，笑了，她眼睛圆圆的，笑起来明明很可爱，可梁琪大约是做了亏心事，竟然觉得虞闪闪笑得让人害怕。

梁琪连话都结巴了："你……你想干什么？"

虞闪闪平静道："你跟保安说没有人了，人家关了电闸，我当时正在电梯里。"

梁琪脸色发白，她只是想把虞闪闪关在空无一人黑洞洞的图书馆里吓吓她的，没想到这么严重。她之前还看过一个新闻，一个大学生在学期末最后一天被意外关在学校电梯里，学校放假两个月，等到回来时……

梁琪打了个哆嗦，吞了吞口水："我不知道你会那么巧在电梯里……虞闪闪，你想怎么样？"

"以后我在学校，不想再听见什么不好的话，或者遇到一些'意外'，如果有，那我就算在你头上。"虞闪闪斩钉截铁地说道。

梁琪蒙了，她震惊地看着虞闪闪："你……你在说什么？别人怎么说怎么做，凭什么算在我头上？"

梁琪被这个无理的要求气到了，胆子也大了起来："我不答应你又能怎样！”

“那我就把今天这事一起告诉黄老师，你不要觉得现在没人找你就没有证据，那是因为我没有追究。梁琪，我提醒你一下，你在图书馆大厅里把我拦下说话那会儿，图书馆里还没断电，监控是正常运行的，视频我已经拿到手了。”虞闪闪平淡地说，虽然最后一句是用来吓唬梁琪的，但显然很奏效。

梁琪脸色难看至极，她看着虞闪闪，想反驳，却半天都说不出一个字。

虞闪闪看梁琪这样就知道这事成了，她冲梁琪友好地笑了笑：“你不说话，我就当你答应了哦。”

虞闪闪笑得甜甜的，但梁琪却觉得十分扎眼。

梁琪撇着嘴，眼睁睁看着虞闪闪走了，脸上一阵红一阵白，又气，又怕，又委屈，想哭又不敢哭出来。

她的小姐妹们跑过来，叽叽喳喳：“梁琪你怎么了？那个虞闪闪又作什么妖？你别怕，我们告老师去。”

“快给我闭嘴吧，”梁琪把一肚子的憋屈全撒在了这群小麻雀身上，“一天天就你们能叽叽，以后别在我面前提虞闪闪，谁提我拉黑谁！”

小姐妹们你看看我，我看看你，虽然不知道发生了什么，但都默契地闭上了嘴。

这天课后，虞闪闪和赵伊人从小卖部出来，吸着奶茶往回走时，刚好和梁琪迎面碰上，两拨人擦肩而过，走了一段距离，赵伊人才对虞闪闪说：“闪闪，你有没有发现最近梁琪老实了很多？她平时那么爱讲是非背后搞小动作欺负同学的一个人，我那天居然撞见她在教育别人不要背后讨论别人，我都惊呆了。”

虞闪闪眉眼弯弯，笑得特别灿烂：“人总是会变的。”

虞闪闪心里偷着乐，梁琪还是挺有本事的，自从那天两人谈了条件以后，学校里那些关于虞闪闪和肖耀的流言便慢慢消散了，学校贴吧里也再没有“黑子小号”蹦跶。

虞闪闪无比佩服自己想出这招以恶制恶来，她本来想的是，若把梁琪直接捅到黄老师那儿，势必会把肖耀牵扯出来，但若就此揭过，未免也太便宜她了。

虞闪闪嘿嘿笑着，在心里给自己摁了个“棒”。

突然，一个篮球咕噜咕噜滚落在脚边，两人停了下来。

“喂，同学，麻烦帮扔过来一下。”

一网之隔的篮球场那边，一群打篮球的男生在朝她们喊。

虞闪闪循声望过去时，就看见了宋林栩，他穿着一身篮球服，大汗淋漓地站在人群外围，几个女孩子都向他递去矿泉水，他没有接，走到了坐在台阶上的夏颜然身边。

虞闪闪没有动。

赵伊人看看虞闪闪，又看看篮球场，捡起篮球扔了过去，不偏不倚，正好扔在宋林栩和夏颜然之间。

夏颜然吓了一跳，宋林栩皱着眉望过来。

四目相对，虞闪闪吸着奶茶默默移开了眼，对赵伊人笑了笑：“我们走吧。”

赵伊人都要哭了：“闪闪，你要相信我，我真不是故意的，我不知道那个球怎么就飞到了那里……”

顿了顿，赵伊人又小心翼翼加了句：“或许这就是天意？”

虞闪闪忍不住敲了敲她的头：“你清醒一点儿。”

两个女孩笑闹着走远了。

宋林栩一直看着虞闪闪，她的背影淡了，声音远了，那一刻他突然有种，这个女孩在一步步走出他的生命的感觉。

他下意识想要抬脚去追。

“宋林栩，快过来，下半场开始了！”

篮球场上有人叫宋林栩，他愣了愣，再看过去时，虞闪闪的身影已经彻底消失在人群里。

坐在旁边的夏颜然看着宋林栩脸上五味杂陈的表情，交叠在膝盖上的手，慢慢握紧。

日子就这样平淡地继续着，直到十月底的时候，陵城出了一件大事。

肖耀出事了。

全国青年冠军赛闭幕式结束的第三天，肖耀因违反规定被禁赛两年的通报就下来了。

运动员越年轻体力越好越能发挥自己的实力，在最好的黄金年龄，本该向着职业生涯顶端冲刺的时候，被禁赛两年，影响无疑是巨大的。

原本在与肖耀接洽的国家队，听说也因此把橄榄枝抛向了别的选手。

消息传到陵城时，满城哗然。

一个被寄予了众多期待的天之骄子，一朝让所有人的希望都落空了，这份震惊，最终变成了对他的愤怒。

众人的议论中，大都是对肖耀的质疑和对他到底犯了什么错的猜测。越讨论，就越离谱，连肖耀打假赛的流言都出来了。

高明朗和传出流言的一个高三学长起了冲突，那天放学，高明朗回家路上被不明人士给揍了一顿。

虞闪闪和赵伊人去医院看高明朗，他打上石膏的样子滑稽又可怜。

赵伊人看得眼角直抽抽，上来就骂：“高明朗，你是不是傻？你以为你是迪迦奥特曼吗？没有那个本事还要硬当英雄！”

高明朗肿成拳头的眼睛勉强睁开一条缝，一字一顿说：“我不、允、许、任……何人，污、蔑我耀哥。”

出了医院，赵伊人眼睛就红了。

虞闪闪看出了端倪，安慰她：“高明朗会没事的，你别担心。”

赵伊人抹了把眼睛：“谁担心他了，我是担心肖耀，闪闪，你最近跟肖耀有联系吗？”

虞闪闪摇摇头，脸色也暗了下去，得知消息后，她第一时间给肖耀发了微信，肖耀一直到现在都没有回复，打电话过去也一直无法接通。

肖耀还在晋东，没有人知道他现在正在经历着什么。

赵伊人急死了：“你说，肖耀到底是为什么被禁赛呢？”

虞闪闪缓缓抬起头，半晌都没有出声，明明是早上十一点，天空却黑得像暮色，阴沉沉的云层遮盖了所有颜色，难以窥见一线天光。

朗诵比赛在这样沉重的日子里来临了，虞闪闪过去有着丰富的参赛经验，没费什么力就拿下了冠军。

主办方当天就发了奖金。

领奖时，严老师在台下拼命鼓掌，夏颜然站在她旁边，脸色难看极了。

报名时，作为学校大小节目固定主持人的夏颜然可是冲着第一名去的，可没想到，她连个前五都没有拿到。

一向严厉的严老师也没说她什么，把全部注意力都在虞闪闪身上。

夏颜然的目光一时间充满了怨恨，这个严老师，特别喜欢虞闪闪，还给虞闪闪开小灶呢，肯定是她偷偷给虞闪闪传授了什么比赛经验。

虞闪闪欢快地跑下台时，夏颜然已经调整好了面部表情，她笑着对虞闪闪说：“恭喜你啊，闪闪，实至名归！”

虞闪闪抿着唇，开心地笑了：“谢谢你。”

严老师带着大家拍了合照，就准备离开了，这时候有主办方的工作人员追了上来。

“虞闪闪，你先等一下，第一名有个小记者一日体验官活动，电视台给了三个节目可以选择参加，你看一下，”工作人员拿着节目手册给她看，“桐城水果节、探访晋东体育中心和乐城文化产业园开幕。”

桐城？

这是一个可以公费去看爸妈的好机会……

可是……

虞闪闪咬了咬牙，再抬起头时，目光无比坚定地投向节目手册上的一处说：“老师，我选这里。”

第八章
追 梦

★ ☆ ★

Xiao Shanyao

晋东从早上开始就一直在下雨，绵密急促的毛毛细雨落下来时没有什么声息，却是最让人难受的。

江隽出来时看见雨小到几乎看不见，就没有带伞，没想到走到一半头发就已经湿透，衣服湿漉漉地贴在身上，被秋风一吹，冻得直打哆嗦。

他最近为了肖耀的事到处奔走，回到运动员基地时已是下午，冻了一天，他只想回到宿舍好好洗个热水澡。

运动员基地在晋东的新区，眼下全国青年冠军赛已经结束，各省参赛队也在这几天陆续离开，偌大的基地只剩寥寥数人。

这天清冷的运动员基地大门口却站了一个少女，明黄色的身影，举着把小白伞，和阴沉沉的天气形成鲜明对比，很难不让人注意到。

路过的人都会看她一眼，好奇这个娇娇弱弱的小姑娘为什么在恶劣的天气中久久不走，是等人吗？

江隽路过时也匆匆扫了一眼，步伐便慢了下来。

他似乎不敢相信自己的眼睛，那少女抬起伞对他笑了笑："江叔叔。"

肖耀当时正在看一本书，《月亮与六便士》，外面细密的雨急促地下，落地窗上布满了小水珠，映着窗外模糊的景色。

肖耀听见外面的动静，没有抬起头。

直到大门被推开，江隽说："肖耀，你看看谁来了？"

这几日，总有些人来看他，肖耀已经摆好了公式化的笑容，准备迎接哪个领导的“拷问”，一抬头，呼吸都停滞了。

那一刻，肖耀的脑子里出现的是那句带给毛姆灵感的话：“满地都是六便士，他却抬头看到了月亮。”

少女两手握着书包带子，可能是来到陌生的地方还有些拘谨，脆生生地叫了他声：“肖耀。”

“你怎么来了？”肖耀站起来，绕过桌子走到她面前，明显能感受到她身上的寒意，她红润的唇此刻也有些发紫，应该是冻着了。

他满屋子找杯子，给她倒热水。

“我参加陵城电视台一日小记者体验官活动，刚好来晋东的体育中心，我问了节目组的人，他们说全国青年冠军赛的选手都住在运动员基地，刚好跟体育中心在一条路上，我就想着来看看。”虞闪闪解释，“大家都很担心你，发微信、打电话，都联系不到你。”

“我手机……”

肖耀看了眼江隽。

江隽立刻抬头望天，出了事，嗅觉敏锐的媒体就要开始疯狂打电话骚扰人了，江隽为了他不受影响，将他的手机关机没收了。

江隽没想太多，肖耀无亲无故的，除了自己应该也没谁关心他了。

肖耀扯了扯嘴角，苦笑了一下：“大家都担心我吗？不是骂我吗？”

肖耀对陵城没有什么真情实感，生活教会他“人情冷暖”的第一课，就是在陵城。他知道禁赛消息传到陵城，那些人会发出怎样的评论。

虞闪闪哽住，确实，大部分人在骂他，小部分人对他失望，所谓的“大家”其实也就是她和高明朗那几个。

来的路上，江隽已经跟虞闪闪说了事情的原委。

其实这些跟虞闪闪想的也没差别，导火索还是因为肖耀回陵城的事。

闭幕式上，叶峰看见肖耀受伤的手，怀疑他是和人打架了，私下里查了后，果然发现有一天肖耀离开了运动员基地，叶峰立刻就把这事捅上去了。肖耀解释不了伤是怎么来的，又对自己离开运动员基地是去做什么了保持沉默，本来，单凭擅离运动员基地一天，不至于禁赛这么严重，真正严重的，是打架。

虽然没有确切证据证明肖耀的伤是打架所致，但就在调查的时候，有人曝出了肖耀六年前刚入体校，就在体校和人打架的事。

那件事，是真真实实发生，被记录在案的。

虞闪闪也是这个时候才知道，肖耀有轻微的躁郁症，好在这么多年练习击剑，他学着将情绪化在剑式里，用剑来发泄，所以他的剑，以招式狠辣出名，一点都不像一个初出茅庐的小将。

有了前科、外伤，加上郝仁的推波助澜，这件事很快就被定性了。

虞闪闪不免担忧地看着肖耀：“你还好吗？”

肖耀不想骗虞闪闪：“不好。”

虞闪闪也觉得可惜，她知道肖耀的手不是因为打架受伤的，如果就这样被禁赛那也太冤了，她认真思索了一下，问：“如果我给肖耀做证呢？”

这也是她来晋东的原因。

江隽摇摇头，叶峰和郝仁这一次出手就没想过要给肖耀翻身的机会，仲裁组那边他们上下都通了气，虞闪闪一个十几岁的学生，没有人会信她说的话。

看着女孩眼里一下子涌上许多自责的情绪，肖耀安抚她：“闪闪，你别误会，我觉得不好不是因为被禁赛了，我犯错在先，违反了规定，被处罚，我没有怨言。”

虞闪闪看向他，他一如既往温和地笑着，像没什么能遮蔽他心底的那片阳光。

“我觉得不好，是因为这件事不是发生在国际赛场上被其他有竞争关系的国家陷害，而是……我的同胞，叶峰，还有郝仁，我想不通的是，我们已经很难了，他们为什么还要内斗。”

肖耀沉默了一下，继续往下说：“你知道中国击剑队三剑客的故事吗？”

“有这样三位前辈，他们有实力、有拼劲，却连续三届在奥运会抱憾离开。第一次亚特兰大，国外翻译没有通知他们比赛时间更改，导致他们被罚，首轮淘汰；第二次悉尼，我们和对手同时刺中对方，裁判却直接判了法国队赢；第三次雅典，在我方比分领先的情况下，对手中断比赛要求换剑竟被同意，主裁判又做了七剑错判，导致我们再次与金牌失之交臂。击剑队的这枚金牌，直到三位前辈退役，也未能得偿所愿。

“我从学击剑的第一天起，目标就是要拿奥运会金牌的，我要站到奥运会的领奖台上，把我们失去的、本该是我们的金牌和荣耀，全部拿回来。”

少年豪言壮语，却没有人会觉得他轻狂自大。

江隽已经湿了眼，这是所有中国击剑人永远不会忘记的屈辱，也是所有中国击剑人为之奋斗的理由。

虞闪闪眼睛有些发烫，她过去从不了解体育和击剑，也没有看过一场奥运比赛，可是在这一刻，她突然恨渺小的自己什么都做不了，那种感觉，如鲠在喉。

可她知道，面前的这个少年能做到。

虞闪闪看着肖耀，亮晶晶的眼里带着柔软的水光，只映出他一个人的模样。

肖耀听虞闪闪无比坚定地对他说：

“肖耀，你一定会如愿以偿的。”

这一瞬间，肖耀觉得，自己所有的想不通和不忿，都被治愈了。

“你等我。”

等我越过险阻，等我攀上高峰，等我重新站到银河里，做回闪耀的星芒。

虞闪闪当天跟着节目组返回了陵城。

陵城的体育代表团早就离开了，只剩肖耀和江隽留在这边处理后续事宜，等到处理完，已经是几天后了。

离开的时候，叶峰方得到风声，故意等在大门口，看见肖耀和江隽两个人落寞地从基地里走出来，郝仁幸灾乐祸地首先迎上去：“哎哟，这不是老江吗？你们团的车呢？咋，这是让你和肖耀自己想办法回去？我真看不惯这群见风使舵的孙子，好歹肖耀也拿了个冠军呢，太不是个东西了，怎么着，要不，哥送你们一程？”

叶峰一行有专车，是他们省城大企业赞助的豪华保姆车。

江隽瞥了眼车，又懒懒抬眸看着郝仁，笑眯眯道：“你这车是挺好的，但我们已经约好车了，总不能放人家司机鸽子吧，人还是得讲道德的。”

肖耀背着包和剑袋站在江隽后头，他戴着耳机看手机，丝毫不被外界所影响，一派闲适的模样让叶峰看着就牙根发酸。

为什么？！

为什么他看起来好像一点儿都没被禁赛影响到？

愤怒呢？悲伤呢？不甘呢？

叶峰忍不住走上前，充满怨愤地喊了声：“肖耀，你躲在你教练背后当什么缩头乌龟？！你这种被禁赛两年的垃圾，就应该立刻退役！”

他声音实在太大，惹得所有人都不得不看向他。

肖耀摘下一边耳机，淡淡看了他一眼，嘴角似笑非笑地勾起，目光笔直而冷淡：“我退役？我退役了，你就能拿冠军了？”

江隽实在没忍住，“扑哧”一声笑出声来。

“你！”叶峰一脸猪肝色，指着肖耀就要冲上去，“你狂什么狂？禁赛两年，你和废了有什么区别？”

肖耀没动，稍微一抬手就挡开叶峰的手：“两年又如何？两年后我会重新回到赛场上，希望那个时候，你也还在赛场上。”

对别人来说，两年也许很久，也许等不到就已经放弃，可他不会，扔向他的石头砸不死他，就会成为他的垫脚石。

说话间，师徒二人约好的车已经到了路边，肖耀本就没想和叶峰纠缠，头也不回地上了车。

叶峰站在原地，面部紧绷，浑身发抖，一句话都说不出来，郝仁扶着他的肩膀安慰他：“你怎么气成这样？不至于，那小子翻不了身的。”

只有叶峰自己知道，他不是气的，他是怕，他有一种莫名的恐惧，觉得肖耀根本就没有被打趴下，两年后若再见，肖耀一定会比现在更强。

可是，两年后的他，还在赛场上吗？

叶峰从业十余年，头一次怀疑起自己。

十一月的天，秋风躁动，学校里种的树，叶子都已经开始变黄，走在校园里时，常常会有一两片枯叶缓缓地从天而降，落在地上。久了，地面就像是铺了一层金黄色的地毯般，走在上面，会发出沙沙沙沙的声音。

下午全校大扫除，虞闪闪被分到操场扫落叶。

人群忽然有些骚动，也不知道是谁喊了声。

“那是……是肖耀！”

虞闪闪抬起头，风肆意掠过她年轻甜美的脸庞，扬起的发丝半遮住眉眼，一片落叶缓缓自眼前落下。

一叶障目的世界，一切都是模糊的，只有立在秋风中的少年，清晰，挺拔而昂扬。

肖耀回到学校，无疑是引发了一场小轰动。

学校老师们私下里开了个会，大抵就是要注重肖耀的心理状况，尽最大努力去阻隔那些谣言，加强防止校园暴力的管理和宣传，总之，就是不要让孩子受到二次伤害。

黄建国担心肖耀的心理状态，又不好直接关心肖耀，偷偷把虞闪闪找去问：“你和肖耀是同桌，怎么样，他最近还好吗？有没有长时间地发呆啊，或者……哭？”

虞闪闪实话实说：“他很好啊，以前什么样现在就什么样。”

虞闪闪说完又有点儿愣神，其实肖耀回来后确实都和平常没啥差别，唯一要说她能明显感觉到他有点儿不太好的时候，还是那天她把床垫的钱还给他的时候。

“那个，对不起，我那天想着帮你丢下垃圾，看见了Sealy的订货单……肖耀，谢谢你，但是，这个床垫，我不能收。”

承认偷看别人垃圾桶的东西不是什么光彩的事，可虞闪闪夜里躺在昂贵的床垫上，实在没法心安理得。

一个床垫，六七千呢。

肖耀无父无母，他哪来的钱，就算是有这笔钱，也一定得到得很辛苦。

可是肖耀看着她递过来的信封，嘴角的笑意还没来得及收回，眼底的那抹神采就慢慢暗了下去。

虞闪闪心里一颤，肖耀垂下眼角，看上去可怜兮兮，有点儿受伤的样子。

虞闪闪下意识道：“我不是……”

“这钱我不能收，”肖耀把她的手挡了回去，“床垫是我教练买的，钱的事你和他商量。”

说完，肖耀连反应的机会都没给虞闪闪留，转身就走了，宿舍的门被死死地关上，肖耀靠着门，好半天才慢慢吐出口气来。

其实第一天回到宿舍，肖耀看见桌上那座被他当作生日礼物送出去却搁在原地蒙了层灰的奖杯时，心就沉了。

虞闪闪没有收下这份生日礼物，是拒绝吧？

站在门外看着紧闭的大门的虞闪闪愣了好半天才反应过来，可反应过来后就有些想笑，肖耀总是一副成熟温柔的模样，还是第一次见他这样欲盖弥彰地……失态啊。

哪有什么江教练，江教练和她非亲非故，为什么要关心她睡得舒不舒服？

只有他。

虞闪闪轻轻地叹了口气，她不讨厌肖耀，甚至偶尔在想到他时还会觉得开心，在自己经历这样的变故之后，他还是愿意默默对她的好，让她感觉很暖心。肖耀就像是她的一个永远值得依赖的好朋友。

找了虞闪闪问话，黄建国还不放心，怎么可能会没影响，他自个儿代入一下，都觉得要窒息。

直到看见肖耀和平时一样，在课后背着剑袋去体育馆训练。

黄建国和几个老师偷偷跟上去，扒着门缝看了半天，最后互相欣慰地笑了笑离开了。

当事人一点眼神都不给，仅有的一些跳脚的人重拳出击，却打在了棉花上，没溅出什么大水花来。

不久便是期中考试，这次期中考是陵城最好的三所高中联合考试，成绩都是按三校总排名来的，放成绩那天，肖耀的大名站在了最高处。

三校联合考的年级第一，以压倒性的优势，高出第二名五十多分。

这还是在人家缺了一个多月课的情况下。

众人这会儿是彻底服了，肖耀就算离了击剑，依然是站在山顶俯视他们的人。

赵伊人最后总结："耀哥人帅路子野，明明可以靠脸，却偏偏靠智商在反黑。"

这次期中考，虞闪闪却跌出了年级一百，她其他科目发挥正常，在数学上栽了跟头，险险才拿了及格。

文科生数学大都不好，这次数学卷子难度比往常大。

课上，数学老师开始讲试卷，做解题步骤解析。

他们这学期的数学老师属于雷厉风行型的，讲卷子也快，虞闪闪打起十二分的精神，往往一道题还没弄明白，老师已经开始讲下一题了，她跟不上节奏，一节课下来，听了个寂寞。

下课了，教室里闹哄哄一团乱，虞闪闪愁眉苦脸地望着自己的卷子。

笔记倒是一字不落地记下了，只是……要理解却很难。

肖耀从厕所回来，看见虞闪闪的笔尖还停留在试卷上某处，他看了几秒，心里挣扎了一下，顿了顿，还是伸手把虞闪闪的卷子往自己这边扒拉了点儿，顺便拿了张纸，给她边讲边画草图。

“这道题是这样的，根据椭圆的第二定义，B 在第一象限，$BF_2/d_2=e$，其中 d_2 为 B 到右准线 $x=a^2/c$ 的距离……”

虞闪闪本来茫然的眼睛忽地一亮，不自觉往肖耀那边靠了过去，认真听讲。

“所以 $b^2=5$，则椭圆为 $x^2/9+y^2/5=1$。”

肖耀侧过头：“我这样说，你可以理解吗？”

虞闪闪点头如捣蒜，岂止是可以理解，他的解题方式比老师简短，也更通俗易懂。

自从虞闪闪捅破床垫事件后，肖耀一直躲着她，虽然表面上看起来还和平时一样，但虞闪闪还是感觉到他比平时沉默了，和她的话似乎也少了……

一下课就看不见他，放学后就去训练，晚上她躺在床上时才能听见隔壁有人回来的声音。

她好像已经了解到肖耀是个什么样的性格了，遇到自己不想面对的事，就会想尽一切办法逃避，自我消化。

没想到这天肖耀主动帮她解题。

肖耀经过了这么一段时间的自我消化后，还是选择了和她同以前那样相处。

意识到这一点的虞闪闪，心里莫名涌上一股开心的情绪。

虞闪闪心情很好，喜悦之情溢于言表，饱满的苹果肌上染了层粉色，眼角微微翘起来，满脸透着可爱。

肖耀温声问：“还有哪道题不理解？”

虞闪闪脸有些红，她不好意思说，整张卷子她几乎都没听懂。

肖耀看着女孩扭扭捏捏的样子就懂了，他拿过她的卷子折到自己的书里：“我晚上回去给你把卷面解题步骤写一遍，明天拿给你，有什么不明白的，你再问我。”

虞闪闪内心狂点头，但表面还很客气，眸光流转：“这多不好意思啊……”

肖耀看了虞闪闪一眼，忍住笑意，挺理所当然地提了等价交换条件：“那你明天给我带早餐吧。”

虞闪闪爽快地点点头：“好呀。”

虽然她现在穷，可是一顿早饭，她还是请得起的。

看见虞闪闪毫无芥蒂的笑容，肖耀忽然觉得自那天以来一直萦绕在自己心头的酸涩一下子就被吹散了，一颗心温温软软的。

未来还那么长，谁也不知道以后会怎样，只有变成更好的人，才有资格比肩而行。

第二天虞闪闪特意比往常提前了十分钟到教室。

虞闪闪按着平时自己吃的，拎了两份糯米饭和豆浆，本想着趁肖耀没来之前放进他抽屉里，避开其他同学，避免误会，可一进教室，虞闪闪就愣住了。

教室里零零散散已经坐了十来个人，个个都在奋笔疾书。

“你快点抄，抄完给我。”

“那个谁的数学作业本谁拿去了？”

虞闪闪平时都是踩点到，晚上乖乖写好作业的乖宝宝，不知道还有这样一群人，每天为了抄作业都提前到教室。

“不进去吗？”

有人在她身后问。

虞闪闪一回头，鼻尖擦着肖耀外套蹭过，似乎还接触到了他的胸膛，硬邦邦又有点柔软的触感，她耳朵一下子红了起来，她不敢抬头看：“这就进去了。”

看着虞闪闪跟兔子一样匆匆跑到座位上，肖耀跟在后头，脚步顿了下，微微笑了起来。

其实虞闪闪早上一出门他就跟在后头出来了，快入冬了，白昼一天比一天短，早上六点，外面的天还是灰蒙蒙的，光线很暗。她在校服外面套了件白色的毛线外套，书包上的挂件和拉链扣碰撞在一起发出丁零零的声音，束高的马尾辫在风中左右摇摆，看起来青春又靓丽。

肖耀闲庭信步，跟了她一路，那一瞬间懂得了，什么是美好的一天从早上开始。

虞闪闪将手里的袋子递给他："随便买了点儿，也不知道你爱吃不。"

肖耀接过袋子，剥开包装咬了一口，咽下去了才说："我没有不爱吃的。"

虞闪闪喝了口热豆浆，才开始吃糯米饭，她咬了一口，就觉出了不对劲。

阿姨这天糯米饭没煮熟，米粒透着生，硬邦邦的，根本嚼不烂。

她喝了一大口豆浆才将嘴里的那口饭吞下去，侧头看见肖耀已经吃了一大半，有些吃惊："你别吃了，今天这饭没熟，吃了要坏肚子的。"

肖耀无所谓："没关系，我胃口好。"

开玩笑，虞闪闪给他准备的第一份早餐，哪怕是生的，他也能吃得干干净净。

肖耀见虞闪闪捧着豆浆，一脸无语地看着他，只好找个理由解释："我小时候经常饱一餐饿一顿，吃什么在我嘴里都是一样的，填饱肚子就行。"

饶是虞闪闪听说过那些关于他身世的事并在平时刻意不去提起怕揭人伤疤，此刻也忍不住问："你不是奶奶带大的吗？你奶奶不给你做吗？"

肖耀越听眉头皱得越紧："是高明朗看了那些野鸡杂志的报道给你说的？"

虞闪闪愣愣地点点头。

“他信就算了，你也信，那些杂志故意编一些东西来制造噱头的。我有爸有妈，只不过我妈去世得早，我那个爸呢是后爸，没正经工作，爱喝酒，酒品不太好，喝醉了就打人。他们说的奶奶，应该是我爸后来醉驾撞到的那个人，我爸当场死亡，老奶奶在病榻上撑了一年，老奶奶没有子女，我作为肇事者的儿子，理应照顾她，最后给她送终。”肖耀说得很平静，像在说着别人家的事。

可虞闪闪觉得，怎么肖耀的真实情况好像比编的那些还更惨一点儿？

前半段还有一点熟悉。

她好像也认识这么一个人，又或者是在哪部剧里看见过差不多的？

虞闪闪记不清了。

此刻虞闪闪满脑子都是“肖耀好惨啊”，她用一种饱含心痛的目光看着肖耀：“那时你多大啊？”

肖耀接收到目光，调整了下语气，黯然道：“十岁。”

此刻抄完作业的同学们纷纷注意到了坐着分享早餐旁若无人聊着天的两人。

有人掏出手机，默默对着两人背影拍了张照，发到了自己的朋友群里。

“不知道为什么，看着这两人，我居然看出了点儿落难搭档的感觉。”

“你别说，还真有这种感觉，两个都是一夜间从天上到地下。”

“他俩在吃早餐，而我却被秀了一脸。”

同学群里叽叽喳喳，虞闪闪和肖耀对此一无所知，两人吃完早餐就把数学卷子摆到桌上，认真解决数学难题。

这一年，陵城的冬天，在一派温柔祥和里悄然来临，一夜间，细雪纷飞，银装素裹，万物的步伐都慢了下来。

虞闪闪期末考试考得不错。

虞闪闪其他科都没啥问题，唯一短板的数学在肖耀的指导下，不能说精进了多少，至少做卷子不像在看天书了，最后几道大题，其中有三道她都听肖耀讲过类似的，按照肖耀的方法，很快就解出了答案。

最后一科考完，意味着寒假也到了。

班里前几名的同学在和肖耀对答案，虞闪闪坐在他们后面，听了听，估算了下自己的分数，心里非常满意。

肖耀回头看见虞闪闪一个人在傻乐，也跟着笑起来："虞闪闪，寒假你要去桐城看虞叔叔他们吗？"

虞闪闪摇摇头，斟酌着解释："不去啦，这次寒假就半个月，一来一回太费时间了，我还是留在这里多做点卷子，你呢，寒假去哪儿？"

肖耀看着她，淡淡道："我没什么地方去，就留在学校里，看书，练剑。"

"哦。"

虞闪闪点点头，嘴角的笑意却慢慢消失了，心不在焉地看着某处，有点儿失神的样子。

肖耀看在眼里，没说话。

肖耀前段时间老看虞闪闪在看去桐城的车票来着，他知道她有多想爸妈，寒假里又是春节，在这样一个举家团聚的日子里，她怎么可能不想见父母。

唯一让虞闪闪打消这个念头的可能，就是钱了。

虞闪闪过后没有再提过这事，但肖耀把这事放在了心上。

除夕前一天，肖耀接到了一个电话。

是桐城那个爱好击剑的富二代杨乐，上次参加活动，杨乐就要来了他的电话：“肖耀啊，跟你商量个事，这次寒假我在桐城打算搞一个击剑七天乐的活动，想看看你这边有没有时间过来一趟。不耽误你吃年夜饭，就初二那天，你来和我俱乐部的‘头牌’打场友谊赛做开场，和上次一样，六万元的酬劳，你看可以吗？”

省队允许选手参加少量不影响训练和比赛的商业活动。肖耀以前也会在省队和教练的安排下参加一些商业活动，但因为他自身不喜欢，所以参加活动的次数一只手就能数过来。

杨乐也知道肖耀不喜欢出席这类活动，但是他作为肖耀的死忠粉，真的很想谈成这事，他怕肖耀打断他，一口气说完这么一大段在心里打了无数遍草稿的话后，就吊着颗心，紧张地捏着拳头，等回应。

“杨哥。”

这称呼一出，电话对面的杨乐一下子坐直了，身边的小弟纷纷站了起来，用口型问：“怎么了，老大？”

杨乐没空搭理他们，用手势示意他们坐好，兴奋地来回踱步，捂住嘴，一副快要哭出来的样子。

“报酬你给我五万元就行了，我有点儿事要麻烦你，”肖耀说，“我想麻烦你帮我演场戏，等下我给你发个手机号，对方叫虞闪闪，你跟她说看过她的朗诵比赛，你的活动需要请一个主持人，报酬一万，包往返路费和食宿，当然这些钱，你就在我那份酬劳里扣就行了。”

这是肖耀斟酌了下才说出的数字，若往大了说，虞闪闪肯定不会信。

杨乐是过来人，一听就明白了：“是弟妹吧？”

肖耀没在意杨乐直接认领了兄长身份这事，也玩笑道：“现在还不是。”

杨乐是个很有行动力的人，当天下午就给虞闪闪打了电话，为了表演得像一点儿，他还特意找了他现在那个十八线小明星女朋友。小明星最近在一部剧里演路人秘书，没有几句台词，正愁没地方发挥自己的演技呢，一口标准的港台腔，表演得惟妙惟肖。

“事情就是这样的，请问您那边有没有空参加呢？”

虞闪闪握着电话半晌没出声。

还有这种好事？

有这种好事轮得上她？

快春节了，最近微博上网警们纷纷言传身教，列举各种骗局，虞闪闪觉得，她和其中一个案例有点像，下一步就要让她先交保证金了。

虞闪闪一声不吭挂了电话。

小明星扭头看杨乐：“呃……”

杨乐一脸期待：“怎么了？怎么了？”

“她挂了。”

“呃……”

虞闪闪这边挂了电话，就穿了拖鞋“噔噔”地跑到隔壁找肖耀。

“肖耀、肖耀，我好像接到诈骗电话了，刚才有人打电话来说让我去参加一个什么七天乐的活动，让我主持一场，就给一万块。你说天上哪有掉这么大馅饼的事啊……”

“闪闪，”肖耀有些好笑地打断虞闪闪，“那个不是诈骗电话，对方是桐城击剑俱乐部的，我和他们打过友谊赛，这次活动他们也找我去参加了，他们缺一个主持人，于是我向他们推荐了你。”

这一点肖耀并没打算瞒她，反正这事到了当天虞闪闪也会知道和他有关。

虞闪闪半张着嘴，看着肖耀，表情有点儿凝固。

消化完肖耀的话，她的脑子里像是有弹幕在滚动播放：“去桐城，一万块，包路费，和食宿！”

“你……推荐的？”

“嗯。”

“所以……不是骗子……”

“嗯。”

虞闪闪不知道说什么好了，她苦着脸，悲催道：“那我现在回电话回去还来得及挽回吗……”

那边搞定了后，当天晚上，虞闪闪和肖耀就动身离开学校。

原本是肖耀送虞闪闪走，可虞闪闪走到宿舍楼下，出于关心问了句：“那你初一再去桐城的话，你除夕怎么过？去你教练那儿吗？”

风有些大，吹得脸上发疼，肖耀打了个喷嚏，吸了吸鼻子，声音有些惨淡：“我教练和他家人去澳大利亚看袋鼠了，我应该……就在宿舍里煮碗速冻水饺吧，你知道的，这边一过年，所有店都不开门的。”

啊，这，年夜饭还要吃速冻饺子也太惨了吧……

虞闪闪一时心软，随口说道：“那要不，你就和我一起去我爸妈那儿，过了除夕后我们可以一起去参加活动。”

虞闪闪本来也就是随意客气了一下，但没想到肖耀根本没有犹豫，立刻就答：“好呀。”

然后肖耀转头就奔上楼，不到五分钟，就拎着个箱子和剑袋下来了。

直到坐在高铁上，虞闪闪看着肖耀从背包里掏出几包牛轧糖饼干和两瓶星巴克的瓶装卡布奇诺，才恍然觉得有哪里不太对劲的样子。

肖耀把咖啡递到虞闪闪手里，笑眼弯弯：“还有很长一段路呢，你困了先喝点提提神。”

咖啡握在手里，也不知道是不是车厢里开了空调的原因，暖暖的。

虞闪闪确实有点困了，她扭开瓶盖喝了一口，然后，愣住了。

咖啡，是温的。

虞闪闪侧过头去看肖耀，他正站起来把背包放到架子上，一低头，两个人的目光就撞在一起。

虞闪闪嘴里还含着咖啡，微微鼓起的双颊肉嘟嘟的，因为暖气红扑扑的，茫然懵懂的大眼望着他，有种搞不清状况的迷糊。

这是什么绝世小可爱啊。

肖耀忍不住弯下身，伸手在虞闪闪脸上捏了一把：“怎么……”

“扑哧——”

虞闪闪没想到肖耀突然来这出，防不胜防，嘴里的咖啡以一道金鱼吐水的弧度喷了肖耀一脸。

两个人的表情一时间都有些凝固。

虞闪闪脸一红，连忙咽下嘴里剩下的咖啡，手忙脚乱地找纸巾给肖耀擦脸。

“你……你捏我脸干吗呀？”

“对不起……”

太可爱了，没忍住。

肖耀说话时，喷出来的热气虽然隔了层纸巾，但还是很真实地传导到了虞闪闪的指腹上。

温热，柔软，虞闪闪动作微滞，忽然觉得现下的状况，好像，有那么点不太对劲。

虞闪闪想停下来，又觉得那未免有点欲盖弥彰的意思，只能硬着头皮擦完。

可是面上再怎么强装镇定，脸上的红晕却叫人难以忽略，喷了人家一脸多少有点儿尴尬了……

肖耀察觉到那只手停顿的动作，视线微垂，落在女孩红得快要滴血的耳尖上，突然也尴尬地别开了眼。

那边虞闪闪已经收回了手，别过头不敢看他：“好了。”

肖耀难得地沉默，一声不吭地坐回自己的座位，拧开咖啡瓶盖，咕噜咕噜喝了大半瓶。

这一夜，漫长得像是没有尽头。

虞海生和高婕所在的工程队在桐城周边的县城修基站，到了市区，还要再坐四个小时的大巴。

两人下了高铁，就立刻马不停蹄地打车去客运站。

舟车劳碌，饶是有咖啡顶着，到了后半夜，虞闪闪也扛不住了，大巴车里关了灯，到处都昏昏暗暗的，虞闪闪靠着椅子，疲惫地闭上了眼。

肖耀一直在用余光看虞闪闪，见她靠着椅子睡了，又等了一会儿，才慢慢偏过头，大大方方地看她。

虞闪闪偏着头，几缕额发自然地垂下，遮住了半张秀气的小脸。虞闪闪大约是真的累了，车身一个大颠簸都没颠醒她，她只是身子往下滑了大半，肖耀怕她摔了，索性将她扶起来，让她侧躺在自己腿上。

冬夜寒冷，大巴里暖气不足，虞闪闪半梦半醒间，抱着自己的胳膊搓了搓。

肖耀把外套脱下来，当成被子，盖到了虞闪闪身上，又仔仔细细将周围按紧，不让一点儿风漏进去。

雪天路滑，大巴车一路颠簸，用了比往常多一倍的时间，在清晨七点多时，终于晃晃悠悠地抵达了目的地。

虞闪闪事先打过电话，虞海生和高婕四点就等在了车站，冻得浑身僵硬，但是当看见自己朝思暮想的女儿从车上下来后，两个人心头泛起一股暖流，赶紧迎了上去。

只是下一秒就脚步一停，怔怔看在跟在虞闪闪后头下来的肖耀，他手里还提着自个儿女儿的背包，一看就是同行的。

男生高高瘦瘦，比女孩子还漂亮，一双大眼，丝毫不惧，礼貌地看着他们。

这……

吾家有女初长成，带男孩子见爸妈一起过年？

高婕还好，她和虞海生就是上学时认识，从那个年代过来的。

虞海生却在经历着每个有女儿的父亲的“死亡”时刻，他很不好，他看到肖耀的那一刻，顿时就生出种自己捧在手心的女儿要被人拐走的危机感。

虞海生立刻上前一步拉住女儿的手，连问候都来不及，指着肖耀问：“闪闪，他是谁？”

“呃……”

这毫不掩饰的敌意。

虞闪闪有些尴尬，肖耀是突发状况，她还没来得及给爸妈说。

虞闪闪本来想在车上快到了时给爸妈打个电话说的，没想到自己睡着了，到了地方肖耀才叫醒她。

虞闪闪解释：“这是我电话里跟你们说的帮我推荐了那个主持活动的同学，他家里没人，我这才叫他一起来吃个年夜饭的，顺便感谢一下他。”

“他没有自己的家吗？要和你一起过年。”虞海生口气很不好，脑海中的警报立马拉响了。

“爸！”虞闪闪被她爸的口无遮拦给弄得尴尬死了，当着肖耀面，她又不好明说人家的情况。

高婕一直没说话，她打量着肖耀，忽然记起来他了：“啊……你就是那个……上次我们去办公室里办理住宿时遇到的那个男同学吧？”

当时肖耀突然插进来的一句话，可以说是解了她们的燃眉之急，所以高婕对他有点印象，好像还是个击剑运动员。

肖耀也对她笑笑：“是的，阿姨，好久不见，这次冒昧跟闪闪过来，没有事先告知叔叔阿姨，是我唐突了。”

虞海生还想说什么，高婕扯了他一下，用眼神告诉他适可而止：“行了、行了，冰天雪地的，别给孩子冻坏了。”

虞海生和高婕走在前头，肖耀和虞闪闪乖巧地跟在后头。

虞海生还不满意，高婕小声说：“来都来了，总不能让人现在回去吧？这大冷天的，今天又是除夕，况且我见过这孩子，是个好孩子，闪闪不会骗人，他怪可怜的，咱家也不多这一双筷子。”

高婕都这样说了，虞海生唯有不情不愿地默许了。

虞海生拉着肖耀去市场买年货了，宿舍里，只剩下虞闪闪和高婕。

虞闪闪摸着妈妈的手，看着妈妈晒得黑红破皮的脸，鼻子就忍不住发酸。

高婕做了十年的阔太太，平时最注重保养，虞闪闪记得，她的妈妈最怕晒黑了，平时哪怕是雨天，都要往脸上抹一层层的防晒霜。

虞闪闪不敢让高婕看见自己的眼泪，把头埋在高婕怀里，借着撒娇的名义，奶声奶气道：“妈妈，我想你了。”

高婕抱着女儿，眼眶也红了："妈妈知道，妈妈总梦见你，还和你爸说，一定是闪闪白天老念叨着我呢。"

母女俩抱着说了一会儿话，虞闪闪突然想到什么，打开自己的行李箱，从里面掏出张卡来，递给了高婕。

"妈，你上次放我箱子里的钱，我给存起来了，还有那个朗诵比赛，我拿了第一名，冠军有五千块奖金，我也一起存进去了。这次活动的酬劳还有一万块呢，所以，妈妈你不用给我打钱了，我已经可以自己挣钱了，再等我几年，等我考上大学，毕了业，我就可以一起挣钱啦。"

高婕眼睛发酸，摸着女儿的头："我们闪闪长大了，不过这钱妈妈不能要你的，我给你存起来，以后给你当嫁妆。"

虞闪闪的脸红了，害羞道："妈妈我才十七岁呢，你都想到哪儿了。"

高婕问："那跟你一起来的男孩子……"

虞闪闪立马否认："不是的，妈，我们只是同学、同桌、朋友，而且我的时间用来学习都不够了，哪还有空搞那些有的没的。"

"哎，妈妈从前还以为你喜欢宋林栩呢，"高婕有些惆怅，"本来还想着，是不是能和你郭阿姨亲上加亲呢。"

这么突然提到宋林栩，虞闪闪以为自己还会和以前一样，心抽抽一下，可是这一次，她居然很平静。

还没弄懂是为什么，虞海生就带着肖耀回来了。

"来来来，都拿到这边来放着，等下你再去后面捡点碎木头，到厨房把火生上，生火你会不会？"

"我会的，叔叔。"

两人一进来，高婕就想翻白眼。虞海生竟然把所有东西都让肖耀拿着，大冬天的，男孩子脱了外套，脸和手都冻得发红，偏偏脸上全是汗。

高婕忍无可忍:“虞海生,你长点儿心吧,人家还是个学生呢!人家雇佣童工还犯法的呢!”

肖耀回头笑笑,安抚道:“没事的,阿姨,我平时也做负重训练的,这点儿不算什么的。”

虞海生冲着高婕,露出个趾高气扬,类似胜利的表情。

虞闪闪都尴尬死了,肖耀是来她家做客的,她没想到她爸会把肖耀当劳工使。

趁着肖耀生火的时候,虞闪闪偷偷跑去看他,他的手上都是袋子勒出的痕迹,看起来特别让人揪心。

虞闪闪伸手去拿他手里的火钳:“肖耀,你去休息一下,我来吧。”

肖耀往旁边让了让:“你来什么?一年就和你爸妈见这么一次,快去陪你爸妈吧,这里我看着就行,刚才路上叔叔问了我好多关于你的事呢。”

虞闪闪还想说什么,就被肖耀催着离开了。

下午虞闪闪睡了一觉,等到醒来时,肖耀正端着菜摆上桌,年夜饭已经做好了。

虞闪闪挺不好意思的,赶紧披了件外套去帮忙。

一家人做了五菜一汤,开饭前,四人举着杯子互相碰了杯。

“除夕快乐!”

高婕还准备了红包,给了虞闪闪和肖耀一人一个。

肖耀不敢接,下意识看了眼虞闪闪。

虞海生凶巴巴道:“长辈给你你就拿着,你看闪闪干什么?她能替你做主?”

肖耀连忙双手接过红包,弯下腰半鞠了个躬:“谢谢叔叔,谢谢阿姨。”

一顿饭，配着《春节联欢晚会》，其乐融融。

虞闪闪喝了点甜酒酿汤，有些醉了，吃到一半，就靠在爸爸的怀里，嘴里咕哝着什么。

高婕和肖耀正在说话，没有听到，可虞海生听见了。

“爸爸，肖耀没人疼他，你别欺负他，多疼疼他。”

小小的少女，长了颗柔软的心脏，什么都懂。

别人家的小孩没人疼，孤孤单单，她看了会心疼。

虞海生叹了口气，摸摸女儿的额头，什么话都没说。

快零点的时候，虞闪闪迷迷糊糊地醒了，爸妈在收拾碗筷，肖耀不知道去了哪里，她觉得头还有点晕，走到外面的院子里，想吹吹风醒酒。

下了一整天的雪也停了，外面积了厚厚一层雪。

肖耀洗了碗从厨房走出来，就看见虞闪闪站在院里的枯木下，双手环胸，看着天空。

虞闪闪听见踩雪的声音，一转头，也看见了他，她对他笑了笑："肖耀，新年快乐呀。”

一说话，就有白色的气团从她嘴里吐出来，她的脸还有醉酒后的红晕，雾蒙蒙的大眼透着股迷离劲儿。

肖耀愣了一下。

虞闪闪对肖耀晃了晃手机：“零点啦。”

肖耀后知后觉，笑意浮现在眼底，他笑起来：“新年快乐，闪闪，年年快乐。”

他朝她走过去，两人并排站着，仰望着天空。

静了一会儿，肖耀问：“夜这么黑，连颗星星都没有，你在看什么？”

“星星有星星的美，黑夜也有黑夜的美，等一等，也许后面会有惊喜呢。”虞闪闪话一出口，肖耀就知道，得，酒还没完全醒呢。

可是肖耀觉得，不管后面有没有惊喜，这年这个除夕就是他最大的惊喜了，多希望每年都能这样。

“可惜今年看不到烟花啦。”虞闪闪有些遗憾道。

肖耀眨眨眼：“你等我一下。”

肖耀弯下身，开始拢起雪做起雪球来，雪球搓圆了再用力捏了又捏，又在雪球表层过了层水。

一连做了好几个，肖耀一手拿了一个雪球，站起来，对虞闪闪笑了笑：“看好了。”

肖耀抬起手，往空中扔了个雪球，又迅速地在雪球下落时，将另一个雪球准确地砸了过去。

“砰”的一声。

两颗雪球在半空中相遇，碰撞，炸开，雪花飞溅，像一场白色的烟花。

没有烟花没关系。

你想要什么我都会为你做到。

“落雪缤纷”中，虞闪闪目瞪口呆，她由衷道：“肖耀，我觉得，你这个准头，就算不去击剑，射击也是很好的。”

肖耀一连砸了好几个雪花，虞闪闪看了也跃跃欲试，也学着肖耀的样，往空中扔雪球，可她速度没肖耀快，准头也没有肖耀好，不是雪球落得太快，就是根本砸不到一块去。

虞闪闪瞬间就有些丧气：“啊，好难呀。”

肖耀将雪球递给她，空着的一只手温柔地揉了揉她的小脑袋：“没关系，我教你。”

一片欢声笑语中，站在板房二楼的虞海生突然很感慨地对身旁的高婕道：

“等债还完，我们一起去看看你爸你妈吧，女儿长大了，我现在有些理解当初你爸你妈的感受了。”

高婕给了他一胳膊肘：“闭嘴吧你！”

第九章
你的温柔

★ ☆ ★

Xiao Shanyao

相聚短暂，离别又太久，初一那天，虞闪闪磨蹭了许久，不怎么想离开的样子，最后还是高婕催她。

“再磨蹭天就黑了，路上不安全，你们那个活动不是明早一早就开始嘛，到了宾馆，早点儿休息，明天才有好状态。”

想到要和女儿分开，这一别又不知多久能见，高婕难忍酸涩，不想让虞闪闪看见也跟着难过，她在转身时偷偷擦掉眼角的泪，狠狠心去给虞闪闪收拾行李。

她往里面塞了很多吃的，虞闪闪的背包和行李箱都被塞得满满的，费了好大力才拉上拉链。

肖耀正要接过，虞海生挡开他的手把女儿的东西拿了过来，默不作声地率先往外走。

这一天似乎是从吃了午饭后，虞海生就忽然变得沉默起来。

虞闪闪看在眼里，心里头明白，爸爸是知道她就要走了，心里难过呢。

她的爸爸性格内敛，平时不怎么会说喜爱她的话，过去有钱时，表达爱的方式就是给她买很多很贵的东西，发零用钱从不小气，却很少会像高婕那样，对她说:“女儿我想你我爱你”之类的话。

所以，虞闪闪一向和高婕比较亲近。

可这一天，虞闪闪看着父亲的背影，忽然就读懂了朱自清《背影》里那种沉默的父爱。

她小跑过去，亲昵地挽住虞海生的手，娇滴滴地说：“爸爸，重不重呀？我来拿一样吧。”

虞海生不让：“就这点儿东西，肖耀都能拿，爸爸哪还能比不上他一个毛头小子呀。”

虞闪闪笑了笑，继续哄道：“那让肖耀帮你拿一样好不好呀？”

虞海生撇了撇嘴：“就他那点儿力气，留着后头帮你拿吧，爸爸啊，就只能拿这么一段路了，下一次，还不知道什么时候呢。”

虞海生的声音越来越小，最后化为一声浅浅的叹息。

再怎么放慢步伐，路还是有走到终点的那刻。

客运站很简陋，就是一个类似于公交站的站台，售票员站在车旁卖票。虞闪闪和肖耀买了最近的一班，五分钟后发车，下一班，就要等三个小时后了。

匆匆告了别，虞闪闪和肖耀被售票员催促着赶上了车。

“闪闪！”一直沉默的虞海生看见大巴发动起来，突然跟着跑了上去，隔着车窗，他一边跑一边嘱咐，“好好吃饭，好好睡觉，学习上别给自己太大压力，就算考不上好大学，爸爸也养得起你。过去是爸爸对不起你和妈妈，现在爸爸改了，爸爸戒了烟没喝酒了再也不会赌了，你等爸爸回来啊。”

虞闪闪的眼泪自看见虞海生追上来那刻起就一发不可收拾，大巴车不等人，踩着油门飞驰而去，很快虞海生就追不上了，扶着双膝在原地大喘着气，但还是用尽力气对着大巴车挥了挥手。

虞闪闪趴在车窗上，泪眼模糊，直到大巴转了弯，再也看不见人了。

肖耀轻轻把虞闪闪拉回来，她哭得伤心，上气不接下气，看得人心都碎了。肖耀对亲情的感触很少，没法产生共情，更不懂得怎么安慰，只能默默心疼着，给她递纸巾，可一张纸巾没一会儿就湿透了，一包纸巾很快就用完了。

肖耀没有办法了，他无奈：“闪闪，没有纸巾了……”

说话间，虞闪闪湿漉漉的大眼看着他，一颗泪珠子自眼眶滚落下来，肖耀伸手，指腹轻轻擦过她眼下的皮肤，将泪痕拭去。

“只能用手给你擦眼泪了。”

肖耀把剩下的话补完。

眼角残留的温度有些发烫。

肖耀的温柔同以往没什么不同，可虞闪闪第一次觉得，这样的温柔，就像燃了把火一样，把心架在上面烤，小火慢温，一直都能感受到温暖，久了久了，也会炙热的。

虞闪闪使劲吸了吸鼻子，有些慌乱地低下头，自己用手抹了抹眼睛：“嗯，我不哭了。”

小模样乖得令人心疼，肖耀伸手揉揉她的头：“别难过，离别是为了更好的相遇，下一次见面，你和叔叔阿姨一定都会比现在更好。”

虞闪闪点点头，扭头看向车窗外，大巴车颠簸着行驶在荒凉的公路上，周围的群山白茫茫的一片，放眼望去，都是荒凉与寂寥，更显出天与地比邻处，那一抹橘红色的霞光，悲壮广阔的美。

大自然就是这样神奇瑰丽，昨夜天空黑云密布，没有一点点的星光，所有人都以为这天是个没有太阳的阴天，可到了现下这个时候，云层渐散，霞光微漏。

天黑没什么大不了，天亮了，就会很美。

第二天的活动很简单，前后总共才两小时，因为过年，杨乐还另外包了个五百块的红包，虞闪闪把这些钱存到了银行，看着卡里的余额，她的快乐又回来了。

回到陵城后，虞闪闪去了趟宋林栩家，高婕给郭月带了点特产，让闪闪送过去。

郭月本来和姐妹约了打麻将，接到虞闪闪电话就立马赶回家了：“宋林栩跟他爸去他小叔家了，今天就我在家，你妈妈怎么样？

那边还好吗？”

虞闪闪就一五一十都讲给郭月听了。

两人就这样说着话，也不知道过去了多久，有人推门而入，虞闪闪和郭月闻声抬头。

一头短发的宋林栩，风尘仆仆地站在那里。或许是他剪了头发，又或许是因为他瘦了很多，看起来有些陌生，虞闪闪恍惚想起来，自己上一次看见宋林栩，已经是好几个月以前的事了。

学校也不大，文科五班和理科一班就隔了两层楼，每天上学放学，他们一次都没有碰见过。

原来当一直追在身后的那个人停下来，连遇见都那么难。

郭月见到宋林栩十分意外：“你怎么回来了？早上给你打电话不是说嫌我啰唆要在你小叔家住几天吗？”

宋林栩一打开门看见虞闪闪也是一愣，都没听清郭月说了些什么。

直到郭月又问了一遍。

宋林栩回过神，不自在地摸了摸脖子，道：“大过年的，把你一个人丢在家，挺不是回事儿的。”

郭月随手剥开个沃柑，上下打量宋林栩几眼：“这话可真不像你小子嘴里说出来的，是又没钱花了吧？等下自个儿去我包里拿去。”

但吐槽归吐槽，郭月还是挺受用的，乐呵呵地起来去准备午饭了。

客厅里安静下来。

宋林栩看了眼虞闪闪，女孩低着头，微微带着笑，手里捧着一小捧松子，轻轻嗑着。

宋林栩在沙发另一头坐下，电视上正在播《恋情保卫战》，郭月最爱看这种明显在演戏的“狗血”情感类节目，看了还要拉着宋林栩他爸疯狂代入式吐槽。宋林栩此刻盯着电视，但具体演了什么，他是一个字也没听进去。

没看见的时候也没觉得有什么，可这会儿看见了，宋林栩的心里不可抑止地掀起惊涛骇浪。

他满脑子都在想，虞闪闪怎么在这儿？她终于舍得来找他了？他和她说话吗？要怎么开口？她为什么不和他打招呼？

这边虞闪闪也感觉到了宋林栩老是用一种难以言喻的眼神瞥她，搞得她浑身不安，最后连松子都不敢吃了，正襟危坐，尴尬地被迫看向电视。

电视上，男主角正在疯狂吐槽女主角："主持人你不知道，她可烦了，我都拒绝她了很多次了，可她就跟听不懂一样，去我工作单位，去我家小区，她还偷窥我的空间、微博，把我所有朋友的社交账号都给加了，我都没有办法正常生活了……"

虞闪闪越听就越想钻地缝里去，虽然她过去没有像节目里的女主角那么夸张，但依然有种被影射到的感觉。

屏幕暗下来的瞬间，她看见宋林栩的表情映在漆黑的电视机屏幕上，他眉头紧锁，严肃而沉默，一脸不怎么高兴的样子。

一直到吃饭，虞闪闪都如坐针毡的，匆匆扒拉完，就跟郭月说要回去了。

郭月还想挽留，但虞闪闪已经穿好了鞋子站在玄关处。

"外面还下雪呢，又是过年期间，不好打车，要不还是阿姨送你吧。"

"不用麻烦了，阿姨，这里离学校不远，我可以走回去。"

"一个人走也不安全呀，要不，让你林栩哥哥送……"

宋林栩的内心经过漫长的斗争，在听见这句话时，再也坐不住了。

他放下碗筷，站起来："虞闪闪……"

“不用了，谢谢阿姨……”没想到虞闪闪听见宋林栩的声音，就跟受惊了的兔子一样蹿了出去，“砰”的一下关了门。

宋林栩目瞪口呆，还没反应过来，头上就挨了郭月一巴掌。

“你摔什么碗？你有什么不满？闪闪怎么你了一天天就这副关公脸，就是因为你闪闪才不愿意在咱家多待！”

宋林栩给郭月一整套连打带质问的三连击给搞蒙了，他一边躲一边辩解：“不是，妈，我没有摔碗，你不是让我送虞闪闪吗？我这不是站起来正要送吗？碰倒了碗怪我咯？”

郭月气得不行，一只手捂着心口，一只手指着宋林栩：“你还狡辩！你自己去照照你那张脸好吧，每次闪闪来你就没好脸色，小时候我当你是不懂事，那你现在呢？马上就十八岁了，你长点儿心吧你！你还是去你小叔家住几天，看到你我就脑壳疼！”

宋林栩张着嘴巴百口莫辩：“我……”

他真的，好冤哪！

厕所里，宋林栩对着镜子看了半晌，明白了郭月话里的意思，他这副脸色，是真的很不好，大约是从前一见到她就心烦，老皱眉，这一肌肉反应还没能转变过来。

就像他每次想好好和她说话，可说出口的话，又是另一番味道，说多错多。

大概是自己还没适应内心对她的转变吧，从前是真的讨厌她，现在是……

宋林栩看着镜中的自己，嘴角牵出一个僵硬的弧度，露出一个生涩却真心的微笑来。

他小声地说出方才一直没能说出口的话：“虞闪闪，好久不见，见到你……真好。”

这年春天来得很早，冬天最后一场雪化完，天气慢慢回温，学校里的树木悄悄发了绿色的新芽，迎接新学期的到来。

这学期对一中来说无比重要，因为今年是一中五十岁的生日，开学第一天，学校就挂满了“迎接五十周年校庆”之类的横幅和彩旗。

虞闪闪期末分数果然和她预期的差不多，班级第四名，年级三十六名。

黄建国公布成绩后，笑眯眯地对虞闪闪说：“进步很大啊，下课后来我办公室一趟。”

前半句听得虞闪闪一脸微笑，后半句突如其来的转折让虞闪闪的笑就僵在脸上，一时没分清黄建国这是在夸她，还是有不好的事情等着她。

回到座位上，虞闪闪忐忑地问：“黄老师让我下课去他办公室，不会又出什么事了吧？”

肖耀笑笑：“你别自己吓自己，说不定是什么好事呢。”

果然是让肖耀给说中了。

一中建校五十周年，学校很重视，邀请了很多校友回校，要举办一个大型校庆晚会。

黄建国说：“你去年不是拿了朗诵比赛的冠军嘛，陈洁老师力荐你，怎么样，有没有信心做好这个主持人？”

虞闪闪从前也做过学校的联欢会主持，况且寒假还在桐主持了一场活动，效果很好，所以她对自己的能力还是很有信心的，点了点头：“我可以。”

黄建国满意地点点头：“还有个男同学，和你一起搭档主持，是理科一班的宋林栩，后面会让你们对下词彩排一下。”

虞闪闪猛地瞪大眼睛，先是一愣，然后有些不确信地问：“宋……宋林栩？”

黄建国端着保温杯喝了口水，看了她一眼：“对啊，你们两家不是关系很好吗？我记得你转学过来时还是宋林栩带你过来的，这刚好，都不用熟悉了。”

上课的时候，虞闪闪整个人都不在状态。

虞闪闪理解能力差，一般上课时都是铆足了劲巨细无遗地记笔记，之后再自己慢慢消化的。

一节地理课结束，虞闪闪的课本还停留在上课时的那一页，除了笔下一点洇开的墨迹，干干净净。

肖耀看了虞闪闪一眼，默不作声地将她的书拿过来，对着自己的书，将重点和笔记标注上去。

虞闪闪回过神，不好意思道：“我自己来抄吧……”

肖耀没动：“黄老师找你什么事？”

虞闪闪正想着要怎么开口呢——

高明朗就拿着瓶可乐咋咋呼呼地走过来：“嘿呀，虞闪闪你出息了呀，听说你 PK 掉咱学校御用主持人夏颜然，成了校庆主持人？”

空气瞬间凝滞，高明朗嗓门本来就大，引得无数道眼刀齐刷刷地射过来。

虞闪闪转过头，下意识地看了眼坐在后排的梁琪。

梁琪愣了一下才反应过来，使劲摇头，不是，看她干吗？不是她，她没有。

自从上学期被虞闪闪“威胁”后，梁琪再也没有做过在背后嚼舌根的事了，甚至遇见别人嚼舌根，她还会去制止。就刚刚他们原一班的群在讨论这件事替夏颜然抱不平时，她还说了句：“主持人人选是老师决定的，跟虞闪闪没有关系吧，虞闪闪不是上学期还拿了朗诵比赛冠军吗？应该是有些实力的。”

高明朗毫无知觉，他本来就不喜欢一班那群眼睛长到头顶的，此刻虞闪闪扳回一城，他正是幸灾乐祸之时，笑嘻嘻道：“虞闪闪，不愧是你，真给我们五班长脸。”

“呃……”

这魔鬼般的脑回路。

赵伊人用一种看白痴的目光看着他：“高明朗，你说什么胡话呢？作业交了没？赶紧过来补作业。”

“你少空口胡说，我刚才去买水时亲耳听见一班几个人说的——哎哟。”

肖耀扔了本书过来，刚好砸在高明朗头上，力道不大，却能让高明朗闭嘴。

高明朗捂住头，一脸委屈：“耀哥，疼！”

“疼就少说点儿，”肖耀对尴尬得连手都不知道怎么摆了的虞闪闪笑了笑，温声道，“别听他的，这是校庆，老师一定是经过深思熟虑才选的你。”

虞闪闪心里苦，她又不是因为这个才焦虑……

没想到高明朗下一秒就把她心里的焦虑说了出来：“话说虞闪闪，你跟宋林栩搭档主持，你俩演电视剧呢？这么有缘分。”

虞闪闪差点儿吐血，她也不知道为什么，在高明朗说完这句话后，就下意识看了一眼肖耀。

肖耀抄笔记的手一顿，脸上的笑意慢慢收了起来，低垂的眼睫下一片阴影，他缓缓抬起眼，睨了眼还在一脸贼笑的高明朗。

高明朗和肖耀视线相撞，莫名其妙打了个寒战，瞬间就笑不出来了。

他分明在肖耀看他的眼神里瞧出了些警告的意味，他这是说错话了？

高明朗挠挠头，百思不得其解。

没过几天，校庆晚会的消息就传遍了学校，校长下了硬性要求，每个班至少要出一个节目。

这天班会课，文艺委员就说了这件事，问大家："有没有人有特长，或者有什么想法的？欢迎大家踊跃报名。"

话刚说完，就有人举了手。

文艺委员抬眼一看，愣了。

"肖……肖耀？你……要报名？"

闹哄哄的教室，因为这句话一下子就安静了。

肖耀要报名？他表演什么，击剑吗？

就连虞闪闪也从试卷上抬起头，看向肖耀。

视线中心，肖耀神色平淡，点了点头："对，我报名。"

顿了顿，他又说："现代舞。"

所有人的心里都闪过两个字："天啊。"

虞闪闪的笔都掉了下来，骨碌碌地滚到地上。

肖耀弯身捡起来，好好地塞回虞闪闪手里，看见她呆萌的表情，有些好笑，逗她："快把嘴巴闭上，口水要流出来了。"

虞闪闪摸了摸嘴角："不是啊，肖耀，你还会跳舞呀？"

肖耀老实地摇了摇头："不会。"

"那你报什么名？"

肖耀眼睛盯着虞闪闪，没说话。

虞闪闪被肖耀看得不自在："怎……怎么了？"

肖耀托着腮，胳膊肘往虞闪闪那边一滑，放低了声音："那你猜我为什么要报名？"

肖耀的俊脸在眼前放大，虞闪闪看着肖耀翘起的眼角，竟然觉得有些妩媚。她觉得脸有些烧，别过头，慌乱地整了整卷子，小声道："我才不猜。"

虞闪闪的声音又轻又糯，还有点女孩子的娇气。过年时，肖耀见过虞闪闪在高婕和虞海生面前撒娇的样子，小女生的样子尽显无遗，她平日看起来独立坚强，偶尔有些呆呆的，其实心里住了个娇滴滴的小女生，只有在自己爸妈面前，才会回归本性。

可不知道从什么时候起，虞闪闪偶尔也会在他面前展现出一点娇气的样子。

肖耀看着女孩红透的耳根，无声又缓慢地笑了起来。

肖耀要在校庆上表演现代舞的消息犹如一颗炸弹丢进了平静的水面。

节目初选那天，除了各班参与节目评选的学生，年级没有课的老师都来围观，虞闪闪作为主持人，也有幸当了一次围观群众。

大家都是来看肖耀的，前面的节目演了啥不甚在意，玩手机的玩手机，聊天的聊天。

直到听见：“高二（五）班，肖耀，现代舞。”

众人瞬间纷纷抬起头，颇感兴趣地注视着台上。

肖耀连衣服都没换，穿着一中的校服就上台了。

肖耀手上拿着的是这个年纪的人小时候几乎人手一把的玩具木剑，看起来有些年头了。

他一动，围观群众纷纷大跌眼镜。

本以为哪里都优秀的肖大神会藏着什么绝技，在跳舞上也惊艳四座，但他们错了，台上的肖耀像四肢不协调的小孩子乱跳一样，现场有不少人已经捂住了脸，不忍直视。

虞闪闪站在人群里，看着台上的肖耀，困惑地挠了挠头：“不是，他跳的这个，怎么这么像……”

虞闪闪小时候曾有一段时间因为宋林栩夸一个跳舞的小姑娘好看，便也想得到宋林栩的夸奖，可家里没有钱送她去学跳舞，她就扒在少年宫舞蹈班的窗户外，偷偷学。

那个老师教的是一段剑舞，女孩子跳起来特别英气好看，虞闪闪自信地学了好一段时间，跑去宋林栩面前跳，宋林栩当时就对着虞闪闪翻白眼：“东施效颦你知道不？虞东施！”

虞闪闪内心受伤，再也没自取其辱过，还愤愤地丢了她存了好久的钱买的玩具剑。

评委老师目瞪口呆，本来嘛，肖耀虽然是个过气名人，但好歹也曾是一中之光，校长打了招呼，肖耀愿意为校庆晚会出个节目，那就怎么也要给他保留。

可现下这个状况……

几个老师纷纷交流了下眼神，都在彼此眼中看到了为难之色。

有老师说：“距离校庆晚会还有一周，给肖耀紧急补下舞蹈动作。”

老师们纷纷点头同意，只能这样了。

周一一上学，校庆节目的名单就出来了，文艺委员来通知虞闪闪：“老师说，从今天开始的晚自习你都去礼堂彩排、对流程。”顺便又对肖耀说，“肖耀，你也去。”

文艺委员走了，虞闪闪问：“肖耀，为什么你也要去啊？”

一般被选中的节目都是自己私下排练，只有正式彩排时才用过来。

肖耀笑笑，玩笑道：“觉得我的节目好，想多看几眼呗。”

虞闪闪：“呃……”

倒也不必这么自信。

晚自习，肖耀跟虞闪闪准时到了礼堂。

宋林栩早已经等在那里，复习了好几遍自己对着镜子练习了多次的笑容，听见动静，他牵起嘴角，正要开口，却在看见虞闪闪和肖耀一起进来时，骤然收紧表情，嘴角那点类似于笑的痕迹慢慢垮了下去。

“你怎么来了？”一开口，是连自己也没注意到的敌意。

虞闪闪被宋林栩质问惯了，下意识地以为宋林栩在问自己，有些委屈：“老师让我来的……”

宋林栩瞬间无语：“啊？”

不是，又没问你，往上凑什么热闹。

肖耀看了眼宋林栩，笑了笑，又轻轻拍拍虞闪闪的肩：“我就在旁边，有什么事叫我。”

说着，还意味深长地看了宋林栩一眼。

这眼神，翻译过来分明就是“我就在旁边，宋林栩欺负你你就叫我”，宋林栩气炸了，偏偏人家一句话都没明着指向他，还不能做些什么。

宋林栩火大地扯着衣领使劲扇了扇，看见虞闪闪离他八丈远就更来气：“还站在那里干吗？还不过来对词？”

虞闪闪和宋林栩走流程，对词，肖耀就在一旁练舞。

“肖耀，手打开点——哎对，来，伸手——不是，你的手稍微柔软点，这是舞蹈，不是打比赛。”

舞蹈老师遭遇人生黑洞，语气有些急。

虞闪闪很难不分心，偷偷瞄一眼，被舞蹈老师亲自扯着手脚的肖耀对上她的视线，轻轻眨了眨眼。两个人的互动，还有虞闪闪嘴角那浅浅的弧度在宋林栩看来无比扎心，心里涌起一团无名怒火。

宋林栩卷着台本敲了敲虞闪闪的脑袋：“能不能专心点？！”

虞闪闪“嘶”了一声，眼泪都要掉下来了，但看见宋林栩的表情，抿抿唇，又给咽了回去。

宋林栩看着虞闪闪这副表情，彻底没了心情，瞧瞧，这是什么差别对待。

宋林栩越想越生气，连念台本的声音也大了起来。

虞闪闪看到宋林栩这副突然气鼓鼓的样子，心里就止不住紧张，一紧张就结巴，台本念得磕磕巴巴。

可在宋林栩看来，这就是和肖耀“打情骂俏”才导致的心不在焉。

“不练了。”宋林栩生气地把台本一丢。

虞闪闪虽然不知道自己哪里做错了，但她能肯定宋林栩是因为她生气了，可她也不敢问，于是低着头看着自己的鞋面，小声地说：“好，那明天见。”

连挽留都没有。

宋林栩一怔，回头看了虞闪闪一眼，气咻咻地走了。

虞闪闪见宋林栩消失在大门处，憋着的一口气才缓缓吐了出来。虞闪闪想，怎么一面对宋林栩就感觉“压力山大”呢，他简直比她爸还要严厉。

虞闪闪摸摸自己还隐隐作痛的脑袋，收拾好东西，正要走，就听见肖耀喊她：“闪闪，你等我一下啊。”

虞闪闪“哦”了声，乖乖坐在台下等他。

肖耀练舞结束，从台上跳了下来，看着虞闪闪头顶被自己揉乱的头发，伸手轻轻顺了顺：“疼吗？”

他看见宋林栩往虞闪闪头上敲的那两下了。

“不疼的……”

虞闪闪本来还在发呆，被这么一问，手下意识地就摸上了自个儿头顶，而肖耀的手还未来得及撤开，这一摸，就摸到了他的手上……

呼吸一顿，两人一时间都有些尴尬。

虞闪闪慌乱地拿开手，不好意思地摸摸鼻子，眼睛左瞄右瞟，就是不敢落在肖耀身上。

肖耀收回自己的手，轻轻咳了声，他低下头在书包里找了一圈后问：“闪闪，你带纸巾没？”

肖耀怕热又是个易出汗的体质，此刻练完舞的他出了一身汗。

“有的。”虞闪闪从口袋里掏出纸巾，递了过去，抬头看他。

肖耀抽了张纸巾。

虞闪闪有一会儿出神，她想，正常人哪个不是一出汗就显得更狼狈，但为什么肖耀一出汗，脸上的汗水在礼堂的灯光下，像抹了许多亮片一样，随着他的动作，每个角度都折射出光亮？肖耀微微张着唇喘气，边用纸巾擦汗边扭过头，四目相对时，他稍稍一愣，上翘的眼尾一挑，半眯着眼，露出两排大白牙来。

舞台昏黄的光柔和地洒在肖耀身上，光影在他脸上跳舞，面前的少年闪闪发着光，属于他的温暖气息蒸发掉了所有的不快乐。

礼堂里很安静，虞闪闪几乎可以听见自己的心跳声，像在奏着轻快的乐章。怕肖耀听见，只好不动声色地深呼吸。

这种感觉很奇妙，虞闪闪从未体验过，很久以后她才知道，这种感觉，有一个统一的名称，叫作怦然心动。

哪怕是很多年很多年以后，彼此脸上都长满了皱纹，虞闪闪每每看着肖耀，还是时常会想起那一年学校礼堂，舞台下，光影斑驳中，十七岁时的肖耀扭头看着她的那个笑容。

人间或许不值得，但你的笑容值得。

周五下午，礼堂里紧张地在进行最后一次彩排。

高明朗自从知道肖耀要在校庆表演节目就嚷嚷着要给肖耀一个大惊喜，这几天都很老实没惹事，就是经常找不到人，不知道在忙什么。

直到这天，高明朗背着两个硕大灯牌，哀求赵伊人帮他带一个进去。

“明天校庆，安保很严的，我这些东西肯定带不进来。”

赵伊人震惊地看着高明朗：“你这些天就在搞这个？你疯了？你都知道不给带进去了，你以为你亮开灯牌，没人来管？”

“耀哥上台我再开，能亮几秒是几秒，”高明朗搓着双手哀求，“我求求你行不行，赵姑奶奶，伊人，伊伊……”

“停停停！”赵伊人硬是被高明朗喊出了一身的鸡皮疙瘩，搓着胳膊叫停他。

灯牌太大，最后还是走了虞闪闪这个后门，才把灯牌偷偷带了进去。

虞闪闪带着他们来到后台，将灯牌藏在化妆间的衣服后面，低声交代：“现在观众席上有其他人在，等彩排结束了，你们再拿去座位下藏好。”

三个人交头接耳之时，化妆间的门被人从外面推开，夏颜然和几个人从外面走进来。

夏颜然虽然没有竞选上主持人，但她报了节目，大提琴独奏。

“颜然，你以前总做主持人简直埋没你了。”

“就是，颜然，我能摸摸你的大提琴吗？”

“我劝你还是别，颜然这个琴可是意大利大师手工制的，你可赔不起。”

几个人没想到化妆间里有人在，双方目光对视，彼此都一愣。

夏颜然打量了正襟危坐的三人几眼，笑着问：“虞闪闪，你们几个在干吗呢？怎么一点声音都没有？吓死我了。”

赵伊人内心呵呵两声，心想你脸上的表情可一点儿不像被吓到了呢。

“关你……”高明朗刚出声，就被虞闪闪踩了一脚。

虞闪闪干笑道：“我们在这里休息呢，你要用化妆间了吗？那我们先出去了。”

她拉着赵伊人和高明朗就走。

大门关上，有人吐槽道：“鬼鬼祟祟，不知道在搞些什么。”

夏颜然没说话，她注意到高明朗离开时往衣架处瞄了好几眼，她朝那个方向望去，目光一寸一寸地扫过，看到某处，她的嘴角露出会心的笑来。

彩排很快开始了，这次彩排基本就是明天校庆的预演，还有几个学生扮演成明天要发言的领导和优秀校友，冗长的流程之后，一身湛蓝色礼服的虞闪闪和穿着白色西装的宋林栩走上了台。

观众席上的高明朗很捧场地鼓起掌：“天啊，虞闪闪这也太美了吧！你看看那条裙子，和美人鱼一样，她这么一收拾和宋大校草站一起，居然还有种郎才女貌的既视感，不愧是从小一起长大的——哎，你掐我干吗？！疼疼疼！”

高明朗说话的时候，有人推开礼堂的门，朝他们走过来。

赵伊人翻白眼时无意间瞥见朝他们走来的肖耀，使劲拧了高明朗大腿一把，疯狂给高明朗使眼色。

无奈高明朗根本没自觉性，还嚷嚷：“你那什么表情？拜托，疼的人是我好吧？”

直到有人喊了他：“高明朗。”

高明朗回过头，看见背后不知道什么时候站了个人，腾的一下从座位上弹起。

“耀……耀哥？”高明朗捂着心口，正想感叹自己被吓得不轻，可一对上肖耀的眼神，他心里“咯噔”一下，感觉有点儿凉。

肖耀面色淡淡，看不出什么情绪，只是声音比平常低了好多：“不要再让我听见，你拿闪闪开玩笑。”

高明朗整个人都有点儿蒙，平时挺能说的一个人，此刻在肖耀的注视下一句话都说不出来。

好半天，才弱弱地点了点头。

等肖耀走了，高明朗腿一软，整个人瘫在座位上，连喘了好几口气，这才缓过来。

这时候肖耀已经走到台下，虞闪闪正好报完幕下台，她裙子太长，走得磕磕绊绊，跟在后面的宋林栩犹犹豫豫要不要帮她拎裙摆时，等在台下的肖耀就上前一步，朝虞闪闪伸出手。

虞闪闪愣了一下，很自然地把手递过去了。

高明朗目光在虞闪闪和肖耀之间来回徘徊，捂住嘴“啊”了一声，仿佛参透了什么惊天大秘密，激动地拽住赵伊人的胳膊。

“不是吧？！我我我……我耀哥他……他不会是……”

赵伊人很嫌弃地觑了他一眼。

“不是！你什么意思？什么时候的事？就我不知道吗？！”

其实肖耀朝虞闪闪伸出手来时，虞闪闪并未觉得有什么问题，她下台阶不好走路，他伸手帮她一把，绅士又礼貌。

可肖耀牵着她往后台里走了几步，虞闪闪就觉得有些烫手，好像哪里，有些不对劲的样子。

昏暗的光线里，虞闪闪莫名其妙红了脸，她把手抽出来，有些慌乱，不敢抬头，怕肖耀看见自己红了的脸蛋：“谢谢，到这里可以了，我进去改下裙了，你的节目也快到了，该去准备了。”

说完，虞闪闪就拎着裙子跑进一间房里。

“闪……”

肖耀正要喊虞闪闪，她就“砰”的一下关了门，两秒之后，门又开了，虞闪闪红着脸看了他一眼，又迅速别开眼，向另一间房跑去。

肖耀看着虞闪闪慌不择路跑错房间的样子，嘴角不禁泛起一丝宠溺的笑。

肖耀的节目排在后半场，所以现在就坐在了台下当观众。

开始都还很顺利，直到——

“下一个节目，高二(一)班，夏颜然，大提琴独奏，《天鹅》。”

等了一会儿，却没有人上来。

“夏颜然，夏颜然人呢？”

所有人面面相觑之时，有人跑到台下的负责的老师身边，小声说了句什么，两个人就一起往后台去了。

“出什么事了？”

宋林栩也跑了过去，虞闪闪犹豫了下，跟了上去。

化妆间里，夏颜然抱着她的大提琴在哭。

“你先别哭了，到底怎么了？你说说看。”

夏颜然抽噎了几声，楚楚可怜道：“琴是中午我爸爸送过来的，就放在化妆间，我当时还给琴抹了油，检查了一遍后，我就去吃饭了，一直到下午我才和许婷婷她们回来，快到我的节目时，我打开琴箱才发现琴弦断了。”

夏颜然把琴展示给大家看，大提琴中间缺了一根弦。

负责的老师皱起了眉：“是不是你刚才开琴箱的时候不小心碰到了？”

夏颜然一听眼泪就掉下来了，她摇摇头：“不会……”

“老师……”和夏颜然一起的同学听不下去了，弱弱地举了手，“这分明就是人为的啊。我们中午去吃饭时，虞闪闪和五班另外两个人就在化妆间，我们一来他们还特别紧张，说不定就是他们弄断的呢。”

虞闪闪站在门口，摇头否认：“不是，我没有……”

老师看了虞闪闪一眼又转头问道：“还有谁看见虞闪闪在化妆间里了吗？”

“我也看见了，当时我们来的时候，他们三个就聚在那边，不知道在干什么。”有第一个人说话，就有第二个，有人指了指放衣服的那排架子，“说不定作案工具就藏在那里。”

虞闪闪听到这句话脸色一变，正要出声，只见老师已经走了过去，一把拉开了衣架。

藏在后头的两块半人高的灯牌展现在众人眼前。

灯牌虽还没有安电池，但是上面用灯串绕的字却一清二楚：“肖耀。”

虞闪闪大脑在一瞬间一片空白。

一波未平，一波又起。负责校庆的老师正是学校管纪律的，最难以忍受的就是学生明知校规却故意违反校规，所以一看见灯牌瞬间脑袋就“嗡嗡”作响：“这是什么？把学校当成什么地儿了？这是谁拿过来的？学校明令禁止了不允许带这种东西进场，都当耳边风了吗？”

此时夏颜然幽幽在旁边吸了吸鼻子：“虞闪闪，我说了灯牌不可以带进来的，但我也说了我不会告诉老师的，你不必……”

虞闪闪猛然看向夏颜然，她再傻也知道夏颜然说这番将她架在火上烤的话是为了什么，从一开始，夏颜然就是为了陷害她。

老师听了夏颜然的话更是来气，指着灯牌道：“虞闪闪，你身为主持人，更熟知校庆有哪些规定，这次校庆这么重要，你却把它当成追星的场合，我看你也别当这个主持人了，以前夏颜然当主持人时就从未出现过这些幺蛾子。”

虞闪闪一下子被安了诸多罪名，脑子里乱成一团，只能着急忙慌地从头解释：“不是的，老师，那个灯牌……”

“是我让虞闪闪拿进来的。”

一道声音横插进来，肖耀推开人群走了进来。

他语气平静，面色也很平静，像一座安静的山，挡在了虞闪闪面前。

“老师，事情究竟怎么样，您还没调查清楚呢，而且灯牌是灯牌，琴弦是琴弦，您不能混为一谈。至于虞闪闪能不能当这个主持人，您说了不算。”肖耀走到衣架前，将两个灯牌摞到一起，又重新走到虞闪闪身边，“对不起，给大家造成了麻烦，灯牌我现在就拿出去，琴弦的事情，还请老师好好调查，不要随便冤枉人。”

被肖耀这么一说，老师脸上实在挂不住，脱口而出：“肖耀，你什么态度？！我还没说你把学校这么严肃的校庆当你自己的赛场了呢，乖戾嚣张，难怪被禁赛。”

话一出，满堂寂静。

肖耀脚步微微一怔，转头正要说什么，一个身影先一步往前一步，正好挡在他面前。虞闪闪深吸一口气，娇弱的脸上带着难以言喻的勇气和一丝愤慨，她认真地说：“老师，私自带灯牌，是我的错，我愿意接受处罚。夏同学的琴弦，不是我弄坏的，我也愿意接受调查……但，您身为老师，也许听过有句话叫作，‘未知全貌，不予置评’，你不了解肖耀身上发生的全部事情，随意借此讽刺他，是不对的，请你，向肖耀道歉。”

请你，向肖耀道歉。

化妆间里死寂了好一会儿。

这种事在教学严谨的陵城一中，简直是头一次见。老师的脸涨成了猪肝色，生气地把台本一扔：“一个个做错事还有理了，我是管不了你们了，我去找校长！”

她气冲冲地离开了化妆间。

一群人你看你，我看我，都有些蒙。

老师都走了，这彩排还继不继续了？

肖耀没说话，默默地扛着灯牌往外走。

虞闪闪也跟在肖耀身后走了。

肖耀没走正门，从后台直接往后门去了，走了几步，就听见身后有脚步声。

他心里一动，刻意放慢了脚步，没一会儿，有人走到他身边，也不说话，两个人并排走了一会儿，出了后门，往学校放垃圾的大楼走。

夜里月光清浅，两个人都很沉默，一直走到垃圾桶前。

肖耀两只手抱着灯牌，开口说：“闪闪，帮我开一下垃圾桶的盖子。”

虞闪闪没有动，肖耀侧过头看着她，女孩的脸色看起来并不太好。

他把灯牌靠在一边，关切地问：“你怎么了？”

虞闪闪看着肖耀，过了好几秒后，嘴巴动了动。

“不是你做的，干吗要替我揽了？”虞闪闪不知道自己怎么了，有些情绪，在心里翻腾，汹涌着要冲出来，“肖耀，我不要你这样，你这样我很难过，我……我什么都不能为你做。”

肖耀看着虞闪闪发红的眼眶，一点办法都没有，心里叹了口气，他空出手，轻轻在她头上揉了两把：“你别瞎想，这个灯牌不管是谁拿进来的，都和我有关。”

他垂眸，将灯牌放进垃圾桶，拍了拍手，转身掩去眼底的失落：“你放心，我不会……想要怎样的。”

他在这个世界上，孤独地活着。

他渴望温暖，想要靠近温暖，却从没奢望过，得到温暖。

肖耀抿着唇，不敢去看虞闪闪的表情，低着头想要转身，像从前一样逃走。

可是这一次，他的手却被拉住了。

回过头，女孩眼里雾蒙蒙的一片，即使努力睁大了双眼，还是有滚烫的眼泪涌出眼眶：“肖耀，我……不要你总是因为我，背负一些不好的东西，被误解，被侮辱。”

肖耀多少是因为她才被禁赛的，心里这道坎，虞闪闪一直没有迈过去。

她懂得一个运动员的黄金年龄有多短。

肖耀愣了愣，过了好几秒才反应过来，原来……她是在在意这个？

肖耀有些想笑，笑自己因自卑而误解了她。

可虞闪闪脸上还挂着泪，一看见她哭，肖耀的心就模糊不清地疼了起来，想伸手替她擦眼泪，却想起来自己刚才才摸过垃圾桶，手悬在半空，不上也不下。

肖耀只能温声同她道：“我不在意别人怎么看我的。”

虞闪闪摇摇头：“我在意。”

虞闪闪看着肖耀，一字一句认真道：“肖耀，你一定要干干净净地披着星光，站在最高处。”

虞闪闪转过身，从垃圾桶里小心翼翼地将肖耀刚刚丢进去的灯牌拿出来，抱在胸口，看着他，眼角的泪还未干。她咧开嘴，笑着，哽咽着说：“这个灯牌做得很好，我等着，有一天带着它去现场看你的比赛，为你加油。”

肖耀盯着虞闪闪看了好一会儿，垂在身侧的手因激动微微发着抖，他深吸一口气，压抑住内心快要井喷的喜悦，用力握紧了手，笑着对她说：“好。”

彩排出了这种事，老师面子上过不去，去校长那儿哭诉了半天，校长左右权衡，最后，还是通知换掉虞闪闪这个主持人，取消肖耀的节目。

主持人位子由夏颜然顶上。

理由是夏颜然主持了很多次校内活动，这次又参与了几次彩排，流程也清楚。

所以，在所有节目彩排完后，夏颜然和宋林栩被单独留了下来，继续磨合。

宋林栩的情绪不太高，没有感情地对着词，一副被迫“加班”的样子。

好不容易结束，宋林栩直接走，夏颜然抱着自己的琴箱跟了上去：“宋林栩，你等一下我，这么晚了，我们一起回去吧？”

宋林栩没吱声。

确切地说，宋林栩自从看见肖耀那个灯牌后，脸色就一直不太好。

夏颜然看在眼里，瞧着宋林栩还是一副憋了一肚子火的样子，内心有些窃喜，决定再添一把火：“宋林栩，你别生虞闪闪的气，也许，琴弦真的不是她弄的，也许真的是我不小心……”

“夏颜然，”宋林栩回头，冷冷地看了眼夏颜然，“琴弦怎么断的，你最清楚了，不是吗？”

夏颜然一噎，脸上的表情有些难以维持：“宋林栩，你什么意思啊？”

“你戏演得太假的意思。”

宋林栩笑了声：“之前我去找梁琪就觉得奇怪，她虽然平时跋扈霸道，但做事都有个度，怎么就突然有那么多弯弯绕绕，果然问清楚了后，才知道每次都那么巧，前后都有你在。夏颜然，梁琪整虞闪闪，是你从旁敲打的吧？真没想到啊，亏我从前还觉得你挺好，我就奇怪了，你干吗老针对虞闪闪呢？”

夏颜然咬着唇，脸上一阵红一阵白：“宋林栩，你不会不知道我为什么针对虞闪闪吧？”

“不用，我一点儿都不想知道。”宋林栩双手插兜，转身就要走。

“因为我讨厌你嘴里说着讨厌虞闪闪眼睛却一直看着她。”

宋林栩停了下来。

“虞闪闪没有转过来时我们一直好好的，宋林栩，我……我才是那个能站在你身边的人。”

夏颜然是学校里的“天之骄女”，成绩好，长得漂亮，家境也好。他从前看她温温柔柔、知书达理，和那些目的性很强、总爱烦他的女生不一样，才愿意和她走得近一些。

原来不是每个人，都和虞闪闪一样，表面什么样，内心就是什么样。

宋林栩冷笑，一字一句地说：“和你这样的人做朋友，还真是不幸。”

第十章
听见过去

★ ☆ ★

Xiao Shanyao

校庆活动虞闪闪没有去参加，关于夏颜然的琴弦，虞闪闪也没有再去关注这件事，期中考试就要来了，她全身心投入到了备考之中。

期中考后不久，是陵城一中一年一次的野外拓展活动。

赵伊人说："就高一高二有，高三就没有啦，去年你来的时候刚好过了，好在今年你还能体验一次。"

野外拓展是要交钱的，一个人七百五十元，是虞闪闪大半个月的伙食费，虞闪闪心里头滴血。

交完钱，班长发了安全手册，虞闪闪翻了几页，最后叹着气将手册收了起来。

高二活动那天是周六，虞闪闪穿了件军绿色的飞行员外套加黑色工装裤，扎了个高马尾，整个人看起来英姿飒爽，让人眼前一亮。

校门口，三辆大巴车已经停在路边，虞闪闪走到自己班的队伍那边。

赵伊人看见虞闪闪："闪闪，你怎么没穿冲锋衣啊？"

虞闪闪窘迫道："我……没来得及买。"

前一天晚上，虞闪闪一个人跑去学校附近的夜市逛了圈，卖冲锋衣的店很少，价格也很贵，她没舍得买。

"山里头露水重，没有冲锋衣，会很冷的，早知道你没有我就多拿一件来了。"赵伊人很担忧，尤其是这几天天老是阴晴不定，万一下雨，没有防风防雨的冲锋衣很难熬的。

虞闪闪垂下眼睑，语调轻轻的：“没关系，反正晚上就回来啦，我里面多穿了很多件呢。”

五月清晨微凉，说这话时，清凉的风吹过，虞闪闪打了个哆嗦。

场面一时有些尴尬。

赵伊人：“我觉得我还是赶紧让我妈送一件过来吧。”

虞闪闪拉住赵伊人的手，摇摇头：“不用麻烦啦，你放心，我不会让自己冻着的。”

人陆陆续续地来齐了，一辆大巴车坐两个班级。

看见宋林栩上来时，虞闪闪才知道，他们和一班一辆车。

虞闪闪把衣领往上拽了拽，低下头看历史书。

又过了一会儿，车开始发动了，有人在虞闪闪身边坐下，递过来一杯奶茶，她以为是赵伊人回来了，说了声“谢谢”，并没有抬头。

虞闪闪揭开奶茶盖，喝了口，奶盖的咸香在唇间散开，温热的奶茶顺着喉咙下肚，驱散寒意。

所有人兴致都很高，周围吵吵嚷嚷，后座的两个女生一直在打闹，跷起来的脚不时踢到椅背。

虞闪闪原本放松地靠在椅背上，被踢了几次，也只是往前坐了坐，稍稍皱了一下眉。

直到身边的人动了动，接着有声音传来：“同学，麻烦你抬脚的时候稍微注意点儿，你前面还坐着人呢。”

虞闪闪愣住，偏过头，看着穿迷彩冲锋衣的少年，一时有些愣神。她上车时明明看见他坐在最后一排。

肖耀回过身，目光在虞闪闪脸上停留了一会儿，才解释道：“赵伊人跟我换了座。”

虞闪闪回头看去，高明朗果然和赵伊人坐在一起，赵伊人正在掐高明朗胳膊，脸上却带着笑。

虞闪闪一下子就明白了。

其实虞闪闪早就觉得赵伊人并不像她嘴里说的那样讨厌高明朗，这两人和冤家一样，见面就吵架，互相损对方，但赵伊人一看见高明朗，眼睛里都是笑意。

虞闪闪转过头，看到高明朗那没心没肺的脸，心里头叹了口气，赵伊人未来的路，有点儿曲折啊。

“闪闪，”肖耀轻声唤虞闪闪，指了指自己的上唇，示意她，“这里沾了奶盖。”

虞闪闪没多想，下意识地伸出舌头往唇上舔，眼睛睁得大大地往下看。

又娇又软，小奶狗一样，呆萌呆萌的。虞闪闪的肤色本来就白，衬得嘴唇和小舌头红红的，肖耀看了一下，又欲盖弥彰地赶紧移开眼。

还好虞闪闪没有看见。

虞闪闪没看见，宋林栩却将两人的互动看在眼里，虞闪闪毫无防备的举动让他脸色难看极了。

宋林栩坐在前排靠过道的位置，一路上都别着身子在跟后座的同学聊天，可坐在他斜对面的夏颜然知道，他看起来在聊天，其实眼睛时不时地都在往后面的某一处瞟。

夏颜然顺着宋林栩的目光就看见了虞闪闪，交叠在腿间的手用力地绞了起来。

她和宋林栩从校庆结束后就一直没说过话，两人同在一个班里，难免会有交集的时候，可他连一个眼神都不愿给她。

夏颜然各方面条件不差，哪里受过这样的委屈。

夏颜然从上高中第一天见到宋林栩起就崇拜他，他们一直很好，都是学生会里的学生干部，互相配合、亲密无间，同学们私下都说她和宋林栩是郎才女貌。学校禁止早恋，她是老师和家长眼中的乖乖女，本想这样顺其自然地等到高中毕业，再和宋林栩水到渠成地在一起。

可自从虞闪闪转学过来后一切都变了，宋林栩嘴上说着讨厌虞闪闪，可目光总是会在人群中找寻虞闪闪的身影，关心着她的一举一动。

当局者迷，她这个旁观者比谁都清楚地看见了，宋林栩一次次因为虞闪闪和肖耀的亲密而生气却不自知的样子。

夏颜然更没想到宋林栩会对她说出那样伤人的话。

“和你这样的人做朋友，真是不幸。”

都是因为虞闪闪，都是她！

“颜然，这家甜品店看起来不错，我们可以去打卡……”

同伴拿着手机给夏颜然看，一抬头，话音一顿，她被夏颜然眼中的怨毒吓了一跳。

再定睛去看，还是那张水仙花一般充满善意的脸，夏颜然眼波流转：“好啊。”

同伴回过神，揉揉自己的眼睛，心里嘀咕，最近是不是宫斗剧看多了？咋都出现幻觉了呢？

凤凰山是陵城郊区的一处山脉，它最初是以山脚下两株连体树出名的，引来很多人打卡留念，后来有人看中了这里的人流量，包下了一片山头，做成专供学校、公司团建的野外拓展基地。

这次的团建很简单，以班级为单位，从东边山脚进入，再从西边山脚出来，最后，哪个班收获的旗帜最多，就是第一名。

交代完注意事项后，一行人浩浩荡荡进山了。

春日山头，到处都是不知名的野花，山里的空气都透着清甜，深吸一口气，感觉人都精神了。

赵伊人和虞闪闪走在队伍中段，虞闪闪是个有胜负欲的人，很认真地边走边注意周边，看看有没有旗帜，可走了一会儿，虞闪闪就觉得有些不对劲。

大伙拍照的拍照，吃零食的吃零食，有时看见旗帜都懒得捡一捡，格外散漫，一点儿不像来比赛的。

虞闪闪清亮的大眼疑惑地眨了眨："大家怎么都在玩，不是要找旗帜吗？"

赵伊人"扑哧"一下笑出来，解释道："你不用那么认真啦，其实我们这就是个春游，大家都随便找找的，路上看见了就拿上，就是没有旗帜老师也不会说什么的。"

果然，没走多远，虞闪闪就看见有人拿出野餐垫就地休息了。

到半山腰的时候，原本浩浩荡荡的队伍已经七零八落，赵伊人走累了，气喘吁吁地说："闪闪，我们坐一会儿，休息一下吧。"

"好。"虞闪闪也累了，白皙的额头上布满了细细密密的汗珠，她喘着气打量四周，刚好看见肖耀拨开树枝，从她们刚刚走过的那条路上来。

肖耀倒是一副轻松闲适的模样，连气都没带喘的，四目相对，他眉眼弯弯，笑着说："哎，好巧，你们在这儿啊。"

虞闪闪墨黑的大眼转了转，看着肖耀一本正经的脸，心中腹诽，巧什么巧呀，从开始他就和高明朗不紧不慢地跟在她们身后，她早就看见了。

赵伊人往肖耀身后看了眼："高明朗呢？你俩不是一起吗？"

"他脚痛，在那边休息呢。"

赵伊人笑出声："真弱，昨天还跟我炫耀整个陵城的山都写了他的名字呢，就这？我非得去当面羞辱羞辱他。"

说着，赵伊人蹦蹦跳跳地去找高明朗了。

已是最热的时候，太阳高高悬在空中，虞闪闪和肖耀站在树荫下，隔了有一人的距离。

之前她和赵伊人走的小路，这会儿没什么人经过，周围很安静，除了虫鸣就是鸟叫。

肖耀偏过头看她。

虞闪闪靠着树，乖乖地抱着水杯在喝水，嫣红的唇咬着吸管，下巴小巧圆润，风吹过她耳鬓的发丝，连空气都是温柔的。

察觉到肖耀的目光，虞闪闪转过头，犹豫着将水杯递了过去：“你……要喝水吗？”

肖耀看她一眼，接过，扭开吸管盖，瓶口悬在嘴上几厘米处，往嘴里灌了一大口。

平淡无味的白开水，喝到嘴里却甜甜的，和她一样。

虞闪闪又从包里拿出一个饭盒，里面躺着四个用保鲜膜裹好的饭团，她自己拿了一个，又拿了一个给肖耀。

嘴里念念有词：“还有两个，等下赵伊人和高明朗来了再给他们。”

肖耀听见了，若有所思地看着手里的饭团：“你准备了四个，所以这个本来就是给我的吗？”

虞闪闪手里的动作一顿，一时失语，拓展活动是要自备干粮的，她昨天晚上在夜市里看见饭团打折，老板问她要几个时，她的脑子里闪过几个人，自然而然就说：“四个。”

确实是为肖耀准备的，他一个男孩子，身边没有其他人，应该不会有人为他准备这些，怕他饿到了，作为总受他恩惠的回报，好像也没什么问题。

嗯，是这样的，很合理，绝对没有其他私心。

两颊却悄悄爬上粉色。

肖耀嘴角都快咧到后脑勺了，眼里都漾着笑意：“谢谢你啊，闪闪。”

两人坐在树下吃完饭团，赵伊人和高明朗还没有来。

日头越来越烈，虞闪闪有些不舒服地扯了扯外套。

因为没有冲锋衣，怕冷的她早上穿了太多衣服，上山是个体力活，她出了一身汗，现在有点儿难受。

凤凰山上有很多山泉和溪流，她刚才路过时看见一条浅溪，离这儿也不远，她想去擦一下身上。

虞闪闪红着脸，回头看了眼肖耀，有些娇气道："肖耀，我要去下那边，你别跟着我啦。"

女孩白瓷般的脸上染了两朵红云，眼里透着窘迫，肖耀一下子就明白了，弯了弯唇："知道了，你放心去吧，我帮你守着。"

虞闪闪小跑着去了，到了溪边，回头远远眺了一眼，肖耀果然背对着她而立，他守住了来溪边的小路口。

她宽心地笑了笑，蹲在小溪边，浸湿了汗巾，拉开领摆，手伸进去小心翼翼地擦着。

"虞闪闪，是你吗？"

突然有人带着哭腔喊她的名字，虞闪闪吓了老大一跳，汗巾都丢了出去。

虞闪闪抬起头，看见夏颜然站在小溪对面的密林里，身上的衣服都烂了，整个人狼狈不堪。

"夏颜然？！你怎么在这里？发生什么事了？"

夏颜然抹着眼泪，磕磕巴巴道："你快过来帮帮我，梁琪非要带着我们探险，越过了安全区，我们遇到野猪，都冲散了。我和梁琪一起，她好像被吓到了，一直在发抖，脸都紫了，路都走不了，我……我一个人搬不动她。"

野外拓展基地只有一片山头，周围的山都是未开发的，有野生动物也不是没可能，只是……

“安全区旁不是都安装了隔离网吗？”虞闪闪疑惑。

“那个铁丝网就是摆设，根本就没有用，梁琪就是知道这个，才要带我们过去的，”夏颜然急得脸都红了，“你跟我过去看看就知道了。”

虞闪闪点点头，站起来：“那我和你去看一下。”

见虞闪闪回头看向远处，夏颜然立马道：“别叫肖耀，梁琪最怕肖耀了……”

整个五班都知道，梁琪平时都绕着肖耀走，虞闪闪没有多想，跟着夏颜然就去了。

两人穿过溪边的密林，又绕过几条小路，到了安全区边界，铁丝网的一角没有固定，夏颜然掀起来钻了过去。

虞闪闪本来还有点不放心，可到这一步，她彻底相信了夏颜然，赶紧跟着钻过去。

未开发的山脉全是杂草和灌木，但也有几条人脚踩出来的小道，又走了好一会儿，夏颜然停了下来。

“到了。”夏颜然指着一处，“她就在那里。”

虞闪闪不疑有他，往前了一步，正打眼张望，脚下蓦地一空，整个人失重地往下掉。

初春的山林间，肖耀安安静静地站在那里，想到饭团的滋味，嘴角还噙着笑，整个人仿佛都融化在春风里。

等了一会儿，赵伊人和高明朗打闹着出现在视野里。

高明朗对肖耀招手：“耀哥！”

赵伊人张望了一眼：“肖耀，闪闪呢，她不是跟你在一块儿的吗？”

肖耀指了指后头：“闪闪去溪边了。”

赵伊人瞬间懂了，笑着说：“我去找她。”

“去溪边干吗？我也要去，我也要去。”高明朗脑子转不了那么快，就想跟上去。

肖耀一把拉住他：“你去凑什么热闹？”

“我就看看……”

“看你个头。”

“肖耀！”赵伊人高声道，“闪闪人呢？我转了一圈都没看见她啊。”

肖耀脸上的表情瞬间凝固，他猛地转身，静静流淌的小溪旁，只有赵伊人站在那里。

另一边的夏颜然脸色苍白地看了眼山坡下，虞闪闪躺在那里，一动不动。

“虞闪闪？”

夏颜然喊了声，虞闪闪没有动静，她手指发抖，往后退了几步，吞了吞口水，转身向着来的路跑了。

夏颜然家里是做生意的，她爸有意开发凤凰山另外几个山头，在过年时曾带着她来过，凤凰山的负责人招待他们，一行人带着他们翻过拦网去看山头，夏颜然就是在那个时候知道这个隔离网，就是用来当摆设的。

夏颜然还知道顺着三岔林走左边的小路过去，在一片乔木的旁边有很多棕色的树叶，负责人特意提醒过他们，让他们不要往上走，那一块的土是松的，下面是沟，很容易踩空落下去。

根本没有什么梁琪，夏颜然从上山就找机会甩掉了自己的同伴，悄悄跟在虞闪闪后头，终于等到她落单的机会。

夏颜然到底第一次做这样的事情，心里头害怕，一害怕脑子里一片混乱，连路都忘记了，在一片林子里乱窜，也不知道跑了多久，最后一脚踩到了盗猎者违法放置的捕兽夹上。夏颜然发出一声凄厉的惨叫，林中的鸟儿受到惊扰，扑棱着翅膀穿过树冠飞上天际。

另一边，虞闪闪不见的消息已经报给了老师，几个学生已经找了一圈并没有发现人，学校紧急让老师们带着各自班的人下山集合，在原处等待，然后又组织几个老师和基地的人一同返回了山上。

时间一分一秒地过去，太阳渐渐西下。

“虞闪闪！”

宋林栩拨开半人高的杂草，手机忽然响起来，他看了眼号码，不耐烦地按掉。

手机刚放回口袋里，又响了起来。

宋林栩骂了声，接通电话：“夏颜然，你烦不烦！”

“宋林栩，你救救我。”

山里信号不好，夏颜然的定位地址很久才发过来，宋林栩打开定位又用了好久，等找到定位上的地址，已经是一个小时后了。

脸色苍白的夏颜然坐在一片乔木丛中，横着的一条腿上是一个巨大的捕兽夹，血已经染红了裤脚。

夏颜然一看见宋林栩，眼泪又涌了出来：“宋林栩，我在这儿。”

宋林栩跑到夏颜然身边，焦急地四处望着道：“虞闪闪呢？”

夏颜然的心一下子落到谷底，都这样的时候了，她的腿都要断了宋林栩都看不见，还只想着虞闪闪。

夏颜然心里一瞬间既痛又恨，可是她还是一副我见犹怜的样子，弱声弱气地对宋林栩说：“你能不能先扶我起来。”

宋林栩看了眼夏颜然，她被夹的地方血肉模糊，看着就痛，他一时有些于心不忍，便弯身去扶她。捕兽夹应该放置了很久，生了很厚重的铁锈，宋林栩一下子竟没有将夏颜然扶起来。

身后有急促的脚步声传来，有人在林间奔跑。

宋林栩回过头，就看见了肖耀。

“肖……”

宋林栩本想喊住肖耀，让他搭把手。

可肖耀路过他们身边连眼神都没给一个，径直往树林深处跑去了。

宋林栩知道肖耀这么着急是去干吗了。

他反应过来了。

宋林栩回过头，目光像刀子一样注视着夏颜然。

夏颜然在宋林栩的眼里看见了她害怕的东西，她急了，顾不得痛，扑过去一把抓住宋林栩的胳膊，死死抱住：“宋林栩，你别丢下我！你不能丢下我！”

宋林栩毫不掩饰严重的嫌恶，他反手捏住夏颜然的上臂：“夏颜然，是你吧，你对虞闪闪做了什么？虞闪闪人呢？你把她弄到哪里去了？”

“你把我带到安全的地方，我就告诉你。”夏颜然怨毒地冷笑了两声，用一种鱼死网破的眼神看着宋林栩，故意往夸张了说，“你信不信？只有我知道她在哪里，谁都找不到她。”

“你！”

宋林栩把牙咬得“咯咯”响，恨不得掉头就走。可他不敢拿虞闪闪去赌。

“你最好说到做到！”

宋林栩恨恨地咬牙，背起了夏颜然，又往树林深处担忧地望了一眼，心情有些复杂。一方面他希望肖耀赶紧找到虞闪闪，一方面又希望他找不到，等自己把背上这个送回去再找到她。

明明是他们先认识，但也不知道哪一步走错了，他们的关系变成今天这样。

但愿这次，老天能给他一个补救的机会。

在茂密的林间找了十来分钟，肖耀终于得以看见深沟里的那道身影。

虞闪闪的衣服与树叶融为一体，若不是他瞧得仔细，很可能就错过了。

“闪闪！”

肖耀喊了一声，虞闪闪并没有动。

肖耀观察了下四周，发现脚下的地质问题，大概猜到了虞闪闪发生了什么。

肖耀抓着两旁长满倒刺的藤条，慢慢地滑到沟底，走到虞闪闪身边时，一颗心才慢慢地落了下来。

虞闪闪的额头上拉了一道血口子，肖耀不敢碰，心疼地擦了擦伤口边的血迹，轻轻唤她：“闪闪。”

虞闪闪紧闭的眼微微动了动，眼皮缓慢地睁开又闭上，她摔晕了，此刻还不清醒，迷迷糊糊中，似乎看见眼前有个模糊的身影。

“肖耀……”

她低唤了声，心里头就止不住地犯恶心，一动就是天旋地转的眩晕感，她难受地哽了一下，五官都皱到了一起，又昏了过去。

肖耀动作轻柔地扶起她：“闪闪，别怕，我带你出去。”

肖耀慢慢将虞闪闪背到自己身上，抓住藤条就想原路攀上去，可深沟里都是潮湿腐烂的树叶和枯枝，承受不住用力往上蹬的肖耀，突然陷了下去，带着两个人一起往更深处滚。

这一次下落，肖耀紧紧抱着虞闪闪，一面在寻找脱险的机会，他看见斜前方有一块石头，想都没想，身子一歪，抱着虞闪闪往上撞去。

手臂撞在石块上，肖耀闷哼一声，听见了骨头“咔嚓”一下断裂的声音，可好在石块又大又硬，成功止住了惯性下滑的两人。

肖耀抱着虞闪闪，缓了一会儿，慢慢地坐起来，他低下头，看了眼怀中的虞闪闪。

下陷的那一瞬间，他眼疾手快将虞闪闪抱到怀里，一直用胸膛和双手护住她，没让她受到一点伤。

太阳已经完全落山，周围黑漆漆的，一点光都没有。

两人的手机也在下落过程中彻底失去踪迹。

肖耀看了眼四周，确定了方向，他脱下冲锋衣。撞伤的那只手僵硬无比，一碰就是钻心的痛，他咬着牙，将冲锋衣披在虞闪闪身上，又将虞闪闪背到了身后，把冲锋衣从她身上绕到自己身前。他手口并用，将四个角系紧，几乎用冲锋衣将虞闪闪绑在自己背上。

肖耀做完这一切，已经痛出了一身冷汗，细碎的刘海湿漉漉地贴在额头上，面色白里透着青，手指都在颤抖。

可他还是咬紧牙关迫使自己站起来，他看见远处微弱的光亮，确定了方向，嘴里都是血腥味，虞闪闪的头软软地搭在他的肩上，她一点儿知觉都没有。

静谧黑暗的山谷里，忽明忽暗的星星在空中闪烁，肖耀的身姿被压得佝偻，牙齿几乎要咬碎，每一步，都痛得要晕厥，可他没有停下，一步一步，缓慢而坚定地朝前走。

虞闪闪醒来时，是在医院的病床上。

她轻微脑震荡，头上包了个帽子一样的纱网，暂时不能见风，门窗紧闭，房间里都是呛鼻的消毒水味道。

她微微动了动头，看见坐在床边的人，眼泪就忍不住掉了下来："妈妈……"

事发当晚，学校就给虞闪闪和夏颜然的父母打了电话，高婕请了假，连夜赶了过来。

熬了一夜，睡不着也吃不下。

直到看见虞闪闪醒了，高婕悬着的心才放了下来，医生过来检查了一圈，说："没什么大问题，最近吃得清淡点儿，过几天就能出院了。"

虞闪闪一直乖乖地做检查，等到检查完，她拉了拉高婕的手，犹豫着问："妈妈，我醒来前有没有人来看我？"

高婕脸上出现一闪而过的不自在，很快便又恢复正常，她拍拍虞闪闪的手，安慰："学校怕影响你，特意交代你的同学都不要来打扰你呢。"

虞闪闪明白了，点点头。

高婕又交代了几句，拿了饭盒去食堂打饭，关上病房门，看着里面的女儿，幽幽地叹了口气。

虞闪闪躺在病床上看手机，赵伊人和高明朗给她发了好几条消息，班级群后面也跟着一串红点，屏幕下滑，肖耀的头像很安静，上一条消息还是五天前的。

虞闪闪记得很清楚，她一脚踩空摔下来后就晕了，中途有次恢复了点意识，看见肖耀就在她身边。

看见肖耀就觉得安心，有个声音在脑海里说"没事了"，她才放心地彻底晕过去。

在医院醒来并不意外，一定是肖耀把她带了出来。

虽然不能来看她，可肖耀他怎么一条消息都没发过来呢？

一直到出院——

回到学校，虞闪闪才发现肖耀没有来。

赵伊人说："那天发现你不见了以后我们就分头去找你，没过一会儿老师用广播喊我们下去集合，肖耀并不在，我们也不知道发生了什么事，后来有人说人找到了，我还以为是你，偷偷出去看了才知道是宋林栩和夏颜然，你还不知道吧？夏颜然不知怎么在山上踩到了捕兽夹，腿都要夹断了，你是没看见，全是血，太恐怖了……这次拓展活动真的邪门，再后来老师就安排先送我们回家了，直到晚上老师才在群里报平安，说找到你了，其他的也没多说，就交代我们不要打扰你。至于肖耀……从那天起我就没见过他了，老师也没说过什么，可能又去训练了也说不定，他没给你消息吗？那天他都要急疯了。"

虞闪闪摇摇头："他没联系过我……"

虞闪闪眉心直跳，总觉得肖耀出了什么事，而且一定和自己有关。

虞闪闪心上像压了块大石头，连呼吸都变得沉重。

回校当天，学校就请了双方家长去校长办公室面谈。

夏颜然被宋林栩从山上带下来后就承认了自己故意带虞闪闪去危险地带这件事，原因是虞闪闪处处压她一头抢了朗诵比赛冠军和校庆最初的主持人人选。

这个理由让所有人都觉得无语。

事态很严重，学校考虑良多，最后找来双方父母，把决定权丢给了他们："学校这边已经决定给夏颜然做退学处理，考虑到这次行为实在恶劣，怕会引起不良影响，学校并不打算对学生公开说明。至于要报警还是私了，我们做第三方见证，你们家长自己商量吧。"

夏颜然在陵城商界颇有名望的父亲夏总态度还算好，一连说了好几次对不起："我接受学校的处置，夏颜然犯了这样的错误，我身为她的爸爸逃脱不了责任。我和她妈妈早早离婚了，我平时忙着赚钱，确实忽略了她的心理健康，她做出这样的事，就算去少管所也是她应得的……但现在……她的腿感染严重，现在还在医院里，我问过专家，大概率……是保不住了，所以，我想在这里厚着脸皮求虞闪闪同学还有闪闪妈妈，能不能给颜然一个机会？若走司法程序，这个污点就会在夏颜然的履历上跟着她一辈子，她断了一条腿，如果连未来也没有了……”

做家长的态度给足了，又听说夏颜然可能要截肢，也算是为自己的行为付出了代价，高婕最终还是同意了不公开这件事。

三方谈妥了这事，就打算离开。

虞闪闪却喊住了黄建国：“黄老师，等一下，我有事想问问。”

黄建国下意识和她身边的高婕对视了一眼。

虞闪闪没看见，急切地问：“黄老师，你知道肖耀去哪儿了吗？我记得是他找到我的，可是后来的事我不知道，他怎么样……他没事吧？”

黄建国面露难色，几番纠结之下，最后还是跟她说了。

“肖耀受伤了，他教练接他去省城治疗了。”

这句话“吮当”一下砸在心上，证实了虞闪闪的猜想，她脸色一下子就白了：“他怎么受伤了？严重吗？”

黄建国拍拍虞闪闪的肩，轻描淡写：“没啥大问题，就是胳膊骨折了。”

虞闪闪一时没说话，只是脸上的表情明显怀疑他说的话。

黄建国立马又加了句：“上次他胳膊不是骨折过一次嘛，不也是去省城治啦。那里医疗条件好，好得快。”

高婕也在一旁附和：“是啊，闪闪，肖耀救了你，妈妈怎么可能不去感谢他，我见过他，除了胳膊受伤真的没啥问题，能跑能跳。”

虞闪闪迟疑着点点头："那就好……"

目送着母女离开，黄建国默默擦了擦汗。

身为人师，骗自己学生是不对的，但严格来说，他也不算说谎，肖耀确实只有右胳膊受伤最严重，也确实被教练接到省城了。

只是肖耀的胳膊伤得有多严重，就没必要让孩子知道了，这也是肖耀的请求，怕虞闪闪有心理负担。

那天他作为班主任，一直跟基地的人还有救援的人等在凤凰山。他们找到夏颜然所说的地方，看见垮掉的一大片山路，就知道这是小规模的山体崩塌。他们猜测虞闪闪应该掉下去了，可天色晚了，山谷下全是密林和山石，后来又下起了雨，搜救难度很大。

救援队继续在山上搜救，他们焦急地等在山下，又过了三个多小时，有消息传来，说是附近的村民在村道上遇到了两个昏迷的学生，已经往县里的医院送过去了。

黄建国他们赶去县里医院时，医生在处理肖耀的伤口，黄建国看了一眼，一下子就傻掉了。

肖耀的右胳膊肿得发亮，扭成一个奇怪的弧度，手肘关节处，断了的骨头戳破皮肉组织，漏了小半截白色的断裂的骨头出来。

肖耀比虞闪闪早一点醒过来，当时他们都在，肖耀醒来后看着自己的右手说了一句话："别告诉虞闪闪。"

别告诉她，他的右手废了，他再也拿不了剑了。

那之后不久，一天周末，虞闪闪被隔壁的动静吵醒，以为肖耀回来了，连鞋都来不及穿，光着脚就跑了出去。

"肖耀……"

虞闪闪打开门，和外面正在搬东西的几个人面面相觑。

正愣着，抱着箱子的高明朗从房间里走出来："别挡道，让让……咦，虞闪闪？"

“这间宿舍，要收拾出来给其他老师。”

后勤老师喊了几个同学来帮忙收拾，其中还有高明朗。

虞闪闪惊讶地抬眸：“那肖耀呢？他回来了住哪儿？”

高明朗听到这个就来气：“我也是这么问的，可他们就说新来的老师没地儿住，要优先满足，肖耀的事等肖耀回来再说。所以，我就跟着一起来了，这是我耀哥的东西，我得看着他们收拾。”

高明朗看着手里抱着的牛皮纸箱，情绪有点儿低落。

“虞闪闪，耀哥跟你联系过没？我发的微信他一条都没有回过，电话也一直无法接通。”

虞闪闪沉默地摇了摇头。

两人坐在阶梯上，沉默了一会儿，高明朗有些失落地开口，声音都弱了下去：“闪闪，我有种感觉，耀哥不会回来了……”

高明朗从箱子里拿出一个东西：“你看，他连最重要的东西都没拿走。”

虞闪闪望过去，瞳孔蓦然收缩。

那是一个满是岁月痕迹的兔子玩偶，长短不一的耳朵，一大一小的眼睛，身上花花绿绿。如此清奇的花色，世界上独一无二的丑，哪怕过去了这么多年，虞闪闪还是一眼就能认出，这是她在高婕的帮助下做的……

虞闪闪给宋林栩的生日礼物，宋林栩觉得太丑了没有要，后来去外婆家，她随意送给了一个小孩。

那个小孩……

不会吧？

虞闪闪实在不能将那个瘦到皮包骨的小矮子萝卜头和现在挺拔清俊的少年联系在一起。

高明朗没有看见虞闪闪的表情，还在那儿感时伤怀：“这应该是耀哥她妈留给他的遗物吧，他一直当作宝贝，走哪儿都带着，耀哥本来是想去体校的你知道吧？去的第一天，宿舍里比他大几岁的室友拿他这个玩偶逗他，最后还丢到了马桶里嚷嚷着要冲掉，耀哥差点儿失控……”

说到这里，高明朗忽然意识到什么，迅速抬头看了眼虞闪闪，匆忙解释：“我这里说的失控是夸张啊，耀哥还是很温柔的，反正我主要是夸张一下用来衬托这个玩偶对耀哥这么重要，他却没有拿走这件令人意外的事儿。”生怕虞闪闪对肖耀产生什么不好的印象。

但其实高明朗一点儿不夸张，当时他就在现场，那一刻的肖耀一点也不像个十二岁的孩子，下手狠辣，还好江隽及时赶来才没有铸成大错。

可高明朗见虞闪闪听完他的解释后脸色好像更不好了，弱弱地道：“你知道我这张嘴，你可千万别……”

“你什么时候认识肖耀的？”虞闪闪突然打断高明朗。

高明朗顿住，愣了一会儿，才道：“十岁左右吧。”

虞闪闪问：“他一直在陵城吗？”

高明朗摇头：“不是，他说他是从外地来的，我第一次遇见他时，他一个人在街上流浪，我被几个人堵在垃圾场，他在旁边捡垃圾，顺手帮了我。”

高明朗越说声音就越弱，因为他发现虞闪闪的脸色越来越难看，他连忙说：“虞闪闪，你可别嫌弃耀哥啊，他虽然出身不好，可他有天赋也够努力，他被江教练发现后开始学击剑，到成为击剑运动员进体校就花了一年，你都想象不到他有多努力，付出了多少。我听江教练说，凌晨他在训练，早上五点醒来他还在训练，江教练常说，是耀哥自己努力，把自己从地底放到了天上。”

虞闪闪的内心翻涌起各种情绪，她从前根本没有想过肖耀和那个孩子的关联，可这一刻，若把肖耀和记忆中那个小孩联系到一起，所有的一切好像都有了正确的答案。

虞闪闪的外婆家在距离陵城四百多公里的一个小县城，外婆外公不喜欢虞海生，在高婕不顾反对和虞海生结婚后，外公外婆就和高婕断绝了关系，回到了老家高家镇。但外婆说大人的事不波及孩子，所以对虞闪闪还是很疼爱的，六岁之前，虞闪闪每年暑假都在外婆家度过。

高家镇，尔滨巷。

从巷头到巷尾，整齐划一的白墙黑瓦，住了十来户人家，大部分都是有着各种七扭八弯亲戚关系的同姓远亲。

除了巷子深处的一家外乡人。一个整日酗酒的男人带着一个半大的小孩，父子俩如幽灵般生活在这条巷子里，也不和人交谈，存在感极低，甚至都没几个人知道他们姓甚名谁。

虞闪闪第一次去外婆家，就目睹了巷子里的熊孩子们围着那家小孩欺负驱赶，像欺负一只流浪野狗。

那时候的虞闪闪年纪还小，她第一次来尔滨巷，陌生的环境，陌生的人，让她没有勇气上前，低下头钻进了外婆家。

不久之后听见了打闹声，外婆牵着她出去看，原来是小孩们闹着闹着打起架来，几个孩子受了伤，一口咬定是那家小孩乱打人。

虞闪闪听见有大人说："真是上梁不正下梁歪，大的天天喝酒打架闹事，小的也这样，我们尔滨巷真是倒霉，什么人都来住。"

后来乡里有人来协调，带了一大包糖。

尔滨巷的小孩每个人都分到一块糖，连新来的虞闪闪都有，除了那个小孩。

他带着满身伤痕，沉默地坐在巷口的歪脖子树下。

虞闪闪站在外婆背后，探出头用大大的眼睛看着他。

虞闪闪目睹了事情全部经过，觉得他好惨，也好可怜，他比外婆家养的狗狗看着还瘦小，那些孩子每个都比他高壮。

橘色的霞光里，人群渐渐散开，虞闪闪悄悄地走到他面前，鼓起勇气朝他伸出了一只手：“喏，请你吃糖。”

会哭的孩子有糖吃，但总有人会给沉默的孩子一颗糖。

他抬起头来的那一瞬间，干燥苍白的唇微微颤抖，很久才带着小心翼翼和难以相信的口吻问，像要哭出来：“给……我的？”

虞闪闪大眼弯了起来，甜甜地笑：“是呀。”

虞闪闪每年都会长高、长胖一点儿，可那几年，时间像在那小孩身上停止了一样，他一直瘦小干瘪。

所以虞闪闪一直把他当成比自己小的弟弟，总有一种大姐的风范。

从去尔滨巷到后来离开尔滨巷，虞闪闪连他叫什么名字都没有问过，因为他比同龄女孩子都要瘦小许多，所以，她一直叫他小萝卜头。

每次看见他，他都穿着不合身的旧衣服，虽然很破，却干净齐整。

每次看见他，他的脸上都带着各种新旧伤痕，表情冷漠平静。

虞闪闪不喜欢尔滨巷其他小孩，也不喜欢尔滨巷的大人，却很喜欢和他玩，他话不多，有着比常人更好的耐心，愿意听一个小女娃喋喋不休的烦恼。那些她说了会被宋林栩嫌弃的，在小萝卜头这里，都会收获真心的崇拜和喜爱。

她受伤的自尊心，一直是他在抚慰，他干净纯粹的眼神，给了她胡乱向前的勇气。

宋林栩夸别的小女孩跳舞好看，她偷偷去学，准备了好久。

还请小萝卜头当观众，小萝卜头说她和小仙女一样好看，给了她不少信心。

后来她就放心地回去跳给宋林栩看，却收获了无情的“虞东施”差评一枚，她跑到外婆家躲着哭了好几天，最后把小木剑丢到了外婆家后面的臭水沟里。

宋林栩生日，虞闪闪亲手做了她最喜欢的兔子玩偶，宋林栩不要，她拿出来哭丧着脸问小萝卜头：“是不是真的很丑啊？”

他笑起来：“明明很好看呢。”

那是虞闪闪第一次看见小萝卜头笑，他眼睛很长，下眼睑外扩，眼尾又向上翘，笑起来特别好看。

她看一次还不过瘾，把兔子玩偶往他怀里一塞，“贿赂”他：“我把这个送你，你再笑一次给我看。”

小萝卜头：“呃……”

但还是听话地笑了笑。

她就说：“你笑起来这么好看，要多笑一笑才好呀，你要听话，下次见到我，一定要是笑着的哦。”

那时候也没想过，这是小时候的最后一次见面。

家里中了彩票之后，虞海生和高婕准备去外地发展，离开前去尔滨巷，想要把外公外婆一起带走，去大城市享福。

可之前他们中奖的消息传出去，许多亲戚去陵城找高婕借钱，高婕性子直，记着这些亲戚以前在他们穷的时候的嘴脸和嘲讽，就直接将过去受到的嘲讽原封不动地还了回去，还放出老死不相往来的话，将亲戚们得罪了个遍。

亲戚们回乡后将高婕编派成白眼狼说成了十恶不赦的大坏人，外婆好面子，觉得在同乡面前丢尽了脸，一看见高婕和虞海生就拿着扫帚赶他们走，这一次，连虞闪闪都一起往外赶。

外婆说他们一家三口都是白眼狼，这辈子都不想看见他们。

高婕也动了气，带着虞闪闪离开尔滨巷，一晃十多年过去了，再也没回去。

斑驳时光里的那个瘦弱小孩，早就被虞闪闪忘得干干净净，一次都没有想起来过。

直到这天虞闪闪才知道，原来，有人一直记着她。很多很多年，他无声无息，将她曾经付出的微小的善意珍惜收藏，细心保存，经历了年年岁岁，朝朝暮暮，用另一种姿态，站到她身边，成为照耀她的光芒。

她却忘了他。

虞闪闪从未有过这样的自责、愧疚。

“虞闪闪，别啊，你怎么就哭了啊？”

穿堂风安静地从楼梯间吹过，虞闪闪抹了把脸，发现手指上全是泪水。

第 十 一 章
遇见从前的你

★ ☆ ★

Xiao Shanyao

直到这一学期结束，虞闪闪也没有收到关于肖耀的任何消息。他就像从这个世界上消失了一样，所有人都联络不到他，连江隽一家，也搬离了陵城。

这么大的城市，在不知不觉间，就悄悄擦去了一个人存在过的痕迹。

期末考后的第二天，虞闪闪一个人踏上了去高家镇的路。

她背着双肩包，拎着路上买的两大袋子水果。

七月酷暑，女孩的小脸被太阳晒得通红，汗湿的头发一缕缕地贴在脸上，看着狼狈又可怜。

到了尔滨巷巷口就看见外公坐在歪脖子树下和几个老头下棋，虞闪闪隔着一段距离看着，却始终不敢上前，直到有人注意到她："小姑娘，你在这站了好久了，你找谁？"

外公拿着象棋随意抬头看了眼，然后就愣住了，祖孙二人对视半晌，最后外公不确定地摘下老花眼镜，擦了擦又戴上："是……闪闪吗？"

虞闪闪眼圈红红的："外公。"

到底是血浓于水的血亲，十余年没见，仍是一眼就认了出来。

外公棋也不下了，丢下老伙计，牵着虞闪闪往回走，还没走到自家门口，就嚷嚷起来："老婆子、老婆子，你快下来，闪闪来了！"

没一会儿，虞闪闪就看见穿着碎花衬衫的小老太太推开大门跑了出来，眼泪一下子就掉了下来。

虞闪闪带着哭腔喊了声："外婆。"

这么多年，其实老两口气早消了，他们就这么一个女儿，一个外孙女，怎么可能会不想？可是他们要强得很，高婕自那年后就一次都没来过，没有台阶给他们下，他们只有硬着脾气不联系高婕他们。

去年，虞海生败光家产的事二老也听说了，当时就把棺材本取出来又东拼西凑了一些钱，就等着高婕来找他们，可高婕脾气和他们如出一辙，求了亲戚们一圈，愣是没打电话给他们。

外婆做了好几个菜，她和外公年纪大了，一餐吃不了多少，坐在那里笑盈盈地看着虞闪闪吃。

看着看着就又开始掉眼泪。

"你这孩子受了不少苦吧，你爸爸妈妈也真狠心，丢你一人在陵城，怎么能放下心，你看你这小脸瘦得。你也是傻，怎么到现在才知道来找外婆？"

虞闪闪眨了眨眼，委屈道："我哪里敢来，外婆你当年可是拿着扫帚把我撵出的尔滨巷……"

外婆语塞，老脸一红。

外公立刻指责："你看，我就说你当时太过分了！都给孩子留下阴影了！"

"死老头子，你还有脸说我，你当时是怎么把东西扔出去的，你忘了吗？"

虞闪闪看着争得面红耳赤的外公外婆，粉嫩的脸上露出了久违的笑容。

第二天一直睡到中午才醒来，外婆在自家庭院里的水井里浸了西瓜，见虞闪闪醒来，立马剖了瓜，拿了瓣给虞闪闪。

"这是早上和你外公去集市上买的，宁夏拉来的旱地瓜，可不容易见着呢，你也是运气好，快尝尝。"

虞闪闪低头咬了一口，透心的冰甜。

庭院里还堆了很多蔬菜水果零食之类的，都是老两口起早赶集拉回来的。

虞闪闪说："外婆你早上怎么不叫我一起去？不然还有我能帮你们拿一点儿，你和外公年纪大了，下次别一次性提这么多东西。"

"你这丫头还瞧不起人了，我和你外公年纪虽然大了，但身子骨可硬朗着呢，尤其是你外公。你一回来他高兴得浑身是劲儿，这不，又去山上给你摘野梦梦吃了。"

"野梦梦"是本地乡间叫法，一种类似树莓的野果子，长在山野间，虞闪闪小时候最爱吃，每年暑假来，外公都会去山上摘给她吃。

虞闪闪已经很多年没吃到了。

中午过了饭点，外公才拎着个竹篓从外边回来。

外婆免不了叨叨他："死老头子，这么晚才回来，不知道家里有人饿着肚子等你吃饭啊？"

外公心情好，没计较，打了一盆井水，将一颗颗樱桃大小的"野梦梦"倒进去。

吃饭时，外公忽然想到什么，说："话说今天上山，路过那家女人的墓，还看见有个男娃娃在上坟，我就好奇过去问啊，你猜怎么着？那个男娃娃说他来给他妈上坟！我当时就惊呆了！"

外婆哼了一声，不屑地呛了回去："人家给自己妈妈上个坟就能让你惊呆了？你也太容易受惊了吧。"

虞闪闪"扑哧"一声笑出来。

外公不乐意了，正色道："你知道他是谁吗？好多年前住在巷尾那家外姓人，女的搬过来没多久就过世了，男的整日醉醺醺的，经常打他家小孩，后来男的醉驾撞到了人，自己当场死亡，他家那小孩也不见了！”

“咣当”一声，虞闪闪手里的搪瓷碗掉在地上。

虞闪闪的脸因为激动而通红：“外公，他家是不是姓肖？”

“姓什么我倒是……”

外公皱着眉想了几秒，一拍大腿，喊道：“对对对，我想起来了，就是姓肖！”

话音刚落，虞闪闪已经放好碗筷奔了出去。

“哎，闪闪，你去哪儿？”

“我出去一下就回来！”

盛夏晴天，湛蓝的天空上飘着几朵零散的白云，木拖鞋急促地敲打在青石板的道路上，穿过喧嚣的小巷，长满野草的山路。

后山很大，虞闪闪也不知道外公提到的坟地在哪里，只能跟着记忆，沿着小时候跟外公上山的路线漫无目的地寻找。

这是几个月来，他们离得最近的一次。

时间慢慢消逝，虞闪闪越找越着急，心也慢慢沉了下来。

肖耀在哪儿？是不是已经走了？错过了这次，她还有机会再见着他吗？

虞闪闪渐渐走不动了，她站在一棵长满紫色小花的树下，捂住眼，泄气地哭了出来。

微风袭来，半人高的蒿草发出窸窸窣窣的声音。

“虞……闪闪？”

有声音在寂静的山林中响起。

虞闪闪怔了两秒，又长又翘的睫毛湿漉漉地抬了起来，眼睛红红的，鼻子也红红的，一眨眼，珍珠一样的泪珠涌出眼眶，顺着脸颊落了下来。

山间绿意葱翠，虞闪闪穿了件油画蓝的小裙子，头发柔软地披在肩头，哭得梨花带雨，好不可怜。

肖耀惊诧的脸上慢慢爬满了心疼，他走过去，犹豫了半天，最后伸手轻轻覆在她头顶：“你怎么在这儿啊？”

他在妈妈坟头坐了很久，说了很多心里话，下山时忽然听见有人在哭，循声拨开蒿草丛走过来，就看见自己挂念的人出现在了眼前。

肖耀一时不敢相信自己的眼，以为出现了幻觉。

直到手覆在她头上，感觉到她的温度，才知道，是她，真的是她。

虞闪闪吸着鼻子，眼泪越掉越多。她明明不想哭了，有好多话想要对他说，可不知道为什么，一听见肖耀的声音，看见他的人，她的心里就委屈得不行，眼泪根本停不下来。

一直以来压在心口的那朵乌云，在这一瞬间，被他朝她走来而带起的那阵风，轻飘飘地吹散了。

金黄色的阳光静静地照射下来，被交错的树枝分割成无数不规则的光斑，落在两人身上，忽明忽暗。

肖耀心里叹了口气，稍微弯了点身，用指腹轻擦她的眼角：“怎么办呢？我今天没有带糖。”

虞闪闪吸着鼻子，注意到肖耀的手。

“你的手，怎么了。”

肖耀的右手吊在胸前，没有什么生气的样子。

都这么久了，还没有好吗？

肖耀低头看了看自己的手，没有想到在这里会遇见虞闪闪，想藏，却无路可避。

“他们说，你去治手了。”

“嗯。”

虞闪闪含着水雾的眼认真地看着他："是因为我吗？"

肖耀摇摇头，淡淡地笑了笑："不是，是我自己不小心摔断的。"

骗子。

虞闪闪知道肖耀在骗她。

可怎么他连骗人的时候，都这么温柔啊？

"肖耀，谢谢你啊。"

谢谢你每次都义无反顾地站在我身后陪着我，谢谢你每次都及时出现保护我。

虞闪闪眼眶发热，眼泪又要往下掉，硬是使劲地抿着唇，努力憋住了。

这副模样落在肖耀眼里，让他心里头一片柔软。

无论是在什么时候，他只要一看见她，再坚硬冰冷的心都会瞬间融化，变成一汪春水。

肖耀轻声哄着虞闪闪："闪闪，告诉我，你怎么会在这儿？"

虞闪闪用力咽了咽口水，止住了哭："我外公说，在山上遇见了你。"

"你外公……"肖耀回忆了下，想到上午那个过来搭讪的老人家。

下一秒，肖耀的脸色变了，他望着虞闪闪，瞳孔骤然收缩，脸上头一次出现手足无措的样子。

"你……"

"肖耀，我记起来了，学校清你的宿舍，我看见了那个兔子玩偶。"虞闪闪看着肖耀，目光中流露出心疼，"外公说，你爸出事后你也消失了，你去了陵城，对不对？你是因为我才去的陵城吗？"

良久，肖耀垂下眼，轻轻地点了点头。

他照顾病榻上的老人，替她送终，老人过世后，他不知道自己该何去何从，一个人沿着护城河走了许久，最后走进了护城河，水流漫过头顶，窒息感传来的那刻，他的脑海里出现了虞闪闪。

漫天橘红的霞光里，虞闪闪穿过人群，走到了他面前，撕开他身上的重重阴霾，让阳光照了进来。

“喏，请你吃糖。”

从此他晦暗苦涩的人生里，有了甜味。

世界是冰冷的，只有虞闪闪是温暖的。

他猛地睁开眼，用尽力气扑腾出水面。

那时肖耀已经很多年没有看见过虞闪闪，却清楚地记得虞闪闪说过，她的家在陵城。

陵城距离高家镇四百公里，如今坐大巴只需要四个多小时，可那时候的陵城，对他来说，真的好远。他没有钱，没有身份，一路捡着垃圾，风餐露宿，也不知道自己最终能不能走到陵城，更不知道自己去了陵城又当如何。

他只是想看虞闪闪一眼。

到了陵城后，才渐渐晓得，早在几年前，虞闪闪一家中了大奖，去了大城市。

江隽发现他那天，他在路上看见一只瞎了眼的瘸腿流浪狗在被几个初中生欺负，流浪狗蜷缩在角落，凄惨地哀嚎，周围都是笑声。

肖耀想到了自己。

他冲上前，拿着从前虞闪闪丢掉却被他偷偷捡起来藏好的那把小木剑，胡乱挥舞，挡在流浪狗前，和那群初中生对峙，对方一行五个人，竟没有办法近身。后来江隽过来解围，江隽蹲在他面前，对他说：“小孩，我看你剑使得不错，有没有兴趣跟我学击剑？”

“击剑？有什么用？”

“如果你学得够好，成为一颗闪耀的新星，就可以让很多人看见你。”

“让很多人看见我？”

“对，不止陵城，还有全国，甚至全世界。”

肖耀的眼睛亮了起来，一片荒芜的心中，燃起一丝火苗，如果他能做到，或许有一天，她也会看到他吧？

见肖耀承认了，虞闪闪语气苦涩：“其实我并没有真的为你做过什么。”

这些天，虞闪闪一直在想，她明明也没有为他做过什么，却被肖耀记在心里这么久，她对他甚至没有对宋林栩一半好。

肖耀听出了虞闪闪内心的犹疑，温柔的嗓音带了点坚定：“你做的那些，对我来说，已经很多了，很多。”

“所以，你后来对我的那些照顾，为我做的那些，都是……”虞闪闪鼓起勇气，还是问了出来，“因为报答？”

肖耀看着虞闪闪，很久都没说话。

理智告诉他，他应该回答：是。

可有个声音在心里叫嚣，不是的，不是这样的。

最初也的确没有其他，只是想要靠近她，想要让她看见他，可后来，再遇见她时，就渐渐变了味。当看见她口中叫“林栩哥哥”时，有一种情绪，它伴随着妒忌、怅然，汹涌而来。

他藏不住，也不想藏。

“不是……”

肖耀别开头，声音低得几乎听不见，睫毛森森落下来，掩去眼底的情绪。

肖耀没有看见，站在面前的少女，还带着眼泪的脸上，却意外地带了轻轻浅浅的笑意，像两人头顶那树开得正俏的花儿。

其实虞闪闪就从未想过他对她的那些好只是因为报答。

此刻，肖耀没有否认，她觉得心里软软的，带着一丝酸甜。

她安安静静的，抿着唇，看着他清俊的侧脸，心跳得很快。

肖耀等了好一会儿都没等到他预想过的画面，比如骂他是变态，或者追问他到底。

他迷惑地抬眼，女孩湿漉漉的大眼一眨不眨地盯着他看，不知道在想些什么。

四目对视，他不自觉咽了咽口水，头一次感觉到紧张。

下一秒，虞闪闪伸手轻轻碰了碰他右臂上打着的石膏："一定很痛吧。"

"不痛。"肖耀轻轻摇了摇头。

信你才有鬼。虞闪闪看着肖耀，小嘴微微噘着，有些不满："我给你发了消息，还给你打了电话。"

"对不起，"肖耀的目光落在自己的右手上，"我以为我拿不了剑了，我没办法让那个一无所有的我站在你……们面前。"

"以为？"虞闪闪听见肖耀话里的重点，眼睛一下子亮了起来，"所以，现在是有好消息吗？"

可肖耀说出来的话却让人心凉了半截："右手就算复健好也没有办法拿重物了。"

女孩眼里的光一下子黯了下去。

"我从学击剑的第一天起，目标就是要拿奥运会金牌的，我要站到奥运会领奖台上，把我们失去的、本该是我们的金牌和荣耀，全部拿回来。"

肖耀说的那些话，还在耳边。

难过之时，一只手轻轻揉了揉虞闪闪的头发。

“你记得我和你说的击剑队三剑客的故事吗？其中一个退役后做了国家队的教练。”

虞闪闪抬起头来，用力点了点头，认真地听肖耀讲。

“我在省城治疗的时候，他来找我，评估了我各方面条件后，他问我，有没有练左手剑的想法？”

“左手剑？”

“嗯，大多数人都是右手拿剑，如果用左手拿剑出其不意，会占优势。”

肖耀脸上漾着异样的神采，像那天说要拿奥运金牌的他：“我想试试，我跟他有了个约定，我和江叔叔会跟他去B市，一边做复健治疗，一边封闭特训。还有一年多的禁赛期，如果我能在此期间练成左手剑，在一年后的世界击剑锦标赛上闯进前三，我就可以进国家队。”

这件事，本是秘密进行的，作为世界击剑锦标赛的一张储备王牌，他原本想着等自己真的练成了再告诉虞闪闪，可没想到会在高家镇遇见她，看见她脸上的难过与自责，他一瞬间就不想对她有任何隐瞒了。

他对她，毫无保留。

“真的吗？！”

虞闪闪激动地跳了两下，她笑了起来，眼里头的神采一下子更闪耀了些。她激动地拉住肖耀的手腕，眼里是毫不掩藏的信任：“肖耀，你一定可以练成的。”

肖耀笑道：“嗯，我会的。”

“你什么时候走？”

“今天……”

所以，才特意回来，给母亲上坟，告别。

“今天啊……”

这么快，就要分离了吗？她很久没看见肖耀，一看见他，就想要和他待在一块，哪怕不说话，她很喜欢和他在一起的那种轻松安宁的氛围。

在经过了这段时间的分别后，虞闪闪终于明白，自己不知道从什么时候开始，就变得依赖他。

这种依赖让人欢喜，也让人忧愁。

虞闪闪的脸上笑容慢慢凝固了，她垂下脑袋，可也只一瞬，下一秒又抬起头，元气满满地道：“还有时间吗？我请你吃饭，我还欠你一顿饭，就当为你饯行吧。”

高家镇不是什么繁华的城市，镇上的餐馆就那么几家，大都集中在一条街上。

下午两点多钟的夏天，连风都是热的，太阳烤着地面，小镇像个蒸笼，路上几乎没有人。

已经过了饭点，很多店都已经歇业了，虞闪闪不厌其烦，每一家开着的门都要进去问一声：“老板，还能吃饭吗？”

在得到否定回答之后，回头忐忑地对肖耀说：“我再问问。”

还是能听出语气里的焦急的，怕因为自己，耽误了他去B市。

肖耀温柔地点点头：“不急，还有时间。”

快走到街尾的时候，终于找到家饺子店还营业。

店里没有空调，沾满油污的旧电扇“吱呀吱呀”地转，根本没有什么风吹出来。

两人找了个位置坐下，点了两盘水饺。

虞闪闪有些歉意道：“本来想请你吃好一点的东西的，凑合一下吧。”

肖耀将擦干净的筷子递给虞闪闪：“这个就可以了。”又掏出一张纸巾，细心地擦拭桌上的油渍。

饺子很快就上来了，泡在酱油汤里，热气缭绕。

虞闪闪推了一碗到肖耀面前：“快吃吧。”

热浪熏过虞闪闪布满细密汗珠的小脸，脸一瞬间又红了点。

肖耀拿了小碗，捞了几个饺子出来，晾了一会儿，把小碗推到虞闪闪面前，和她面前的大碗调了个位置：“你先吃这个。”

虞闪闪突然抿着唇笑起来。

肖耀手上继续捞饺子出来晾凉，抬眸看她一眼：“笑什么呀？”

“想起来上次请你吃东西，”虞闪闪想着一年多前的那天，他俩坐在简易的炸年糕小店，连回忆里都是温馨的味道，“你也是这样，吊着个手，还忙着照顾我吃，自己都没吃多少。”

肖耀一愣，回想起那天，继而也笑了。

虞闪闪笑着笑着就有点儿不好意思，她的目光落在肖耀吊着的右臂上，他的右臂……上次也是因为她……

这要命的缘分。

吃到一半，肖耀的手机就响了起来。

“喂，是……嗯，知道了，我给您发过去。”

虞闪闪低着头，小口小口地咬着饺子。

肖耀挂了电话，什么话也没说，默默将凉好的又一碗饺子推过去：“多吃点儿。”

虞闪闪心里大概猜到了那是通什么电话，懂事地加快了吃饭的速度。

两碗酱油汤水饺，肖耀没吃多少，大部分都夹到了虞闪闪的碗里。

虞闪闪没注意，她很久都没有抬起头，怕一抬头眼泪就会掉下来。

付了钱，两个人沉默地走出店外。

马路对面，不知什么时候停了一辆外地牌照的车，虞闪闪认得车标，她在沪城读私立高中的时候，每个周五晚上，都有很多家长开着类似的豪车来接孩子。

虞闪闪深吸一口气，抬起黑漆漆的眼，终于看向了肖耀。

再怎么想要时间放慢脚步，也终于到了这一刻。虞闪闪不是第一次经历生命中的离别，小时候告别外公外婆，高一暑假告别爸爸妈妈，可这一次的告别，却是同以往都不一样的感受。

亲人再怎么离别还是会有相见的那一天，可他呢……这一次离别，下一次不知道什么时候才能看见，还能看见吗？他们的人生，短暂的交集过后，最终还是要走向各自的方向了。

虞闪闪的心里酸酸的，也闷闷的，忽然有种透不过气的感觉。

可虞闪闪还是努力弯起嘴角，对肖耀露出个类似轻松的笑来："肖耀，祝你一切顺利，早日得偿所愿。"

"嗯。"

肖耀看着虞闪闪，心中一瞬间百感交集，似有千言万语想要告诉她，可最后只有一句低哑的——

"我走了。"

转过身的那刻，似有无数情绪在一瞬间爆炸开来，压得他喘不过气，他稳了稳心神，深吸一口气，这才缓缓抬起沉重的脚，一步一步，往轿车那里走，脚步声重重踏在虞闪闪心上。

"肖耀！"

肖耀听见忽然提高音调的声音，还未来得及转身，就被从后头奔过来的人儿撞得往前踉跄了几步。

一时之间，少女身上柔软清甜的香气，紧贴着脊背传到四肢百骸。

虞闪闪曾经倾尽全部对别人好，勇敢追寻，最后却成为对方的困扰。

可肖耀默默为她做的那些事，让她的心里只有温暖，他的笑，治愈她所有的不快乐。

过去她太过于依赖宋林栩，在意着他的一举一动，生怕自己哪里又做错惹他不高兴了，她的神经每次都绷得很紧。

可肖耀不同，在他面前，她永远是放松的。他的温柔，像一朵花开，包容她的娇气与脆弱。

现在，虞闪闪只想告诉他一句话。

“肖耀，我会考去 B 市的，”虞闪闪停顿了下，声音低低的，却一字一句清晰地敲在他心口，“我们一定有机会再见的。”

肖耀愣住了，有什么在他脑子里炸开，让他一瞬间觉得所有的一切都是自己的幻觉。

可背后的温度是那样真实，她的声音近在咫尺。

肖耀知道虞闪闪一直想考个好大学，她的梦想是 Z 市的传媒学院，可现在，她说她会考去 B 市，为了他吗？

热血直冲脑门，全身的细胞都在尖叫，他的心跳快到要骤停。

环抱住肖耀的手一松，他刚转身，虞闪闪就已经跑到了马路对面。

七月的天空，没有了风在舞动，知了依然欢快地奏着夏日的圆舞曲。

虞闪闪隔着条马路，站在那里看着肖耀，她的眼睛闪亮，脸颊泛着微微的红色，眼里的笑意像盛着蜜，满得快要溢出来。

“可别耽误时间啦，你快点去吧！”

肖耀的脚动了动，下一秒，他几步冲到马路对面，站在虞闪闪面前，声音有些颤抖。

“真的还能再见吗？”

“我骗过你吗？”虞闪闪朝他眨眨眼。

对面那辆车已经摇下了车窗，驾驶室的陌生大叔看着他们露出调侃的笑。

虞闪闪不好意思地低下头：“你……你快走吧，都开始催了。”

肖耀一眨不眨地看着她，如擂鼓的心跳声中，他好不容易才找回自己的声音。

“别骗我，我等你……我……”

他结巴了一下，并没有将那句藏在心底的话说出来。

比起那句谢谢你，还有一句话是他更想说的。

但有些话，要在更合适的场合告诉她。

无论什么时候，只要想到你，那些已失去的和得不到的便显得没那么让人遗憾了。

有和无不一样，知道黑夜有星辰在远方照耀和什么都没有的深沉黑夜不一样，遇见你之前和遇见你之后不一样。

当这世界有了值得，就是一切值得。

高二的暑假只有一个月，开学前一周，虞闪闪告别了外公外婆，回到了陵城，剩下的时间，虞闪闪拿出高一高二的书来复习。

文科主要靠背，书啃得越透，就越有利。

肖耀去了B市后只跟她发了条报平安的信息后手机就被没收了。训练严格，全封闭式，每个月只能和家人通话一次，肖耀没有家人，便打给虞闪闪，每一次只有三分钟时间，两个人每次都是匆匆说完。

肖耀在“军训”，虞闪闪也不能落后。

肖耀曾努力地走到她面前，这一次，她想让自己走到他面前。

九月初，学校开学，虞闪闪高三了。

这一学期，学生宿舍终于有了空位，寝室里除了她还有另外五个人，来自不同的班级，已经同寝了一年多，自成一个小团体，对虞闪闪的态度并不好。

好在虞闪闪也并不在意。

一到高三，整个班级都充斥着紧张的气氛。

每天晚上，所有人都睡了，走道里的灯忽明忽暗，虞闪闪点着蜡烛，趴在小板凳上做卷子、背书、刷题册。

在学习上，没有了肖耀指点，她要花更久的时间才能解完一道题。

要问虞闪闪什么时候最想肖耀——

那一定是做数学题的时候。

日复一日，一年很快过去，虞闪闪路过秋冬春夏，和曾经那么努力才走到她面前的肖耀一样，她也见过了凌晨的星空，拥抱过清晨五点的朝阳。

六月，最后一门考完，虞闪闪从考场里走出来，深深吸了一口气，她这一年几乎没怎么好好睡过觉，也从未觉得如此轻松过。

外面艳阳高照，学校门口聚集了许多等待孩子的家长，虞闪闪在里面看见了郭月的身影，她穿了件红色的长裙，身披“旗开得胜”的红色条幅，站在舞狮队前，给每个路过的孩子发一个写了“金榜题名”的金色红包。

看见虞闪闪，郭月也给了她一个，亲密地拉着她的手道：“阿姨预祝你金榜题名，考得怎么样啊，闪闪？”

虞闪闪笑着接过：“感觉还行。”

“你没问题的，这一年你多努力啊，阿姨每次叫你上家里来玩，你都在补课，老天一定会善待努力的人。你想好考哪所大学了吗？”

说话间，宋林栩也从考场出来了，刚好听见虞闪闪那句。

“嗯，我要去F大。”

宋林栩蓦地顿住，虞闪闪不是一直想考Z大吗？

宋林栩没来得及多想，郭月就叫他：“林栩！你出来了啊，怎么样，考得还行吧？”

“还可以吧。”

宋林栩没什么心思理郭月，偏头去看虞闪闪，刚想问她点什么，郭月就拉着虞闪闪道：“现在不用学习了，可以去阿姨那儿玩几天了吧，刚好阿姨准备带着林栩去云南玩几天，你跟我们一起去。”

虞闪闪抱歉道：“我已经跟我外公外婆说好了，去高家镇陪他们……”

虞闪闪怕郭月不信，还把一早买好的电子客车票翻出来。

郭月看了一眼：“哟，这不快到发车时间了吗？我还拉着你在这唠嗑呢。”

虞闪闪笑笑：“现在过去来得及。”

“真是不巧，我今天没开车来，不然还能送你一程。”

“没关系的，那边就有公交车可以坐。”

郭月下意识地看向宋林栩，还未开口，一直沉默的宋林栩忽然非常心有灵犀来了句：“我送你。”

“对对对，让你林栩哥哥送你去坐车。”郭月露出老母亲欣慰的笑来，儿子终于开窍了，不容易。

公交车站离校门口不到一公里，宋林栩走得很慢，虞闪闪也只有配合他的步伐慢慢走着。

可是宋林栩一直不说话，气氛好尴尬，虞闪闪只有找话聊。

“你去航大，应该是稳了吧？”

半年前T市的航空大学来学校自招，宋林栩报了名，已经通过了三项预试，拿下了一中唯一一个名额。

宋林栩终于扭头看她，淡淡应了声："应该没问题。"

"小时候经常看你看星空，还以为你喜欢星星，想当科学家呢，"虞闪闪想到这个自己都觉得好笑，"原来你是想开飞机，当机长。"

宋林栩怔了怔，似乎想到了什么，没有说话。

很快就走到了公交站，虞闪闪停下来，转身面对宋林栩："到这里就可以啦，谢谢你。"

"嗯，不客气。"宋林栩板着一张脸，看起来情绪不太好。

虞闪闪想了想，还是道："对不起啊，又因为我，让你做你不喜欢的事情了。"

宋林栩抬起头，眉头皱了起来，有些不明所以："什么？"

"从前有个人跟我说，就算是自己的父母至亲，他们也没办法感同身受，"虞闪闪低下头看脚尖，她笑了笑，想起从前种种，笑里包含了太多情绪，有难过，更多的是释然，"我知道你讨厌我，郭月阿姨是看在我妈妈的关系上，总想让我俩关系好一点，如果有下次，你其实可以拒绝的，郭月阿姨能理解。"

宋林栩总算反应过来了，他瞪着眼："虞闪闪，你乱说什么呢？！"

公交车已经进站，虞闪闪对宋林栩笑了笑："车来啦，我先走了，宋林栩，再见。"

虞闪闪冲宋林栩摆摆手，同他，也同那段追逐的青春告别。

宋林栩看着虞闪闪的背影，有那么一瞬间很想追上去告诉她心里的话，可直到看着虞闪闪上了公交车，他还是没有勇气迈开一步。

宋林栩站在原地，拳头捏了又放，放了又捏，最后泄气般吐了口气，闷声闷气地吐出几个字："不讨厌……"

我不讨厌你。

或许曾经有过，但早就，不是那样了。

到了汽车站，距离大巴发车时间只剩十分钟，虞闪闪取了票后就赶紧往检票口跑。

虞闪闪要乘坐的那趟大巴已经发动，售票员站在车旁喊："28L5C，还有没有人上车，要开了哦。"

"有有有！等一下我！"虞闪闪举着票喊，在最后一秒冲上了车。

还没站稳，车门关上，摇晃着发动起来。

这个点的车，车上人并不多，零零散散地坐着，虞闪闪对照着车票往自己的座位走，车子一个急转弯，她没站稳，眼看就要摔倒。

坐在靠走道位置上的人及时伸出手，一把拽住她，她还没有反应过来，人就被拽得一个旋身，稳稳坐到了一双大腿上。

那人抬起鸭舌帽檐，露出一张丰神俊逸的脸来，将虞闪闪的惊呼堵在喉间。

她捂住嘴，似乎不敢相信："肖耀？！"

他弯了弯嘴角："是惊喜还是惊吓？"

虞闪闪眼睛弯弯的，嘴角快要咧到了耳根："你不是封闭训练嘛，怎么……怎么……"

"今天是你的大日子，我求了很久，教练允了我一天假，这次我办了正规的请假手续的，你放心。队内竞赛，我用左手剑拿了第一，这是给第一名的奖励。"肖耀淡然道，语气里却带着骄傲，脸上写满了"快夸我"。

虞闪闪心里软软的，轻轻捏了捏肖耀的脸，很给面子地夸赞道："我们耀耀最厉害啦。"

这突如其来的一声“耀耀”，让肖耀脸颊发烫。

虞闪闪也有些不好意思，她还坐在肖耀的腿上。

虞闪闪后知后觉意识到这一点，脑子里“轰”的一声，热炸了，她拉拉他的手，小脸红得像要滴出血来：“肖耀，你松一下手，让我坐好。”

虽然车里没有什么人，他们的位置也比较靠后，但虞闪闪害怕前面会有人回头，她还不习惯在外头和人这样亲密。

肖耀本不想放手，他太想念她了，但意识到这里是公共场合，是他唐突了，于是依依不舍地松了手，让她在旁边坐好。

“闪闪，我终于见到你了。”肖耀侧过身，摸摸她的头顶，声音闷轻柔，像江南的风轻轻抚过心上。

虞闪闪弯了弯唇，还有些担忧地看了看后面：“可我的位置在后面哎，万一这里有人坐呢？”

“不会，我买了两张票。”肖耀亮了亮手里的票。

虞闪闪才觉得奇怪：“你怎么知道我要坐这趟车啊？”

肖耀看着她：“我下午就来了，一直站在考场外等你。”

“啊？”虞闪闪惊讶，“你下午就来了？怎么不告诉我？”

“怕你分心。”肖耀答。

虞闪闪脸一红，好像确实会哦，如果知道他来了，她的心恐怕早就飞出了考场，哪还有心思做题呢？

“谁知道你一出来就光顾着和别人说话了，我就站在你附近，听见你们说话了，有人要送你，我更不好出现了，就打车先一步来客运站了。”肖耀拧眉，有些不开心的样子。

虞闪闪要笑不笑地看着肖耀：“你是不是不高兴啦？”

肖耀别过头，佯装生气：“对啊，哄不好的那种。”

虞闪闪也不戳破，轻轻拉着肖耀的手，五指穿过他的指缝，轻轻握住：“那我就一直哄，哄到你好，好不好？”

虞闪闪的声音刻意放低了，又软又娇，甜到了他心窝里。

肖耀没吱声，但上翘的嘴角已经出卖了他，反手将她的小手包在了手心里。

虞闪闪抿住唇，忍不住笑，男孩子也太好哄了吧？

到了高家镇汽车站，虞闪闪问："你什么时候回去呀？"

肖耀把虞闪闪的东西全部拿到手上："送你到家，我就回去了，要在明早晨训前赶到。"

虞闪闪看了眼时间，已经是晚上八点多了。

"几点的飞机呀？"

"凌晨一点多。"

虞闪闪在心里算了下去机场的路程时间，两人还剩不到两小时的相处时间。

虞闪闪想了想，给外婆打了个电话："外婆，我没赶上车，嗯，上了下一趟的，差不多十点才能到，别等我啦。"

挂了电话，抬起眼，肖耀正忍笑看着她。

虞闪闪的脸一红，伸手去拉肖耀："走啦，我快饿死了，陪我吃饭。"

还是上回那条长街，不过这次总算是能吃个正经的小餐馆了。

肖耀点了两个菜，一个汤，都是虞闪闪爱吃的。

只是厨师的手艺大概不太行，吃了一口番茄鱼片，虞闪闪的小脸皱到了一起："好酸啦。"

虞闪闪爱吃酸，但这个酸一吃就知道是工业醋兑出来的，一点番茄味都没有。

肖耀尝了一口，将鱼片嫌弃地推到一边："这个不吃了，吃这个，我再点两个菜吧。"

虞闪闪拉住肖耀的手："算啦，不要浪费，而且这个菜都不行，其他的肯定也不太行。”

有服务员从身边路过，看了他们这桌一眼，虞闪闪止住声，正襟危坐，等人路过了，小声对肖耀紧张道：“她听见我们吐槽没？会不会被赶出去呀？”

肖耀笑：“怕什么，有我在呢，随便吐槽，别憋坏了自己。”

虞闪闪眯起眼，开心地笑起来。

小时候大人们常对虞闪闪说：“看你这天不怕地不怕的样子，早晚惹出事来。”

原来哪里知道，未来会有一个人出现，她在他身边，仗着他的宠爱，上天下地，都无所惧。

他就是你最大的依仗。

吃完饭出来，天已经很黑了。

肖耀牵着虞闪闪，沿着护城河，往尔滨巷的方向走。

黝黑的河面，倒映着河岸两旁星星点点的灯光，微风拂过河面，像是许多星星在闪耀。

虞闪闪感叹：“没想到夜晚的护城河，这么美，你看这河面，像不像倒过来的星空？”

“是啊。”肖耀看着河面，轻声答。

谁能想到，七年前的他一个人走到这里时，内心荒芜，差点成为河里的一缕孤魂。

到如今才知道，原来只要心向阳光，悬崖里也能开出花。

见肖耀看着河面突然沉默，虞闪闪问：“你在想什么？”

肖耀回神，看着虞闪闪笑了笑：“在想还好我活下来了。”

虞闪闪以为肖耀是在感叹过去那些不好的日子，她的心顿时软乎乎地塌陷了一片，软糯的音色带着坚定的口吻，认真道：“只要活着，就会有好事发生的，福气都在后头呢，肖耀，你一定会有很好很好的未来。”

“不是我，”肖耀停下来，看着虞闪闪的眼，认真纠正，“是我们。”

他深吸了一口气，低沉的声音因为紧张有些发颤：“虞闪闪，我喜欢你，不管是过去，还是现在，我憧憬的每一个未来都有你，有你的未来，才是未来，你……愿意和我在一起吗？”

虞闪闪的脸红扑扑的，在月色下，就像沾着露水的水蜜桃，她低下头，羞涩得不敢看肖耀的眼，视线落在他漂亮的锁骨上，轻轻“嗯”了声。

肖耀如擂鼓般的心跳一下子落了地，他小心翼翼牵起虞闪闪的手，大手包裹着小手，轻轻捏了捏。

“那我在B市等你，女朋友。”

虞闪闪没忍住，扑哧一下笑出来，她抿抿唇，不好意思地咳了声，小声道：“知道啦，男朋友。”

月光穿过云层，静静地照在两人身上。

风轻轻吹，和着蝉鸣，像在奏着最美的仲夏夜小夜曲。

这个世界从来不会辜负努力的人。

高考成绩下来的那天，电话那头的高婕和虞海生激动地欢呼起来。

虞闪闪也没想到自己能过一本线。

虞闪闪原本的打算是去F大，现在能上更好的Q大了。

填完志愿后不久，虞闪闪收到了Q大新闻系的录取通知书，她给高婕和虞海生报了喜，又把通知书拍了张照发到朋友圈，配文：“B市，我来了。”

瞬间收获十几个赞和评论。

虞闪闪一一回复了后，放下手机去洗澡。

等到从浴室出来，朋友圈又多了十几条评论，她往下翻了翻，眼睛一亮，笑了起来。

是肖耀的评论："恭迎我家小公主。"

高明朗回复肖耀："耀哥，你终于出现了？我没有眼花吧？！"

高明朗又回复肖耀："耀哥，你出现就这么秀？我受到了双重惊吓，要耀哥亲亲抱抱才能好。"

赵伊人评论："不要理楼上那个傻瓜，今天怕是又没吃药，恭喜闪闪！恭喜耀哥！闪耀党今天过年！"

虞闪闪笑着看留言，电话在这时响了起来。

屏幕上显示的是"我们耀耀"。

虞闪闪的心怦怦跳着，立刻就接起了电话。

"肖耀，你拿回手机了？"

电话那头的人轻笑着："这个月队内竞赛，我蝉联第一，奖励是拿回手机，拥有正常社交权。"

"太好啦，那我们是不是可以天天通电话啦？"

虞闪闪声音都透着雀跃，又听见肖耀说："闪闪，我想你了。"

想天天腻在她身边，不是像现在这样仅靠着手机，只能听得见她的声音。

可现在他在沉淀，努力是为了更好地奔向她。

肖耀的声音很低，带着点嘶哑："每一天，都很想你。"

想到护城河边那个晚上，虞闪闪红着脸颊，声音柔得像要掐出水来："我很快就去 B 市啦。"

九月的 B 市，已经入秋，肖耀站在宿舍阳台上，干燥的秋风刮在脸上，他看着天边的星辰，想着几千公里外的陵城，是不是也能看见这夜的繁星。

"B 市的天很干燥，你要多带点补水的。最近还有沙尘暴，也不知道到你来的那天还有没有，我给你买了一套装备，寄到尔滨巷门口的小卖部，留了你的电话。”

虞闪闪认真地听着，嘴角噙着甜甜的笑。

交代完一大通，最后肖耀说：“你在学校乖乖等着，等我去见你。”

虞闪闪轻轻“嗯”了声，声音又乖又软：“知道啦，那你来之前要给我发信息哦。我不要什么惊喜，知道你来，我一定要化好妆穿上最漂亮的衣服，跑着去见你，你让我感受一下，像树袋熊一样挂在男朋友身上是什么感觉。”

这就是他的小姑娘，爱美又有些娇气。肖耀心里好像下了一场雨，土地变得湿漉漉的，有翠绿的嫩芽慢慢冒了尖。

肖耀低声笑了起来：“好呀。”

第十二章
你最闪耀

★ ☆ ★

Xiao Shanyao

九月中旬，虞闪闪拎着大包小包的行李，准备前往 B 市。

赵伊人和高明朗来送她，他们都留在了陵城本地读书，其实赵伊人考得不错，按她的分数能上更好的大学。

至于她为什么会留在陵城，别人或许不知道，虞闪闪倒是能猜到一些。

虞闪闪看了眼帮她往车上搬行李的高明朗一眼，压低声音调侃赵伊人道：“我还以为你会去 S 市。”

那个赵伊人跟她提到过多次，向往的大城市。

赵伊人的脸难得出现愠色，咳了一声，轻飘飘道：“我这不是为了奖学金嘛，我这分数留在这里，进去就能拿奖学金，多好。”

“赵伊人，我看你要骗自己骗到什么时候。”虞闪闪笑，也不说破。

赵伊人嗫嚅着，想要争辩几句，但看见搬完行李从车厢钻出来的高明朗，还是把话咽了下去。

火车要开了，虞闪闪抱了抱赵伊人：“我走啦，等放假了有机会我就回来看你。”

赵伊人眼睛红红的：“到了给我打电话啊。”

高明朗在一旁咋咋呼呼：“赵伊人你赶紧松开，女神，我也要抱。”

回应他的，是来自赵伊人的脚底板，高明朗惨叫着跳开，赵伊人追上去打，虞闪闪看着打打闹闹的两人，笑着摇了摇头，上了车。

到了B市，尚未适应北方的天气，就开始军训了。肖耀十一月初要飞去法国参加世界击剑锦标赛，这段时间忙得几乎见不了人影，虞闪闪来到B市这么久，两人仅通过几次电话，每次说不上几句话，就匆匆挂断。

直到军训结束，正式开学。

这天周末，虞闪闪刚从图书馆回来，寝室的伍艺云就热情地拉着她道："闪闪，你赶紧化个妆，等下是我们宿舍的第一次集体活动。"

虞闪闪一愣："什么活动呀？"

卢珏捏着粉扑从化妆镜前探出个头，冲她眨眨眼："和金融系的一个男生宿舍联谊。"

"联谊？"顿了一下，虞闪闪问，"是我理解的那个联谊吗？"

短发姑娘王雨萱笑起来："不要怀疑，就是那个联谊，大学啊，再不谈恋爱，就老啦。"

"我就不去啦，我有男朋友啦。"虞闪闪连忙声明。

"你有男朋友？怎么都没听你说过？"

虞闪闪摊手："又没人问我……"

"平时也没见你约会煲电话粥啊，你是不是不想去才故意说你有男朋友？"王雨萱凶巴巴地戳了戳虞闪闪的脑门。

虞闪闪竖起手指发誓："真的，我和我男朋友是高中同学。"

"你们异地啊？他在哪儿念书？"

"他……"想到肖耀说过他现在的训练要保密，虞闪闪含糊道，"他没参加高考，练体育的。"

三个女孩互看了一眼。

没参加高考，估计成绩不行，又是练体育的，几个人瞬间脑补出一个五大三粗的形象。

再看看虞闪闪，娇滴滴的小甜糖，跟五大三粗的汉子站在一块儿，那画面，太“暴殄天物”了。

卢珏已经给自己化好了妆，叹气道：“那怎么办，对方也是四个人哎，我们少一个人，还联啥谊呀，哎，我这都化好了妆的。”

“可不，我还特意洗了个头呢。”

三人纷纷看向虞闪闪。

虞闪闪被看得心里发毛，不自觉往后退了几步：“别看我，我真不去……”

最后虞闪闪还是被三个室友硬给架了出去。

联谊地点是万象城新开的一家日料店，吃完饭，几个人起哄着要去唱歌。

已经很晚了，虞闪闪不太想去，找借口：“我就不去啦，我肚子有些不舒服，想回去躺着。”

几个人想起虞闪闪席上确实没吃多少，也就没说什么。

虞闪闪着急赶最后一班地铁，走路都带风，手机响了一下，虞闪闪边走边掏出来看。

肖耀：“闪闪，我们紧急通知明天去巴黎，我先收拾东西，差不多一个小时后到你学校。”

这也太悲催了吧？

虞闪闪赶紧回复了个“好”，走路变成了跑。

屋漏偏逢连夜雨，好不容易赶到地铁站口，工作人员正拉上闸门，地铁停运了。

虞闪闪站在路边，急得跺脚，大周末这个点儿的万象城，真不好打车。

虞闪闪正焦急着，一辆路虎在身边停下，车窗摇下来，露出一张有些眼熟的脸：“虞同学，我刚好想起来有些事要回学校，我送你一程？”

这简直是救命了。

“那太好啦！”虞闪闪感激万分，没多想什么就上了车，还不忘道谢，“谢谢你……”

虞闪闪一顿，糟了，刚才都没注意听别人叫什么。

幸好对方不介意，笑笑说：“我叫欧驰，欧阳的欧，驰骋的驰。”

一路虞闪闪都在看手机，欧驰当她是真的不舒服想要早点回到学校，一路把车开得飞快。快到校门口时，欧驰看见路边的药店，车速慢了下来，体贴道：“我去给你买点药吧。”

虞闪闪趴在车窗张望，闻言摇了摇头：“不用了，欧同学，你在前面这里停就好了。”

她好像看见肖耀了，连语气都欢快起来。

“谢谢你啊，同学。”

车刚刚靠在路边停稳，丢下句话，虞闪闪就迫不及待地冲了下去。

“肖耀！”

朝思暮想的身影，就在离自己不到一百米的方向。肖耀听见声音转过身，鸭舌帽下冷峻淡漠的五官在看见黑夜中朝他奔来的人儿时一瞬间有了神气。

他弯起唇角：“慢点儿。”

小鸟儿在靠近他时做了个起跳的动作，撞进他怀里，他稳稳接住她，抱着她的腰转了几圈。

虞闪闪“咯咯”地笑着，两手圈在他的颈后，低头看他，笑声似浸了蜜般，透心地甜。

路过的人都被强行喂了把“狗粮”，而坐在车里的欧驰，目瞪口呆地看着这一幕，心中顿时有一万匹马奔过，刚奔到一半，就被对方在“百忙之中”抽空瞟过来的那森森一眼，硬生生给吓回去了。

欧驰吞了吞口水，不是，兄弟，我还什么都没做，你为什么要用那种目光看我？

学校对面，就是井湖文化公园，平时晚上有很多人在这里散步或健身，但是这个点儿，已经没人了，路灯下，肖耀一只手牵着虞闪闪的手，一只手拖着半人高的行李箱。

虞闪闪问："怎么突然要提前去呀？"

"嗯，要先去适应时差，等到回来都要下个月了，估计不能陪你过生日，提前把生日礼物给你。"肖耀从口袋里拿出叠得方方正正的一张纸来递过去。

"什么东西呀？"虞闪闪好奇地打开，然后就是一愣。

纸里包的是一张银行卡，纸上写了一串账户号码。

"我这些年的奖金还有活动的酬劳，都在这张卡里，还有以后的收入，也会打在这张卡上。这个呢，是这张卡的电子账户，密码是你的生日。"

肖耀脸上难得有些少年人的局促和不安："虽然现在没有多少，但我会努力让它变多的。"

虞闪闪蒙了，反应过来肖耀这是把自己的全部身家交给她后，把卡重新塞回他怀里："我不能要这个，你都给了我，你平时花什么？出国比赛还要花钱呢。"

肖耀躲开虞闪闪的手，认真道："队里管饭管住，还有补贴，我没有要花钱的地方。"

见虞闪闪还不愿意，肖耀委屈地垂下了眼："闪闪，你是不是不想收我的礼物啊？那次送了你奖杯，你也没要。"

这一大口锅扣下来，虞闪闪忙解释："不是……我开始真没想到那个奖杯是要送我的，我以为你放一座奖杯在那是拿来压字条的。”

“开始？”肖耀抓住了虞闪闪话里的重点，“所以，后来你知道了？”

虞闪闪点点头：“对呀，后来去帮黄老师拿横幅，知道你前一天拿奖的事情，我就猜那个奖杯会不会是你要给我的。”

肖耀看着虞闪闪：“所以，你知道了，后来还是没有要。”

“我是觉得那个奖杯太贵重啦，那个时候我们又没有在一起，怎么好意思拿啊？”

“那现在在一起了，你为什么还是不想收我的礼物？”

“这不一样……”

虞闪闪还想拒绝，可肖耀看她的目光带着些委屈还有些幽怨，让她一下子就说不出口了。

肖耀认真地看着虞闪闪：“闪闪，我什么都没有，这是我唯一能给你的，如果和你在一起，却什么都不能给你……闪闪，其实是我自私，只有这样，我才心安理得。”

肖耀神色淡淡，一直以来一张温和而又充满善意的笑脸，鲜少透露出原生家庭带给他的伤害，这是第一次在虞闪闪面前承认自己的不安。

虞闪闪心里软了软，最后还是把卡收下：“那我先替你保管。”

沿着井湖走了一会儿，虞闪闪有些累了，两人在路边的长椅上坐下。虞闪闪突然想起什么，抱着肖耀的胳膊主动承认错误：“今晚我室友强行拉我去充数参加了个联谊活动，但是我一直都在吃饭没有和对方说话哦，吃完饭我就走了哦。”

女孩娇娇俏俏，认认真真地说着。

肖耀看了虞闪闪一眼，脸色却很平静：“我知道，我看见那辆车了。”

“你看见了？”

虞闪闪停了下来，转过头，皱着眉头看着肖耀：“你看见了，那你怎么一点儿不吃醋呢？”

肖耀缄默。

虞闪闪干脆放开肖耀的手，站到他面前，双手叉着腰，抿着唇，两颊微微鼓起来，不怎么开心地看着他。

小公主生气了。

肖耀绷不住笑了，他发现自己只要对着虞闪闪，再怎么想要假装生气都装不了，情绪是不会骗人的。

虞闪闪是他压低帽檐都要抬头深情仰望的人，哪怕捂住嘴，爱意也会从眼睛里跑出来。

他站起来，将她抱进怀中，眼里像有着揉碎的星河：“我是吃醋，可是一看见你，就只顾着开心了。”

虞闪闪愣了一下，脸上慢慢染上点点绯红，圆鼓鼓的脸颊顿时瘪了下去，换成掩不住的笑意。

肖耀掌心很烫，捧着虞闪闪的脸，让她抬头看他：“所以现在，你想好要怎么哄你吃醋的男朋友了吗？”

虞闪闪眨眨眼，踮起脚，微微仰头，在他唇上亲了一口。

“够不够？”

他笑，摇摇头：“不够。”

虞闪闪干脆反手捧住他的脸，往前一拉。

一下，两下，三下。

她脸红扑扑的，笑着问：“这样呢？”

虞闪闪腰间一紧，跌进了肖耀怀里，他将她抱得很近，两人紧密地贴在一起，隔着厚厚的衣服，她都能感受到他的炙热和那颗心跳。

肖耀很高，大手托着虞闪闪的后脑勺，迫使她仰头看着他。

月光淡淡照在他的脸上，棱角分明的五官看起来更精致了。

肖耀盯着她嫣红的唇，笑了笑。

“这样才够。”

话音落，他覆上她的唇。

一瞬间，虞闪闪只觉得自己的脑子里在冒蒸汽，她红着脸想，为什么肖耀明明清秀温和的一个人，一吻她就野得不行？

末了，肖耀还报复性地咬了她一下：“闪闪，这才是亲吻，下次不要忘了。”

虞闪闪气息还有些乱，红着脸说不出话。

肖耀抬起头，离远了一些，看着她尚未反应过来的呆萌样，好笑地在她鼻子上刮了一下：“走吧。”

虞闪闪：“去哪儿？”

他对她晃了晃手机：“再晚你们寝室就要关门了，我送你回学校。”

虞闪闪下意识地问：“那你呢？”

肖耀眨了眨眼，笑道：“送了你，我就要去机场，和我们队会合。”

从井湖到学校宿舍，明明很长的一段路，这天却很快就走到了宿舍楼下。

宿管阿姨就要落锁，几个晚归的女生正在往里跑。

虞闪闪离宿舍楼越近话越少，到现在一言不发地垂着眼看脚尖，闷闷不乐的样子让肖耀心软得不行。

肖耀摸摸虞闪闪的头：“快去吧。”

虞闪闪紧紧地抱了一下肖耀：“那你到了巴黎给我发信息哦。”

“好。”他答应。

虞闪闪放下手，看了肖耀一眼，想了想，又说：“听说国外的饭菜不好吃，你去门口的二十四小时便利店买点老干妈——对了，你钱都给我了，你还有钱买吗？要不我拿……”

“闪闪，”肖耀打断虞闪闪，憋住笑，一把拉住她的手，指腹摩挲着她的掌心，“你再不走，就走不掉了，我刚才看见你们学校对面有酒店。”

虞闪闪成年了，平时和舍友们在宿舍里看一些爱情电影，男女主角情到浓时总会情不自禁，她脸一下子涨红，“啪”的一下打掉肖耀的手：“我走啦！”

刚才还一副依依不舍的样子，现在跑得比兔子还快，几步跑进门，宿管阿姨拉上宿舍楼的网门，虞闪闪站在里面对肖耀摆摆手：“那我上去啦。”

肖耀摆摆手，看着虞闪闪上了楼，又站了一会儿，才慢慢转过身，看了一眼四周，肖耀脸上浮起一丝浅浅淡淡的笑意。

这就是她生活学习的地方呢。肖耀在校园里，一步步慢慢地逛着，想象着每天虞闪闪路过这里鲜活明媚的样子。

不能陪伴她，至少也要把她生活的每一个角落刻在脑海里。

“肖耀——”

安静的校园里，突兀地响起一道女声，肖耀动作一顿，慢慢转过身。

虞闪闪就站在几米之外的路灯下，喘着气看着他。

肖耀愣了，反应过来后快步走向她，呆呆地问：“你怎么……”

虞闪闪抱着肖耀的腰，头贴在他的胸口，声音有些埋怨：“我查了B市飞往巴黎的航班，最近的就只有明天早上七点五十六分的，你想在这里晃到早上吗？”

“呃……”

肖耀没说话，半晌，他紧紧抱住虞闪闪，细不可闻地叹了声。

最后两个人还是去了酒店，付钱时，肖耀说：“闪闪，用那张卡，男人要是用老婆的钱开房，会折寿的。”

前台服务员偷偷在笑。

虞闪闪本想用自己的钱，肖耀这么一说，只有拿出那张卡，密码是她的生日。

等到开了房间门才发现自己刚才太过紧张没注意，竟开了间大床房。

超大的双人床上，放着浴巾叠成的交颈天鹅，中间还有一朵鲜红的红玫瑰。

虞闪闪红着脸，不敢看肖耀，说了声：“那我去洗澡了。”就躲进了卫生间。

虞闪闪磨蹭了很久，才洗完，关掉花洒，穿上酒店的浴袍。外面有浴袍就算了，可内衣怎么办……她刚才头脑一热跑出来，没有带换洗衣物。

正愁着，肖耀在外面敲了敲门：“闪闪，你洗好了吗？我刚才下去给你买了一次性的衣裤。”

话音刚落，卫生间门被人猛地拉开，虞闪闪探出头来从肖耀手里抢过袋子，然后又一下关上门。

“闭嘴。”

肖耀：“呃……”

虞闪闪换好衣服，才慢吞吞地走出来。

肖耀的行李箱打开着，他坐在靠窗的公务椅上看手机，听见声音抬起头。

虞闪闪的头发湿漉漉的，浴袍有点大，露出她线条优美的锁骨，白皙的皮肤上缀着一层红晕。也不知道是热气熏的还是羞的，她目光不敢和他对上，盯着自己的脚尖说：“我先去睡觉啦。”

上床必须要经过肖耀，路过他面前时，肖耀一把抓住她的手。

虞闪闪眼睛瞪得大大的，捂住自己的领口，和受惊的小白兔一样："你……你……你……"

肖耀刚伸出手，虞闪闪一下子死死闭上眼，一副英勇就义的模样。

"啊——"

下一秒，额头被人弹了一下，虞闪闪痛得叫了一声。

睁开眼，对上肖耀促狭的目光："给你吹个头，不要湿着头发睡觉。"

虞闪闪愣住，僵硬着被肖耀按到椅子上坐好，吹风机打开，他细心地撩起她的头发慢慢吹着，虞闪闪藏在湿发里头的耳朵在发烫，她刚才还以为……还以为……

不管怎么样，这太令人尴尬了。

虞闪闪越想越觉得恼，尝试着挽回刚才的形象："你刚刚弹得我好疼。"

"对不起。"肖耀笑了笑。

虞闪闪眼睑低垂，不开心地嘟起嘴："你下手怎么这么重呀？你是不是不喜欢我了？！"

肖耀脸上的笑意越来越大，他女朋友怎么会这么可爱呀？他的心都要被她甜化了，这下他连声音都带着腻死人的宠溺："我错了，要不，给你随便弹十下？"

肖耀的撩头发的手，有意无意地掠过虞闪闪的耳骨。

虞闪闪的耳朵有些麻麻的感觉，她微微躲开他的手："算啦，我不跟你计较。"

吹完头发，虞闪闪迅速钻进被子里，侧过身将自己缩成一个小团子，棉被拉到眼睛下面，她软声宣布："我睡啦。"

"快睡吧，我收拾一下。"肖耀应了声，顺手关掉了大灯，只留了走道一盏背景灯。

虞闪闪说是要睡觉，可其实她一直没有睡，闭着眼，耳朵却竖得比谁都高，一直在听肖耀的动静。

听着听着，虞闪闪连自己什么时候睡着了都不知道。

睡到半夜，虞闪闪被渴醒，她翻了个身，睁开眼，看见坐在床头椅子上的人，迷糊地眨了眨眼，三四秒后才反应过来她在哪儿，她在干什么。

床头的电子钟显示“2：37”。

虞闪闪揉着眼睛坐起来：“肖耀，你怎么还不睡呀？”

肖耀抬起头，拿了杯水走过去，边走边道：“我五点多就要走，怕闹钟吵醒你，就不睡了，顺便还能看点比赛视频，你乖乖睡觉。”

水送到嘴边，虞闪闪就着喝了口，然后乖顺地躺了下来。

肖耀给虞闪闪掖好被角，又摸了摸她的脸颊：“睡吧，我陪着你。”

虞闪闪贴着肖耀的手心蹭了蹭，猫儿似的，困得眼睛睁不开，嘴里还含糊道：“肖耀，你等下悄悄走哦，不要弄醒我……我不想看着你走。”

肖耀眼中染上笑，看着虞闪闪娇憨的脸，又心疼又怜爱，压着嗓子轻声哄：“知道啦。”

窗外是城市昼夜不熄的灯光，厚重的玻璃折射着光影，光圈一圈叠着一圈，朦朦胧胧的样子，竟生出些醉人的温柔。

醒来时，肖耀已经不在了，桌上放了一堆早餐。

手机里是肖耀的留言：“B 市特色早餐，不知道你爱吃什么，就都买了点儿。”

虞闪闪看着手机笑起来，回：“耀耀最好啦，比心。”

那么多早餐，虞闪闪一个人吃不完，都拎回了寝室。

见虞闪闪回来，三个室友脸上都出现了暧昧的笑。

“夜不归宿啊，虞闪闪，出息了你。”

“怎么样？什么感觉？快给我们说说。”

“这个是欧帅买给我们的聘礼吗？这可不行，至少得承包我们一年的早餐。”

虞闪闪一脸蒙：“你们在说什么呀？这是我男朋友买的，他昨晚来看我了，太晚了，我们就在学校对面的酒店住了一晚。”

伍艺云一愣：“男朋友？那个体育生？”

“是的呀，他要去比赛了，特意赶来见我一面。”虞闪闪脸上带着甜甜的笑，一副热恋中的模样。

卢珏和王雨萱对看一眼，昨晚欧驰在饭桌上就表现出对虞闪闪极大的兴趣，在虞闪闪走后，他就立刻追了过去。本来她们看虞闪闪一晚上没回来，还以为是和欧驰有好消息呢。

卢珏小声跟王雨萱说：“哎，我还以为他俩有戏呢，欧帅有钱有颜，两人又是一个学校，怎么也好过她那个几个月不见一次的男朋友吧，这交个男朋友还不能天天在一起，还比不上电子男友呢。”

王雨萱看了眼正哼着歌打扫宿舍的虞闪闪，想了想：“也不能这么说，真心喜欢的人，就算隔着天涯也能在一起，子非鱼焉知鱼之乐。”

卢珏还是觉得不满意：“哎，我就是觉得可惜，一个五大三粗的体育生，哪里懂得疼人？”

卢珏拿了份虞闪闪带回来的早餐，开始玩手机。

她是一个追星女孩，不过本质是个“颜控”，“墙头”十几个，每天不是在舔颜就是在“爬墙”的路上。

这几天卢珏的新晋“墙头”，是一个在韩国出道刚刚回国发展的偶像尹巍，可这天一打开手机就看见尹巍的粉丝群里早就炸翻了天。

“今早在B市机场给尹巍送机，大金现场‘爬墙’了。”

“你开什么玩笑？”

“是真的，我也在现场，本来大金扛着相机拍尹巍呢，结果拍着拍着镜头就对准了路过的一个小哥哥，人走了还在那喊，‘这是谁啊？他叫什么名字？好帅啊啊啊。’”

“有照片吗？我不信。”

“不知道是不是艺人，身边也没跟助理，就他一个人背着个长长的袋子，推着行李箱走，后来进了安检，我们就跟不进去了。”

“这种颜值，肯定是哪家新签的艺人吧，不吹不黑，小哥哥真的是神仙级美貌，我还拍了张照片。”

卢珏点开大图，直接愣了。

照片上，挺拔清瘦的冷漠少年匆匆路过一群追星少女，被定格成静态。他看起来比一旁身高一米八三的尹巍还要高一些，一身低调的黑色装束，戴着连帽卫衣的帽子下面还多戴了个鸭舌帽，帽檐压得极低，但依然挡不住那张惊心动魄的神颜。高挺有致的鼻梁，轮廓优美的薄唇，上挑的杏眼，每一个部位都长在了卢珏的审美点上。

换“墙头”如翻书的卢珏立刻就把图下载下来，替换掉尹巍的照片设置成自己的手机屏保。

下午新媒体运营课，卢珏不时地掏出手机舔颜，虞闪闪坐在她旁边，无意间瞥见她手机，顿时就是一愣。

卢珏看见虞闪闪看着她手机屏幕愣住，还开心地把手机拿给她，分享自己的新“墙头”。

“帅吧？”

虞闪闪愣愣地答：“帅……”

“我今天在追星群看见的，今早在机场拍的，也不知道这个小哥哥是哪家藏着的练习生，等他出道我一定支持他。”

“那个，”虞闪闪忍住笑，打断卢珏，“这个图转发给我一份。哦，对了，忘了介绍，这就是我男朋友。”

卢珏："什么？！"

等看到虞闪闪的高中毕业照，卢珏才承认自己对体育生的偏见实在太大了，要是国家能分配给她一个这样的男朋友，别说几个月不见面了，守活寡她都愿意。

这么一个大乌龙事件，虞闪闪自然是分享给了赵伊人。

只是没说两句她就听出赵伊人的情绪好像有些不对劲，心不在焉的。

虞闪闪问："怎么了伊人，你有心事？"

电话那边长长叹了口气，犹豫了一下才道："高明朗辍学了。"

"什么？！"虞闪闪一下子从床上坐了起来，"他怎么就辍学了？"虞闪闪顿了一下，忽然想起来前段时间高明朗在朋友圈发众筹的事，他爸走夜路摔了一跤，高位截瘫了。

"是因为他爸爸？"

"是啊，"赵伊人蔫蔫的，"他要去工作，养活他爸。"

虞闪闪一时有些感慨，世事无常，那个天真的少年终究在生活里长大了。

她安慰赵伊人道："我觉得高明朗挺好的，是个有担当的人。"

"可是我妈她，"赵伊人小声道，"她最在乎学历了……"

虞闪闪耳尖地听出了些什么，她忍不住笑起来："赵伊人，所以你是在担心你妈看不上辍学的高明朗？你俩都发展到见家长这步啦？"

窒息的沉默中，赵伊人忽然意识到自己刚才脱口而出了些啥，她红着脸连忙否认："什么跟什么呀，我的意思是说我妈对我交朋友的态度！什么见家长，我看啊，你是想带肖耀见家长了吧。"

"赵伊人，你跟我还害羞啊。"

"虞闪闪！"

两个女孩子隔着电话笑闹起来。

虞闪闪一直以为赵伊人和高明朗迟早会在一起，这是板上钉钉的事。至少，那个时候，在隔着电话线和赵伊人说起高明朗的时候，甚至于在赵伊人渐渐减少了提到高明朗的次数后，她都是这样以为的。

很久以后她才知道，不是每段感情都能有合适的轨迹，不是每一份心意，都能够善始善终。

伍艺云和王雨萱都在联谊活动后“脱单”，卢珏最近老往对面的体育学院跑，一到周末，宿舍里就剩下虞闪闪一个人。

这天太阳不错，虞闪闪拆了被套洗，看见一直压在枕头下的那张卡，她想了想，打开电脑，登上肖耀的电子账户。

本来想看看肖耀有多少钱，一看就被账户里小十万元的余额吓了一跳。

她给肖耀发了个信息：“你卡上怎么那么多钱啊？”

等到肖耀回复，已经是晚上。

“都不够给我的小公主买全世界最漂亮的小裙子，最闪亮的珠宝，也买不到一间大房子，悲泣，生命不止，赚钱不息！”

话是这么说，但对于一个没有父母、背景的人来说，在不到二十岁的年纪，拥有小十万块钱已经很优秀了。

虞闪闪安慰：“咱俩一起努力，小裙子会有的，大房子也会有的。”

虞闪闪忽然想起从前高婕一直有理财的习惯，钱放在卡里也是放着，做点理财还能收点利息，积少成多嘛，第二天就给高婕打了电话。

高婕和虞海生所在的工程队年前做完桐城的工作后去了更偏僻的西北，那里信号不好，有时十天半月都发不出一条信息。

好不容易打通，虞闪闪问：“妈，我记得你以前老买的理财产品，是怎么一回事？要怎么买？买哪种？”

“就……我……期……”

电话断断续续，没听清几个字，就断了。

虞闪闪没辙，挂了电话后凭着本能随便选了个看起来顺眼的买了。她对理财产品唯一的印象就是持续时间长，要好几个月才有收益，所以，过后她就把这事抛到了脑后，专心攻克起专业书来。她有好多证要考，还有好多兼职要做呢。

这一年的冬天来得很早，不过十一月中旬，B 市就下起了雪，皑皑的白雪洋洋洒洒铺满了整个校园，很多南方的学生第一次看见这样大的雪，纷纷在雪里打起雪仗来。

卢珏是北方人，站在阳台上看着她的三个南方室友在雪中闹，无语地摇头：“喂！你们三个，差不多就回来了！冻感冒了我可不管你们哦。”

突然间，虞闪闪搁在床头的手机响起来，卢珏拿起来看了眼，对楼下喊：“闪闪，你的电话！耀耀的！”

楼下的虞闪闪抬起头，被王雨萱扔过来的雪球砸了一脸。

她却开心得不行，嘿嘿地笑着，对着楼上喊：“是我男朋友，卢珏，你帮我接一下，跟他说我马上就上来啦。”

“你男朋友……是那个小哥哥？”

卢珏指着手机难以置信，激动得不行，接电话时声音都有点发颤：“你好！我是虞闪闪的室友，她马上就来，还有，我是你的粉丝！”

颜粉。这两个字被卢珏吞进了肚子里。

“你好。”电话那头声音淡淡的，之后便没再多说一句话。

可能跟偶像打一声招呼，卢珏已经满足得不行，等虞闪闪上来后，立刻双手把手机给她呈上。

“喂，耀耀，怎么啦？”

击剑属于小众体育比赛，不是热门项目，所以连直播的平台都没有，肖耀去比赛几天，她只有靠着闲下来时打电话得知他那边的赛况。

这天，是决赛。

那边很吵，有欢呼声有口哨声，嘈杂声中，肖耀的声音带着克制的激动，坚定地透过横跨近万里的信号传来。

虞闪闪忽然意识到了什么，心跳得很快。

“闪闪，我做到了。”

虞闪闪屏住呼吸，心脏在狂跳：“你……”

她一时不敢说出那两个字，怕说出来万一不是会让肖耀难过。

下一秒，电话那头的肖耀笑起来：“冠军是我的！”

十九岁的肖耀，在禁赛两年后，直接出征世界击剑锦标赛，以左手剑一战成名。他如一匹初生的黑马，以势如破竹的气势，拿下了本届的冠军，扬名海外，他辉煌灿烂的击剑生涯，自此开始。

肖耀回国那天，虞闪闪去机场接他。

B市下了好大的雪，虞闪闪穿着白色的长款羽绒服，依然挡不住北方的寒冷。

肖耀一出出站口就看见了一个白白的糯米团子在那里张望，她一眼就和他的目光对上。

“肖耀！”虞闪闪开心地招招手。

肖耀对教练说：“教练，我女朋友来了，我先去找她了。”

“知道了，三天后的训练记得准时回来。”肖耀拿了冠军，教练给他放了三天假。

同行的队员们发出起哄的声音，作为一年多的朋友，他们击剑队几乎都知道肖耀有个放在心尖尖上的小公主。

肖耀对他们笑了笑，便向着虞闪闪跑去，一牵起她的手，就心疼得不行，抓起来放在唇边哈了好几口气："怎么这么凉呀？没戴手套出来吗？"

虞闪闪摇摇头："我忘记戴了呢。"

肖耀没办法地叹了口气，他知道虞闪闪自从家里出事后就很节省，身上这件羽绒服，都穿了三年，羽绒都快洗完了，不冷才怪。

来不及放行李，肖耀就拖着虞闪闪去市里的商场，帽子、围巾、手套、羽绒服、雪地靴，买了一整套，又亲自给她穿戴好。

大大的羊毛围巾围起来，虞闪闪的脸就只剩巴掌大，她冲肖耀呵呵地笑："不冷了呢。"

肖耀捏着虞闪闪的脸颊："傻不傻，给你钱都不知道花。"

虞闪闪眨眨眼，被肖耀这么一提醒，才想起来，那些钱她自从上次买了理财产品就没管过。

回到宾馆，虞闪闪第一时间打开了笔记本电脑，登上了电子账户。

虞闪闪一愣，揉了揉眼睛，退出去重新登一下，仔细数了数数字。

"肖耀。"

肖耀正在收拾行李，虞闪闪突然喊他，声音还有些颤抖。

他抬起头："怎么了？"

虞闪闪说："你快过来看看。"

肖耀立马放下手里的事，走过去，虞闪闪指着电脑屏幕，一脸呆滞："这……"

肖耀看见账户总资产数字的那刻，也有点儿蒙，好半天才道："闪闪，你会生钱吗……"

两人还以为是银行打错了钱，打电话去问客服，对方一番解释后虞闪闪才知道，她把理财产品买成了基金，那个基金放在账户里，已经翻了几番。

虞闪闪赶紧把持有的基金都卖掉，捂着胸口说："还好它涨了，要是给你亏完了，我得愧疚死。"

肖耀半晌都没说话。

虞闪闪回过头，仰着头问肖耀："怎么啦？"

肖耀老实说："我在想，老婆是锦鲤怎么办？"

虞闪闪被肖耀一脸认真的表情逗笑，半晌反应过来，他"老婆"两个字叫得还挺娴熟。

虞闪闪捂住脸，这个人怎么这么不害臊啊？不过，听肖耀说这两个字，还蛮开心的。

晚上，虞闪闪洗了澡后就上了床，她的心怦怦跳。上一次是因为肖耀第二天走得很早，所以两人并没有面对一起睡觉这个问题，可这天不一样。虞闪闪红着脸，心里一通胡思乱想，可肖耀洗漱完后拿了一杯水放在她床头，然后径直上了她隔壁的床。

虞闪闪眨眨眼，一时有些愣。

肖耀对她笑笑："现在要睡觉吗？我关灯了？"

虞闪闪愣愣地点点头。

"晚安，我的小公主。"

肖耀"啪"一声关掉了室内的灯，黑暗中，虞闪闪侧过身。

说不上怎么一回事，虞闪闪觉得自己有些失落，可随即她又想，她这样好像个色女哦。

肖耀睡眠浅，半夜虞闪闪一踢被子，他就醒了。

肖耀眼睛已经适应了黑暗，隔着一条走道，虞闪闪不舒服地翻来覆去，嘴里还发出难受的哼唧声。

"闪闪。"

肖耀轻声叫她。

虞闪闪没有反应。

肖耀打开床头灯，走下床凑近去看，才发现虞闪闪脸上红得不正常，手贴到她额头一试，心中顿时“咯噔”一下，好烫。

都不用体温计，肖耀就知道，她发烧了。想起在机场握住她手时的冰凉，肖耀大概明白了，她白天在寒风中等了太久，或许早就有点风寒的征兆，可她高兴了一整天，没注意到身体细微的变化，直到睡着后，病症在身体放松后全发出来了。

肖耀拧了湿毛巾盖在她额头，想着去外面药店买点退烧药，可他刚一站起来，虞闪闪就拉住了他的手。

肖耀低下头，虞闪闪不知道什么时候睁开了眼，用一双烧得浮肿的眼眸可怜兮兮地看着他：“你又要走了吗？”

肖耀摸摸虞闪闪的手背，安抚：“乖，你发烧了，我去给你买药，很快就回来。”

虞闪闪点点头：“哦。”

可虞闪闪依然没有松开攥住肖耀的手，肖耀只不过使了点力想要抽出手来，她立刻撇起嘴，眼眶里盛了两泡泪：“你又要走了。”

肖耀很快反应过来，虞闪闪这是烧迷糊了，此刻约莫不清醒。他弯起嘴角，宠溺地伸手擦擦她的眼尾：“那你不哭，我就在这里陪着你好不好？”

虞闪闪吸了吸鼻子，很乖地点点头，将眼泪用力憋回去，还要抬起头给他看，小模样萌得不行。

肖耀温柔地笑出声，他的小公主，怎么这么可爱。

肖耀说到做到，重新坐回床边，给前台拨通了电话：“喂，您好，请问有退烧药吗？可以送一份来 2801 吗？”

通电话时，虞闪闪一直不安分，她顺着肖耀的手，翻身抱住他的腰，小脑袋搁在他怀里，蹭过来，蹭过去。

肖耀温柔地掐了掐她的脸颊：“闪闪，别闹。”

肖耀伸手拦住她继续蹭的动作，虞闪闪生气了，“啊呜”一口咬在他的手背上。

肖耀也没动，温柔地任虞闪闪咬，等到她松了口，手背上一圈牙印。虞闪闪抓着他的手，一看，眼泪又要往下掉："呜呜呜，耀耀疼不疼？"

肖耀笑笑，温柔地摸摸虞闪闪的头："不疼。"

"骗人！"虞闪闪抽泣着控诉肖耀，"你每次都说不疼，其实我知道，怎么会不疼呢？你又不是超人，受了伤，都会疼的。"

肖耀心里一下子又温暖又觉得心酸，原来虞闪闪什么都知道。

虞闪闪还在抽泣，委屈得不行："下次疼了不能再骗我了，我疼你，全世界我最疼最疼你了。"

肖耀低头吻了吻虞闪闪的额头："好，不骗你。"

外面响起叩门声，客房服务员在外面说："您好，我来送退烧药。"

肖耀应了声，低头对抱着他不愿意放手的小祖宗说："闪闪乖，松一下手，我去拿个药。"

虞闪闪使劲摇了摇头，还加紧了环抱的力度。

肖耀没办法，只有将虞闪闪抱起来，抱着她去开门。

门一开。

服务员震惊地看着眼前这令人窒息的场面，而肖耀面不改色地接过药："谢谢。"

关上门，肖耀看着怀里玩他睡衣扣子的虞闪闪摇着头笑了笑，可还要烧水冲药，他右手使不了太大力，抱着她不太方便，他低下头，和虞闪闪打商量："闪闪，我要冲药，我背着你好不好？"

虞闪闪点点头，吊着肖耀的脖子爬啊爬，乖乖在他背后趴好。

不大的房间里，肖耀一路背着她，烧水，冲药，喂药。退烧药有些苦，虞闪闪喝了一口就耍起无赖："太苦了，我还是去睡一觉就好了。"

肖耀没办法，只有自己喝一口，再哄她："不苦，你看我喝了，是甜的，你再尝尝？”

虞闪闪乖乖地凑过去喝了一口，眉头依然皱着，却中肯评价：“药是苦的，你是甜的。”

药效很快就上来，虞闪闪折腾了半天，终于渐渐安分下来，可她即使困得睁不开眼，还时不时要睁开眼看他一眼。

肖耀心中明白，想了想，还是掀开被子躺在虞闪闪身边，她立刻滚到他的怀里，抬头问：“你会走吗？”

肖耀将虞闪闪的头按回怀里，吻了吻她的发，温柔地说：“不走了，我就在你身边，哪儿都不去。”

虞闪闪从小到大很少生病，一生病，就又急又凶。第二天，烧退了一点，人也清醒了点，肖耀就带着她去了医院，在医院里挂了两天水，才恢复过来。

虞闪闪有些不开心，肖耀难得休假三天，结果全浪费在她的风寒上。

肖耀看出来了，摸着虞闪闪的头说：“以后我每个周末都来看你，好不好？”

虞闪闪猛地抬头：“可以吗？”

肖耀说：“嗯，其实我们队已婚的运动员可以每天回家属楼，我回去申请一下，应该没什么问题。”

虞闪闪内心开心死了，可脸上还要保持矜持，她捋捋头发，很深明大义地说：“嗯，那你申请一下，要是不行也没关系，击剑比较重要。”

肖耀看着虞闪闪止不住疯狂上扬的嘴角，轻笑出声。

临出医院，肖耀买了暖宝宝，往虞闪闪身上贴了好几张，然后牵着她的手，送她回宿舍。

宿舍楼下，以卢珏为代表的三位室友一脸茫然地接过肖耀递过来的大包小包。卢珏虽然早就知道肖耀真人比照片更帅，还是没忍住在心里疯狂地尖叫起来。

伍艺云和王雨萱第一次见肖耀，内心都在疯狂“弹幕”中。

肖耀温文有礼地说：“闪闪这几天就劳烦你们照看一下了。”

卢珏立马上前一步，特“狗腿”地挽住虞闪闪的胳膊说：“耀神，你放心！我一定给你照顾好闪闪！”

三人：“呃……”

大三那年暑假，正逢四年一度的奥运会。

肖耀代表中国国家击剑队，参加比赛。

虞闪闪和室友一直守在宿舍的电脑前看直播。

自从知道肖耀是国家队的运动员后，虞闪闪的三个室友就坚定地成为肖耀的支持者。

开幕式上，中国代表队进场，肖耀走在国家代表队的方阵间，穿着中国队服，挥舞着小国旗，在画面里一闪而过，房间内一片欢呼。

卢珏：“我耀神就是最帅的！”

虞闪闪：“呃……”

奥运会第五天，是击剑项目男子个人花剑的冠军角逐赛。

房间内的四人，互相抓着对方的手，屏住呼吸，紧张地盯着电视屏幕。

这个夏天，奥运会举国瞩目，大部分人都守在电视机前，关注着赛事信息。可击剑毕竟不算热门项目，甚至在夺得冠军那刻大部分人都还在看另一场热门项目比赛，突然解说员的声音穿插进来：“刚刚得到消息，我们男子个人花剑组的肖耀刚刚拿下一枚金牌，这是肖耀第一次参加奥运会，让我们恭喜他！”

画面切过去，刚好是少年摘下面罩面向观众的一幕，他满头满脸的汗，却丝毫不影响他的年轻英俊。画面中，肖耀收起佩剑，面朝东方的观众席，观众席上的一群中国人见状，立刻将手里的国旗撑平。

欢呼声中，少年单膝跪了下来，亲吻剑柄，对着自己国家的国旗致以最崇高的敬意。

每个中国人都在这一刻热泪盈眶，热血在胸腔里翻涌。

远在B市宿舍里的四个人，手牵着手，激动地又叫又跳，尖叫声几乎掀翻屋顶，没有比此刻更开心的时刻。

很快便是颁奖典礼，肖耀穿着中国队队服，站在冠军的位置上。虞闪闪抿住唇，看着镜头里，她的少年，站在最高的位置上，光彩耀人，奥组委的工作人员为他戴上金牌。

仪式过后，肖耀走向了自己的教练，拥抱过后，他笑着把自己的金牌挂到了教练脖子上。

不知道他和教练说了什么，教练一瞬间泪如泉涌。

电视机前的虞闪闪，早已满脸泪水，哭得不成样子。

虞闪闪大概能猜到肖耀说了什么，几年前他在她面前说的那些话犹在耳边。

这是肖耀拿回来的第一枚奥运会金牌。虞闪闪在那个时候就坚信，她的少年，会把我们失去的、本该是我们的金牌和荣耀，一一拿回来。

今时与往日不同，我们国家在几代人孜孜不倦的努力下，在国际舞台上有了强大的话语权，再没有因为语言不通错过比赛时间，也没有裁判敢轻视祖国繁荣强大的中国代表团。

这是最好的时代，也是我们的时代。

这一年的奥运会，中国代表团一共夺得了四十三枚金牌，半个多月后，国家队返回中国，几乎所有的媒体都聚在了机场，迎接英雄凯旋。

新闻铺天盖地，覆盖了整个网络。

有人注意到了镜头里的国家击剑队，在网上发帖。

“天啊！我们国家击剑队的小哥哥颜值都这么高吗？国家到底藏了多少帅哥？！”

1 楼：“我单身了二十六年，可以给我发个小哥哥吗？”

5 楼：“这都是上交给国家的帅哥，你们别想了。”

12 楼：“啊啊啊，那个叫肖耀的我记得！前几年他的一张机场糊图在追星圈小爆过一把，大家都以为他是哪家练习生，都在等他出道靠颜值称霸内娱。原来他是国家击剑队的，也太厉害了吧？！附图。”

39 楼：“更牛的是这个肖耀还是个学霸，他休学了一年后，还考上了 T 大体育系，我真的服。”

65 楼：“楼上那些‘云女友’别做梦了，我和肖耀是一个高中的，陵城一中了解一下。他高中时好像就被人盯上了，人家仗着肖耀是学校大神在学校里横着走，我们学校贴吧里到现在还有关于他俩的八卦帖，去年同学聚会时听说女方考到了 B 市上大学，应该是追他追去了吧。”

275 楼：“呜呜呜，我刚才去肖耀高中贴吧看了，原来小哥哥是个孤儿，完全是凭着天赋加上十分的努力走到今天这步的……这是什么‘美强惨’的励志人生啊。他女朋友的人生也很传奇，中了一亿彩票又被父亲败光反欠千万，这两个人都太有故事了吧？”

那天，“整个娱乐圈都在等他退役”悄悄爬上了热搜。

而此时，国家击剑队正在接受媒体的群访。

有记者看见这个话题，当场就问肖耀：“肖耀，你上热搜了，你知道吗？现在整个娱乐圈都在等你退役，你以后会考虑进军娱乐圈吗？”

十来个话筒纷纷对准站在队友后面的肖耀。

肖耀几乎没什么犹豫：“不会考虑，退役后我会转型做教练。”

“为什么呢？体育界也不乏退役后转型去娱乐圈的前辈。”

众人有些期待地看着肖耀，肖耀神色淡淡，直言不讳：“娱乐圈太忙了，没时间陪老婆孩子。”

“呃……”

沉默中，一个娱乐栏目出身的记者突然八卦地问：“所以肖耀你说这句话的意思是已经有女朋友了？”

一想到虞闪闪，肖耀就笑了，他点点头，坦然：“有，她是我喜欢了很久很久的姑娘。”

队友们发出受不了的笑声：“哦哟。”

“我要报警！警察叔叔这里有人‘虐狗’。”

这要是继续采访下去，就要成大型恋爱真人秀了。

老记者赶紧转移话题：“肖耀这是你第一次参加奥运会，拿到金牌你有什么样的感受，可以和大家分享一下吗？”

肖耀拿起挂在胸前的金牌，看了眼，眸中有星子般璀璨的光芒在跳动：“就很开心，这个金牌……闪闪惹人爱。”

电脑前守着看现场采访的虞闪闪，慢慢地红了脸。

虞闪闪忽然想到那一年她十六岁，从繁华大都市回到家乡小城，她撞伤了他的胳膊，后来在黑板上写下自己的名字，同数十张陌生的脸庞介绍自己：“我叫虞闪闪，虞美人的虞，闪闪惹人爱的闪闪。”

教室后排的窗外有人影在楼道一闪而过。

后来回想，那个模糊的、不起眼的身影，就是肖耀。

一切都是那么刚刚好。

从采访间出来，肖耀径直去了Q大找虞闪闪。

他的小公主说，有礼物要送给他，作为他二十二岁生日和奥运冠军的双重贺礼。

虞闪闪从宿舍跑下来，跑着跳进了肖耀的怀里。

“我好想你啊，耀耀。”虞闪闪挂在肖耀的脖子上，毫不掩饰地表达自己的思念。

宿舍楼前人来人往，路过的人都忍不住往这边看过来。

虞闪闪从前在大庭广众之下还比较害羞，可和肖耀在一起越久，就越喜欢他，好想让全世界都知道，她有多喜欢这个人。

肖耀满眼都是宠溺的笑意：“你要送我什么呀？”

虞闪闪神神秘秘：“去了再告诉你。”

两人辗转来到了B市远郊的一个小区前。小区冷冷清清，应该是刚建好的样子，几乎没有人入住，虞闪闪牵着肖耀的手，轻车熟路地走向正中的单元楼。

肖耀心中隐隐有些猜想，但很快就被自己否定了。

夏日蝉鸣，风轻轻吹起虞闪闪天青色的裙角，她牵着他的手，推开一扇门，阳光透过落地窗静静洒在毛坯房的水泥地面上。

虞闪闪抬眸，望着肖耀笑：“耀耀，我送给你一个家。”

肖耀的大脑有一瞬间空白，很久很久，他才意识到虞闪闪不是在开玩笑，他犹豫着，轻声问：“闪闪，你……又买彩票啦？”

虞闪闪一下子笑喷：“我哪有？是你给我的那笔钱，还有我这些年兼职的积蓄啦。”

肖耀对自己这些年赚的钱很有数：“那也不至于买套房吧？”

虞闪闪拉着肖耀进门，慢慢同他讲。

这一年多来，虞闪闪拿着两个人的一部分钱一直断断续续在买基金，她不懂这些，全凭个人感觉买，可说来也是玄乎，她几乎买啥啥涨。不过她也不贪心，小赚一点就会卖掉，隔几天再买别的，小半年下来，当初的本金已经涨了几倍。

说来也巧，这年暑假刚开始时，虞闪闪去B市一个楼盘主持活动，中午吃饭时，楼盘的经理随意道："你们有谁想买房，我给你们内部价，打八折，买房再送间外围商铺。"

这里太偏，离市区太远，配套设施又很少，去个超市都要坐两个小时的车，唯一的优势就是对比B市平均房价，楼盘的价格很友好，可虽然这样，房子卖得并不好，经理业绩惨淡，开盘至今一个月，只卖出去个位数的房。

虞闪闪看着这里不错的朝向和户型，脑子里忽然就闪过一个念头。

肖耀的生日就在八月末，这些年虞闪闪给他准备过大大小小的礼物，这年还没想好要送他什么礼物呢。

虞闪闪想起肖耀这小半生都在漂泊，一直没有一个家。

那年肖耀和她去桐城过年，他看着她和爸爸妈妈，眼里时常透露出的羡慕和渴望，让她心疼。

那天主持活动结束后，虞闪闪用卡里的钱，在这个楼盘里买下了一间小公寓。这是虞闪闪能想到的最好的礼物，他们有家了。

虞闪闪牵着肖耀的手，走遍小公寓的每个角落，同他规划未来美好的蓝图："这里可以做成小飘窗，以后你可以在上面看比赛视频，我呢，就给你煮茶喝。你知道吗？我今年选修了茶艺课，原来茶文化那么高深……"

肖耀认真听着，眼中细碎温柔的光缱绻地捕捉她脸上的每一个表情。

肖耀握着虞闪闪的手微微有些颤抖，他的心被触动，眼眶温热，他此刻看着她，是那样深刻而又清晰地认识到，她的未来每一帧的画面里都有他。

他又何其庆幸能与她相逢于微末之时，那些孤单、苦涩的黑夜，她是黑暗中唯一的那颗星星，照耀他，治愈他，让他依然能够在最热烈的青春里去拥抱这个冷冰冰的世界。

世界吻他以痛，她教会他报之以歌。

当然，那一年谁也没想到，彼时的远离市区的远郊，会在两年后被B市政府大笔一挥，成为B市最新CBD开发区。无数高楼平地而起，地铁快环交错贯通，B市知名企业、政务服务中心全部搬迁过来，各种大型商场纷纷入驻，政府为了这个CBD，还将最好的教学力量集中在这里。

而他们的小区，是CBD中心中的中心。

一晃就过去了大半年，春节前夕，房子终于装好了。

这年冬天，连雪都特别温柔，绒毛般的细雪无声无息地落下来，雪地靴踩在小区厚厚的雪地上，落下一深一浅两排脚印。

肖耀撑着一把伞，挡在虞闪闪的头顶。

虞闪闪怕冷，一到冬天，衣服里背包里都是他准备的暖宝宝，这年他不知道从哪儿弄来一个看上去就很有年代感的炭火烧的小手炉给她，她抱在怀里，就没有那么冷了。

虞闪闪笑盈盈地说："真好，今年可以在家里过年了。"

肖耀揽着虞闪闪的肩膀，抬起伞看了看细雪纷飞的天，他将她搂得更紧了些："是啊，好冷啊，快点回家吧。"

那之后不久，高婕和虞海生结束了工程队多年的合同，正式还完欠款，还有了一小笔积蓄，他们来到了B市和虞闪闪他们团聚，打算过完年便用买房送的那间铺面开一间便利店。虽然这里的入住率并不高，但一家人能生活在一起，就是最值得的。

这一年春节，是在家里过的。

除夕一早，高婕就领着虞闪闪去市里买年货，家里留给了两个男人，等她们满载而归时，小公寓已经焕然一新，辞旧迎新。

下午，虞海生领着肖耀在厨房备菜做饭，高婕和虞闪闪在客厅看电视。

高婕看了眼厨房里忙碌的身影，问虞闪闪："你们准备什么时候结婚啊？"

虞闪闪脸一红，扭捏了半天也没说，高婕心里一"咯噔"："不会已经背着我们偷偷领证了吧？"

知女莫若母。

虞闪闪二十一岁生日的那天，和肖耀领了证。人生大事，她并非一时头脑发热，只是怕父母会对什么都没有的肖耀有意见，她顾虑良多，怕伤害肖耀，也怕父母失望，就一直没告诉他们。

虞闪闪领着高婕去卧室，她从床头柜里掏出她和肖耀的结婚证，紧张地递给高婕看。高婕看着两本红艳艳的结婚照，照片上的小两口咧着嘴笑得又开心又喜庆，高婕越看越满意，很久才抬起头。她摸摸女儿的头，笑着安抚她的紧张和不安："肖耀是个好孩子，妈妈看得出来，他有多疼你，不过这事你明天再告诉你爸爸，不然他又要欺负肖耀。"想到什么，高婕笑了起来，"你爸肯定还得哭！大过年的流泪不吉利，还是迟一点儿，过完了正月再告诉他。"

年夜饭后，小小的公寓里，电视上放着春晚，一家人其乐融融。

肖耀和虞闪闪坐在一起，两人放在沙发上的手紧紧牵在一起，肖耀侧过头看她。柔软的小脑袋靠在他肩上，似乎是察觉到他的目光，她抬起头，对着他笑靥如花，一如多年前，她踏着霞光出现在他生命里。

这是他们一家人一起过的第二个春节，也是他们真正意义上成为家人的第一年。

他没有家，曾以为自己一生都要流浪。

时光斑驳里的苦难，他从不说，但总有人看得到。

这世上，只有虞闪闪懂得他，也最爱他，给了他一个最想要的家。

这个家里，有爸爸，有妈妈，还有他深爱的她。

番 外 一
你不知道的事

★ ☆ ★

Xiao Shanyao

我是赵伊人，我不是这个故事的主人公，这是一个关于高明朗的故事。

高明朗是我的高中同学，从高一到高三，经历学校变态的排名分班制和高二文理分班，我们依然坚挺地同在一个班里。

即使在学校里有肖耀和宋林栩那般的人物，我也很难不注意到他。

起初是因为他独特的长相，那张可以媲美演员王大陆的嘴，没给他的长相加分，却在他开口的一瞬间，令人想伸手给他那张大嘴拉上拉链。

因为他实在太吵了，又不会说话。

咋咋呼呼，永远精力充沛，不是在惹事的路上，就在被打的边缘疯狂试探。

有一次，我妈接我放学，看见我和他走在一起，回去教训了我很久。

我妈一张脸黑得像女金刚似的，她说："你知道他爸是什么人吗？陵城四害之一！你少跟他混一起，那种爸带出来的孩子能有什么好的？！"

我低头听着，也不说话，其实内心疯狂反驳我妈，都二十一世纪了，还拿上梁不正下梁歪这套来连坐。

杀人犯的儿子就是杀人犯吗？

同理，高明朗的爸是个"害虫"，高明朗就是个"害虫"吗？

我觉得我妈一个成年人都比不上虞闪闪一个未成年看得通

透，虞闪闪家都被高明朗他那个爸害成什么样了，可虞闪闪对高明朗的态度仍一如从前，从未迁怒于他。

我妈还在长篇大论地教训我，我的脑海里出现的却是虞闪闪跟我说的话：“我们每个人没有选择出生的机会，却能决定自己未来要成为怎样的人。”

我并没有理睬我妈的话，第二天，依然和高明朗厮混在一块儿，只是更隐蔽了些，与我妈打起了“游击战”。

后来想起，高明朗大概是我青春期唯一的叛逆。

也不知道高明朗是没心没肺还是太过“佛系”，他的家庭并未对他个人造成什么影响，每次看见他，他都是那样鲜活明媚的一个少年，肆意挥洒着青春。

高考，高明朗这个“学渣”中的吊车尾没有意外地考了全班最低分。

填志愿那会儿，我看高明朗对着志愿表愁眉苦脸，特别不理解，我说：“高明朗，你至于吗？就你这么点分，难道你还有选择的烦恼？”

高明朗瞪了我一眼“你不懂，虞闪闪去B市找耀哥，我也想去，可我这个分数吧，在B市就只能上技校……”

我简直听不下去，抬起一脚，将他踹翻在地：“你没病吧？人家俩谈恋爱，你去干吗？做电灯泡还是当拖油瓶呢？”

本地学校对本地人的录取率比较高，最后，高明朗在我的威胁下填了陵城本地的一所专科院校。

我看着高明朗交了志愿表，才在自己的志愿表上，填下了陵城师范大学。

变故发生在我们上大一那年。

高明朗的父亲在走夜路时掉进了市政修路的坑里，摔成了高位截瘫。

说实话，大部分的陵城人得知这个消息，都非常高兴，直言恶人自有天收。

政府赔的钱刚好够付医药费，出院后，高明朗把他爸接回家，没多久，就办了退学手续。

我很不能理解高明朗这个行为，富二代都在努力，对于我们这种没有背景的普通人家小孩，读好书是唯一的出路。

我问高明朗："你不读书你能干吗？你更养不起你爸！"

高明朗抽着烟——十一月的天已经很冷，可他依然穿得单薄——打了个哆嗦："你不懂，不仅是为了钱的事，我爸现在这样，全身就只有眼睛能动，他身边就我一个，我不照顾他难道看着他死吗？"

高明朗最爱对我说的三个字就是"你不懂"。

包括后来，他追求刘曼的事。

那时候，高明朗已经辍学成为一个出租车司机，每个周五，他会来学校接我回家。

同学都以为他是我男朋友，我笑着说："去掉那个'男'字，朋友而已。"

同学们并不信："多少人都是以朋友之名行爱着对方的事情。"

可没过多久，这个谣言就不攻自破。

高明朗有一次去接我，刚好见到英语系系花刘曼，一眼就惊为天人，他开始追求刘曼，追得轰轰烈烈，无人不知，无人不晓。

我去打听过，刘曼家里几代务农，她是唯一一个大学生，平时在学校，她还做着勤工俭学的工作，真是励志又漂亮。

高明朗心疼她，白天黑地跑出租车，挣来的钱一部分用在了他爸身上，一部分用来给刘曼买吃的穿的。刘曼不要，他就买通她的室友，以她室友为媒介关心她对她好。

高明朗锲而不舍，追了刘曼两年，我毕业那年，刘曼终于上了高明朗的车。

他对刘曼宠到什么地步呢？

天上劈下来一道雷，高明朗都恨不得立刻用天灵盖去接，生怕雷声会吓到刘曼。

毕业后，我没有什么犹豫地选择了去西部支教。

走之前，高明朗和刘曼请我吃饭。

吃的重庆火锅，高明朗点了很多肉，一直往我碗里夹："多吃点啊，赵伊人，听说支教很苦的，一年都没肉吃！"

我白他一眼："你少危言耸听，哪里有你说得那么恐怖？"

高明朗就特别心疼地看着刘曼说："哎，我们曼曼就是从那样的山沟里出来的，曼曼，你也多吃点肉，以后我会努力挣钱，你吃肉我喝汤。"

我被恶心得不行，一顿饭没吃多少，可说来奇怪，那天晚上，我却在路边吐得天昏地暗，好像要把五脏六腑都给吐出来。

那之后，我就再也吃不了辣了。

支教五年，我都没有跟高明朗联系。

仅有一次回陵城过年，同学聚会，酒足饭饱，大家聊起天。

毕竟有个名人同窗肖耀，开始也都在聊肖耀，他如今已参加了两届奥运会，蝉联了两届男子个人花剑冠军，他还是和从前一样耀眼，成为全国人民心中的星星。

还有他和虞闪闪，从校服到婚纱，神仙爱情。

也不知道是谁，忽然提到了高明朗，大家互相看看，摇了摇头。

我的心里"咯噔"一下："高明朗怎么了？"

"你知道他谈了个女朋友，就是和你一个大学的那个，好像叫什么刘曼。"旁边的女生道，"那个刘曼，真的是一言难尽。"

有人开了话头，接下来就挡不住八卦的潮水。

“怎么一言难尽？出轨做小三当街被原配打算不算？男的是她研究生导师，还是高明朗去把她带出来的，不然那个彪悍的原配得撕了她。”

“就这样都没分手，高明朗做男人做到这个份上也是丢光了咱爷们的脸。那女的安分了没几个月，就又和一个水利局的能当她爹的男的搞到一块去了。”

“陵城就这么大，能藏得住事吗？况且这又是大众最爱的‘狗血奇葩感情剧场’。”

“高明朗挣钱挺不容易的，家里还有个瘫了的爹，还帮着那女的还了助学贷款，供她读研究生，还帮那女的弟弟在陵城找了工作，去年不是还给买了房，把那女的父母都接过来了吗？”

“她说她也不是不爱高明朗，但就是经受不了诱惑。我真的无语，怎么会有这么‘奇葩’的事啊？”

我安静地听完，心里一股说不出的滋味，我问：“那高明朗呢？这样他不分手等着过年？”

有同学脸上露出了好笑的表情：“没分呢，三番五次出轨，一次次原谅，一个愿打一个愿挨呗。”

聚会结束后，我鬼使神差地来到了高明朗家小区。

我站在门外徘徊，雪下得好大，很快就覆满了我身上。

看到高明朗的那刻，我想冲过去，像高中时那样打他，呵斥他：“高明朗你给我清醒一点儿！”

可是我的脚刚一动，就看见他打开出租车后门，牵着后座的刘曼走下来，刘曼的肚子微微凸起，高明朗看着她，心无芥蒂地笑。

我逃似的离开了陵城。

又过了几年，支教任期结束后，我被分到了H市的重点高中做老师。

这些年，我一直没回家，我的年纪渐渐在长，我妈为我的终身大事操碎了心，天天逼着我去相亲。

我烦不胜烦，只有躲着她。

这一年冬天，我妈摔了一跤，腿坏了，我回去看她。

照顾了几天，我妈又说起我找对象的事儿。

她见我不耐烦，突然叹着气说："人总是要成家的呀，你看你以前那个同学，叫高明朗的，被一个女的伤害成那样，所有陵城人都看他笑话，叫他绿毛龟。那个女的怀了别人的孩子跟人跑了后，他颓废了好几年，还不是振作起来结婚了？现在孩子都能走能跑了。"

那一夜我怎么也没睡着，在床上辗转反侧，旁敲侧击问了好几个同学，才知道高明朗这些年都经历了什么，跟我妈说的差不多。刘曼跑了后，他开出租车出了事故，一只腿瘸了。

他把车卖了，做过苦力，去过工地，最后找了一个人结了婚，在附近开了家烧烤摊。

我的心里堵得慌，爬起来在夜色中去地址上那家烧烤摊。

夏天的夜，没有一丝风，烧烤城里一家不起眼的摊位，客人却很多，摊前只有一个身材臃肿的中年女人满脸汗水扇着炉上的烧烤。

我找了个位置坐下，很快就有人过来，粗声粗气地问我："吃点什么，大妹子？"

我恍恍惚惚抬起头来。

曾经笑得那么明媚的少年，如今却泯然众人，他还那么年轻，却已经半头白发，不管是五官还是体态，都苍老得可怕。

我崩溃地哭了出来，我说："高明朗，你怎么把自己活成了这个鬼样子？"

他看着我愣神，好半天才反应过来：“赵伊人？”

等高明朗收摊，我俩面对面坐着，相顾无言，物是人非，大抵就是这样的感觉。

很久后我才说：“高明朗，其实这么多年我一直挺自责，如果不是你老去接我，就不会遇见……”

连这个名字，都成了禁忌，我不敢提，怕他伤心。

那一瞬间，我看见高明朗的神色慢慢黯淡了下去。

“你瞎想些什么？和你能有什么关系？”高明朗匆匆看我一眼，浑浊的眼里再没有从前的光，他吐出烟圈，轻轻摇了摇头，“还有很多你不知道的事呢。”

我问他：“高明朗，你还好吗？”

他半晌没说话，很久，他才淡淡地说：“你别想那么多，好好过你自己的生活，我这辈子——”他顿了顿，声音轻得几乎听不见，“就这样了。”

我无言，心中堵得像要窒息。

他站在月光下，烟一支接一支地抽，他的妻子李彩霞掀开门帘探出头喊他：“孩子又哭了，你过来看看。”

“来了！”高明朗应了声，回头对我说，“我去看一眼，你慢慢吃，今天这顿算我请你。”

高明朗一瘸一拐走到了妻子身边，他的妻子看了我一眼，慢慢地放下门帘。

他结婚生子，按部就班，做着几乎每个人的人生里都会做的事情。

他经历过大起大落，最后归于平淡，过起了世界上最普通的那种生活。

没有人能说他过得不好。

可也没有人能说他过得好。

我掏出身上所有的现金，放在桌上压好，没有道别，离开了烧烤摊。

这就是高明朗的故事，如果说我硬要在这个故事里扮演一个角色，那就是，我爱着这个叫高明朗的少年。开始是没勇气，后来是没有机会，心里揣着一句很想告诉他的话，从过去到现在，一直没能说出来。

那句话是："我喜欢你，你知道不知道？"

番外二

“闪耀”夫妇结婚啦!

★ ☆ ★

Xiao Shanyao

领证后第二年，肖耀和虞闪闪补办了婚礼。

外公外婆年岁已大，因为身体原因，不能坐飞机，高家镇距离 B 市几十个小时的车程，小辈们舍不得老两口舟车劳顿，最后将婚礼现场定在了陵城。

肖耀少年时是陵城之光，如今已是奥运冠军的他，更是陵城的荣耀，因此，得知他将要回陵城举办婚礼后，不少人打来了热心电话。

其中不乏陵城有头有脸的大人物，一套祝贺的场面话说下来，无非是暗示问自己能不能收到请帖。

这让虞闪闪很惆怅。

酒店电话来了第八次，虞闪闪还是没有确定座位人数，急得抱头。

肖耀一回家，看见的就是虞闪闪对着电脑唉声叹气的样子，她蔫蔫地和他打了个招呼，并没有像平常那样跳进他怀里。

肖·被忽略·耀幽怨地走过去，站在虞闪闪身后看了一眼，弯下身，双手撑在电脑桌上，靠近她的耳边："在想什么？"

虞闪闪愁眉苦脸，跟肖耀说了自己的烦恼："不请吧，人家都主动来电话了，又是位高权重的人，说话又很客气，可请吧……"

虞闪闪回头看了肖耀一眼，叹了口气，没说话。

肖耀看虞闪闪的样子，心中一下子想到什么，揉着她的头问："闪闪，你该不会是在替我省钱吧？"

"那个酒店本来人均就很贵。"

虞闪闪被猜中心思，也不瞒他。肖耀是孤儿，没有家人帮忙，她倒是不介意婚礼从简，只是肖耀不愿意，别人有的，他一定要给她，还要比别人更好。

婚礼准备得七七八八，肖耀给虞闪闪买的那些东西，已经花了他这些年大部分的钱。

正想着，肖耀低下头在虞闪闪头上轻轻吻了下："钱的事你不用担心，我们教练给我签了一个广告，代言费……"

肖耀伸出手绕过虞闪闪，在电脑上敲下了一个数字。

虞闪闪数了下"0"的位数，深吸了口气："这……这……这么多？"

这可是国内最大的体育用品品牌，它的创始人从前也是国家运动员，还是几届奥运会的冠军，退役后自己创办了这个品牌。

不过好像，这个牌子代言广告从来不找明星，一直是找国家运动员拍的。

"嗯，"肖耀点点头，"周末去签合同，拍完就打钱。"

虞闪闪忽然就想起肖耀刚夺冠时在网上闹得沸沸扬扬的那个采访，"整个娱乐圈都在等他退役"这个微博话题至今还保持高度的讨论量。

虞闪闪狐疑地看了肖耀一眼："你不会……最后真要进军娱乐圈吧？"

肖耀笑："当然不。"

赚大钱和陪老婆，肖耀果断选择后者。

虞闪闪眯起眼，一只手挑起肖耀的下巴，左右审视，"扑哧"一下笑出来："难怪卢珏总跟我说你长了这张祸国殃民的脸，你不混娱乐圈真是'颜控'的损失。就最近很火的那个谁，我之前还觉得挺好看的，可现在这么一看，跟我老公比还是差了些。"

肖耀的脸黑了黑："卢珏又给你'种草''小鲜肉'？你少

跟她往来。”

哈，这滔天的醋味。

虞闪闪笑得越发开心，捧住肖耀的脸，“吧唧”一下亲了一大口：“看过整片星空，还是你这颗星最耀眼，我们耀耀啊，不管在哪片天空，都是最耀眼的。”

闪闪发光，照耀我心。

三月阳春，春暖花开，陵城市最大的五星酒店里隆重且低调地举办着一场婚礼。

参加婚礼的人并不算多，但都是各界的腕儿，有知名国家队运动员，还有电视台经常出现的主持人。

迎宾服务员饶是事先就被知会过，仍是在看见某位退隐嫁了游泳运动员的女明星时激动得脸色通红。

同样激动的还有黄建国，作为肖耀高中班主任，黄建国无比幸运地和粉了多年的偶像合了影，不免多喝了几杯。黄建国平时严肃，喝醉酒了却是个话痨，在那儿大肆回忆往昔，说着肖耀和虞闪闪高中时的少年青葱往事。

这和方才肖耀在台上念给虞闪闪的那封情书不谋而合，在座的各位便都知道了肖耀和虞闪闪的那些过往。一个男孩，从年少到成人，小心地、偷偷地爱了一个女孩很久很久，从校服到婚纱，终于得偿所愿，这份爱情羡煞了在座不少“单身狗”。

可坐在黄建国隔壁桌的宋林栩，一张脸却越来越黑。

宋林栩到现在才终于明白，当年从肖耀那里感受到的莫名其妙的敌意，原来那不是他的错觉，台上那笑得“人畜无害”的家伙，当真是明里暗里跟他较劲了多年。

宋林栩虽然脑子转得快，但直到失去虞闪闪多年后的这天，他才算明白，为什么他对虞闪闪占尽天时地利人和，最后却仍没有抓住她。

怪他不珍惜，怪他畏首畏尾，怪……有人一直虎视眈眈，抓住他的犹豫，将虞闪闪据为己有。

宋林栩脸色一沉，看着肖耀抱得美人归的那张笑脸，心中怄得快要吐血，却偏偏不能奈他何。当看着敬酒的新人离他们这桌越来越近，宋林栩摇头笑了声，将桌上的空杯叠起来，撬开桌上的酒，倒了下去。

有同学幸灾乐祸："宋林栩，你小心啊，你还没结婚，你现在整肖耀，当心你结婚时被十倍整回来。"

宋林栩一笑："谁说我结婚要请他了？"

新人很快就到了这桌，同学们都起哄，要肖耀喝完桌上叠的酒杯才作数。

肖耀没说什么，笑眯眯地拿了最上面的一杯酒就往嘴里送。

本来，婚宴上大家都心照不宣，不给新人添麻烦，把白酒换成水，红酒换成葡萄汁。

可喝第一口，肖耀就意识到了不对，他抬起头，看向对面。

宋林栩看着肖耀，勾着嘴角，目光充满挑衅。

肖耀心中顿时明白，但还是面不改色地喝完杯中酒，又一杯杯，将后面的几层喝得干干净净。

知道内情的同学瞪大了眼："肖耀，你酒量这么好？"

十几杯白酒下肚，居然脸都不带红。

虞闪闪这才觉得不对，抓过酒杯闻了一下，气鼓鼓道："你们太坏啦！"

几只手立马指向某个位置："是宋……哎，宋林栩呢？！好家伙，干了坏事就跑了？兄弟们记住了啊，等宋林栩结婚，咱们一定拿瓶放倒他！"

已经走到走廊上的宋林栩打了喷嚏，他揉了揉鼻子，从口袋里掏出一包烟，望着窗外的夜，抽了一根又一根。

不知道抽到第几根时，他突然听见有人叫他：“宋林栩？你还没走啊？”

宋林栩抬起头，看见了虞闪闪。

虞闪闪的妆还未卸掉，却换了身日常服，头发绑在后脑勺，青春得像个十六岁的小姑娘。

他顺手掐灭了烟，点了点头：“嗯，等个人。”

虞闪闪点点头，心道应该是等郭月阿姨吧。

电梯到了，虞闪闪对他道：“我先上去啦，你和叔叔阿姨路上慢点。”

宋林栩“嗯”了声。

正要进电梯，宋林栩却突然叫住了她。

“虞闪闪。”

她止住脚步，转头疑惑地看向他。

电梯合上门，向上而去。

走廊里灯光微弱，宋林栩又站在靠窗的地方，光线忽明忽暗地投在他身上，静了有好几秒，他突然问她：

“现在的你，还和十年前一样吗？”

虞闪闪愣了愣，然后笑着答：“当然不一样啦，现在的我成熟多啦，都是结了婚的人啦。”

宋林栩也笑了笑：“现在的我，依然和十年前一样。”

依然和十年前一样，喜欢着你。

虞闪闪正要说些什么，上而复下的电梯“嘀”的一声，停了下来，里面伸出一只手，一把拉住了她的手，将她拉进了电梯里。

“肖……肖耀？”虞闪闪一个踉跄，倒在他怀里，抬头看着他，“你没事啦？”

两人这晚住在酒店的套房，肖耀喝多了，方才被她搀上去就醉得不省人事，她是下来拿高婕做的醒酒汤的。

肖耀脸色不太好，冷冷地说："你好大的胆子，竟然敢背着我见宋林栩那家伙？"

虞闪闪："啊？"

这一股子霸道总裁味是怎么回事？

虞闪闪再一看肖耀红得不正常的皮肤，就明白了，还醉着呢……

虞闪闪也是头一次见肖耀喝醉。

运动员饮食都有严格规定，而且肖耀这个人很自律，平时鲜少饮酒，最多也就是会陪着虞海生喝一些度数偏低的果酒。

虞闪闪哪里想过，肖耀喝醉了酒却是这样一副光景，简直像变了一个人。

她有些好笑，更觉得有些新奇。

见虞闪闪脸上笑意浓浓，肖耀脸色就更沉了些："见了那家伙就那么开心？！"

"扑哧——"

虞闪闪终于没忍住，捂着嘴笑出了声。

肖耀俊脸已经难看到不行，电梯门一开，他拽着她就走。

虞闪闪一路被肖耀拉进了套房，门一关，他就将她抱起来，压在门上，大手紧紧箍住她的腰，他低头看她，什么话也没说，虞闪闪却头一次感觉到了压迫。

那种炙热暧昧的气氛，笼罩着他们。

肖耀呼吸的热度就浇在虞闪闪脸上，她口干舌燥，吞了吞口水，腿脚酥麻，莫名有些情动。她咳了两声，决定做点儿什么缓解自己不对劲的尴尬，于是她踮起脚，伸手拍了拍肖耀的头："真没想到，我小时候叫了你许多年的小萝卜头，可一转眼，小萝卜头变这么高了。”

虞闪闪在肖耀头上揉了两把，他的头发又细又软，手感很好。

虞闪闪正要再揉两把，她的手却被肖耀一把抓住，举过头顶，死死压住。

虞闪闪一愣，就见肖耀勾起嘴角，低下头，鼻尖抵着她的，刻意压低了声音，在她耳边如耳语般轻声道：

“那……兔子队长，想不想吃萝卜？”

虞闪闪眨了眨眼，忽然意识到了什么，脸一下蹿得通红。

“你……你……你！”

天啊，她好好的老公，怎么喝醉酒之后还有两副面孔，可这一本正经地说着最不正经的话的样子，简直……太“苏”了。

还没等虞闪闪继续花痴下去，肖耀的吻就落了下来。

没有点灯的房间里，星星落了下来，一片旖旎。